마돈나

북스토리 재팬 클래식 플러스 007

마돈나

오쿠다 히데오

정숙경 옮김

북스토리

차례

마돈나

구라타 도모미가 정기 인사이동으로 영업3과에 온 것은 6월 1일이었다. 과장 오기노 하루히코는 총무부로부터 미리 신참 부하 직원의 간단한 프로필과 이름만 통지를 받았다. 센다이 출신에 4년제 대학을 나와 4년차라고 하니까 나이는 스물다섯이나 여섯. 지금까지는 해외영업부 소속으로 번역 업무를 담당했다고 한다. 사내 및 거래처에 연줄은 없다고 했다. 연줄이 있으면 상사는 그것을 넌지시 과내에 알려야만 한다. 여자 사원인 경우는 특히 그렇다. 섣불리 건드리지 말라는 경고의 의미인 것이다.

대면은 그날이 처음이었다. 온순한 사람이면 좋겠다고 생각했다. 직속 부하 직원이 다루기 힘든 사람이면 곤란하다. 여자는 더더욱 그렇다. 그리고 자신이 좋아하는 타입이 아니라면 좋겠다고도 생각했다. 좋아지면 일하기가 힘들어진다.

그래서 눈앞에 나타난 도모미를 보았을 때, 하루히코는 가슴을 콩닥거리면서도 자신의 앞날을 걱정했다.

불행하게도 도모미는 하루히코의 이상형이었다.

이성으로서 의식하지 않을 수 없는, 분위기 있는 여자였다.

"부족한 점이 많을 겁니다. 잘 부탁드립니다."

도모미가 긴장한 표정으로 고개를 숙이고 수줍은 듯 하얀 이를 살짝 드러내며 미소를 짓는 그 순간부터, 하루히코는 이미 '좋아해서는 안 돼'라고 스스로를 타이르고 있었다.

하루히코에게 부하 여직원을 어떻게 해보겠다는 불순한 심사는 없다. 그리되면 마음만 혼란스러운 나날을 보내게 될 뿐이다.

마흔두 살인 하루히코는 결혼한 지 15년이 지났다. 그동안 세 번 부하 여직원을 좋아한 적이 있다. 하지만 한 번도 관계를 가진 적은 없다. 하루히코의 경우 상대에게 호감이 생긴 순간부터 몽상이 시작된다. 상상 속의 연애를 즐기는 것이다. 단지 그뿐이다.

이 몽상은 좋아하게 된 여자의 퇴직이나 인사이동 혹은 그녀에게 애인이 생긴 순간 끝나고, 다시 원래의 평온한 나날로 돌아가게 된다. 죄 없는 놀이라면 놀이다.

행동으로 옮기지 않는 것은 아내를 배신하고 싶지 않아서가 아니라, 용기가 없기 때문이다. 분명 하루히코는 연애에 서툰 인간이다. 지나치게 폼을 잡는다. 여자에 대해 순진한 환상을 품고 있다. 물론 사내 소문도 무섭다. 이 나이쯤 되면, 자신이 소심한 인간이란 것쯤은 자각하게 된다.

도모미는 차분한 인상을 주는 여자였다. 그것이 하루히코의 마음에 와 닿았다. 지나치게 커리어우먼 티를 내거나, 화려한 용모의 소유자였다면 처음부터 대상에서 제외되었을 것이다. 도모미는 하루히코라도 손을 내밀 수 있을 것 같은 여자였다. 사내에 소문이 날 정도로 미인도 아니고, 자의식이 강한 야심가도 아니다.

과연 하루히코의 예상은 빗나가지 않았다.

처음 이틀간, 도모미를 데리고 단골 거래처를 돌면서 알았다. 도모미는 사람을 기분 좋게 해주는 여자였다. 지나치게 붙임성 있게 굴지도 않고, 애교를 부리지도 않는다. 그러면서도 상대방에게 좋은 인상을 준다. 여자임을 내세우는 사람도 아닌 것 같다.

"술을 접대해야 할 때 어디까지 함께하면 좋을까요?"

이동 중에 전철 안에서 도모미는 이런 것을 물어왔다.

"가능하면 1차까지만 있고 싶은데요."

조심스럽기는 했지만, 도모미는 자신이 원하는 것을 똑 부러지게 말했다.

여직원이 접대를 담당해야 할 때는 원칙적으로 과장인 자신이 동행한다고 대답했다. 그때 도모미의 안도하는 표정은 하루히코의 가슴을 찡하게 했다.

'드디어 올 것이 왔군.' 하루히코는 마음속으로 중얼거렸다.

그날 밤부터 도모미를 생각하게 되었다. 집에서 욕조에 몸을 담그고, 도모미와의 대화를 혼자서 몽상했다.

'역시 좋아진 걸까…….'

하루히코는 한숨을 내쉬며 이 몽상이 하루빨리 끝나주기를 기도했다.

금요일 밤, 도모미를 위한 조촐한 환영회를 열었다. 영업3과는 하루히코 이하 일곱 명으로 평균연령이 삼십대 전반인 젊은 부서다. 여자는 서무를 담당하는 마리뿐이어서, 종합직인 도모미는 사실상 홍일점이라 할 수 있었다.

다 같이 술을 마시러 가는 일은 드물었다. 하루히코에게 부하 직원의 퇴근 후 시간까지 속박할 생각은 없었다. 게다가 상사와 같이 있는 자리에서는 회사 험담도 할 수 없을 거라는 배려도 있었다. 동료의식은 가지면서도, 공사는 분명히 구분한다는 것이 평소 하루히코의 신조다.

환영회가 열린 중국 음식점의 둥근 테이블에서 하루히코는 도모미를 옆에 앉혔다. 일단 주빈인 데다, 부자연스럽지는 않겠지 싶어 그렇게 했다. 희미한 화장품 향기가 하루히코의 코를 간질였다.

마리라면 신경도 쓰이지 않았을 텐데. 도모미의 얼굴 옆선을 힐끗 보았을 뿐인데, 어느덧 가슴으로 눈이 가버렸다.

"구라타 도모미 씨, 골프는 하시나요?"

야마구치가 대뜸 물었다. 스물여덟 살인 그는 자칭 '3과의 호프'라고 떠드는 넉살 좋은 녀석이다.

"해본 적이 없어요. 못 하면 안 되나요?" 도모미가 힐끗 하루히코를 보았다.

"그야 그렇지요. 영업이……." 야마구치가 목소리를 높이자 하루히코가 말을 가로막고 못 해도 괜찮다는 듯 미소를 지으며 말했다.

"골프나 마작 같은 건 아저씨들 취향이니까 무리해서 접대하지 않아도 돼요. 전시회 티켓을 보내거나 하는 게 오히려 여성스럽고 좋지 않을까?"

"특별히 접대 목적이 아니라도 시작해봐요. 재미있어요." 야마구치가 집요하게 물고 늘어졌다.

"후후, 글쎄요."

"내가 가르쳐줄게요. 핸디 20이지만."

"나중에 배우게 되면 부탁드릴게요."

"안 하는 게 좋아요." 마리가 옆에서 끼어들었다. "야마구치 씨는 금방 화를 잘 내거든요. 영업부 과별 대항 경기가 있었을 때도 2과 사람이랑 공을 움직였느니, 아니니 하며 싸움이 났었어요."

"아니야, 그건 2과 동기 녀석이……."

야마구치가 열심히 변명하는 것을 보고, 도모미는 재미있다는 듯 웃고 있다. 마리가 이야기를 잘 거들어준 덕분에 분위기는 단숨에 무르익었다.

마리랑 도모미가 친하게 지내주면 좋겠다. 하루히코는 그런 생각을 했다. 일반직과 종합직 여사원 사이에는 어딘가 모르게 서로 경쟁하는 분위기가 있다. 여자들 사이가 좋은 부서는 전체적으로 일이 순조롭다.

모두 요리를 먹으면서 도모미에게로 대화가 집중되었다. 거의 질의응답시간 같은 형태가 되었다. 도모미는 그때마다 식사를 멈추고, 입안을 비운 뒤에 대답했다. 마리가 미트볼을 볼이 미어지도록 먹으면서 떠드는 것과는 사뭇 다른 모습이다.

대학에서는 영문학 전공, 좋아하는 작가는 헤밍웨이, 취미는 영화감상에, 배우는 스티브 부세미를 좋아한다.

"누구야, 그 사람?" 하루히코가 물었다.

"주로 조연으로 많이 출연하는 수수한 중년 배우예요. 조금 신경질적인 면이 좋아요."

"브래드 피트 같은 사람이 아니구나."

"아, 저는 조각 같은 미남은 별로거든요."

도모미의 대답에 하루히코의 마음이 들떴다.

하지만 수수한 중년이 취향이라는 것이 아니라, 그 배우 개인이 좋다는 거겠지.

도모미는 생맥주 한 잔에 볼이 발그레해졌다. 귀여웠다. 그러나 술은 꽤 하는 모양인지 잔이 비자 더 시키기도 했다.

2차는 전원이 바에 갔다.

"과장님, 오늘은 어쩐 일이세요?" 야마구치가 말했다.

평소 하루히코는 1차가 끝나면 바로 집으로 돌아간다. 젊은 사람들끼리 어울리라는 배려다. 그렇지만 오늘 밤은 마지막까지 함께하기로 했다.

여기서도 도모미는 하루히코의 옆자리에 앉았다. 마침 들어오는 순서대로 자리에 앉았을 뿐인데, 나쁘지는 않았다.

술이 들어가도 도모미는 변하지 않았다. 꼬박꼬박 경어를 사용하고 함부로 말하는 일은 없었다. 전에 있던 부서에서의 비화를 재미나게 이야기하기도 했다. 불평도 웃으면서 털어놓았고, 결코 불쾌감을 주는 말은 하지 않았다.

결국 바를 나온 것은 자정이 가까워서였다. 부하 직원들과 실컷 마시고 많이 웃었다. 이런 밤은 오랜만이다. 가끔은 끝까지 같이하는 것도 좋구나, 하고 하루히코는 기분 좋게 취한 머리로 생각했다. 손님이니까 도모미 몫은 하루히코가 지불했다.

택시를 잡으러 큰길로 나왔을 때 하루히코는 도모미에게 다가가 물었다.

"구라타 씨, 집은 어디죠?"

"나카메구로예요."

"아, 나는 고마자와. 같은 방향이네." 야마구치가 얄밉게 끼어들면서 말했다. "같이 타고 갈까요?"

"그렇게 하죠, 뭐"라고 도모미가 대답했다.

"택시비는 야마구치가 내게 해도 돼요. 야마구치는 패러사이트 싱글●이라 부자거든."

하루히코가 가볍게 농담처럼 말했다. 그렇지만 마음속에서는 희미하게 파란이 일고 있었다.

"오기노 과장님, 잘 먹었습니다."

돌아갈 때 도모미는 깍듯이 인사를 하고, 야마구치와 둘이서 택시에 올라탔다.

보내면서 왠지 초조한 마음이 치밀어올랐다.

안 돼, 안 돼. 하루히코는 혼자 고개를 가로젓고, 크게 숨을 내쉬었다.

부하 직원들에게 차례대로 택시를 잡아주고, 자기는 마지막에 혼자서 탔다. 행선지를 말하고 넥타이를 살짝 풀었다. 시트

● 자립을 못 하고 부모한테 기생하는 독신자.

에 깊숙이 기대면서 스스로를 진정시키려고 했다.

하루히코의 몽상이 불편한 것은 동시에 질투심이 싹트기 때문이었다. 그 택시 안에서 도모미가 야마구치에게 넘어가지는 않을까. 어느덧 그런 걱정을 했다.

역시 좋아해서는 안 되는 건데. 하루히코는 스스로를 어르고 타이른다.

도대체 어떻게 해야 좋을지 몰랐다.

토요일 아침, 하루히코는 눈을 뜨자마자 도모미를 생각했다.

어젯밤에는 잘 돌아갔을까. 설마 도모미가 야마구치와 하룻밤 사이에 사고를 치거나 하지는 않았겠지. 하지만 두 사람이 같은 택시에 탄 것만으로도 가슴속은 평온하지 않았다. 휴일인데도 하루히코의 마음은 밝아지지 않았다.

야마구치가 여자를 유혹하는 데 선수라는 이야기를 들은 적은 없다. 하지만 그도 꽤나 멋있는 사람이다. 야구부 출신이어서 체격도 좋고, 여자들에게 인기가 없는 편도 아니다.

애인이 있었던가. 있다면 고맙겠는데.

하루히코는 부하 직원의 프라이버시에 개입하지 않는다. 그래서 애인의 존재까지는 모른다.

차라리 도모미에게 애인이라도 있었으면 좋겠다고 하루히코는 생각했다. 학생 시절부터 사귀고 있는 약혼자가 있다든가. 그러면 자연히 몽상도 그치게 될 것이다.

"여보, 백화점에 같이 가요."

늦은 아침을 먹고 있는데 아내 노리코가 말했다.

"아이들 점심은 어떡하고?"

"요코는 동아리 활동. 준은 소년축구단. 도시락 들려 보냈으니까 둘 다 저녁이나 돼야 돌아와요."

"흐음."

"이제 여름이고 하니까, 커튼 바꾸고 싶어요."

할 수 없이 승낙했다. 차고에서 차를 꺼내, 부부 둘이서만 신주쿠의 백화점으로 향했다.

"여보, 물류부의 오니시 씨, 이혼했다면서요?" 노리코가 조수석에서 입을 열었다.

"어떻게 알았어?"

"유코한테 들었어요. 여직원이랑 불륜이 들통 나서 난리가 났었다면서요."

노리코와는 사내결혼이었다. 그래서 퇴직하고 15년이 지난 지금까지도 회사 일을 알고 싶어한다.

유코는 노리코의 동기인데, 마찬가지로 사내결혼을 했다. 서로 정보 교환을 하고 있는 건지, 소문은 현역 사원 못지않게 꿰차고 있다.

"부인이 회사로 쳐들어왔다면서요?"

"그건 지어낸 얘기야. 드라마도 아니고. 변호사가 와서 상대

여직원과 오니시 씨를 로비로 불러냈지.”

“그게 더 드라마 같네.” 노리코가 목소리를 높였다.

“로비에는 면담 중인 사원이 많았을 것 아니에요. 광고한 거나 다름없잖아.”

“그렇긴 하지.”

“여자는 그만뒀어요?”

“응. 있기 괴로웠겠지, 아무래도.”

“오니시 씨는 좌천?”

“글쎄, 회사가 굳이 개개인의 남녀 문제엔 끼어들지 않는 편이라.”

“흥, 남자는 너그럽게 봐주는 거지 뭐.”

노리코가 입을 삐죽거렸다. 하루히코는 핸들을 잡으면서 얼굴이 살짝 달아올랐다. 도모미에 대한 몽상을 들키기라도 한 것 같았기 때문이다.

백화점에서는 커튼과 그릇을 사고 아이들 옷도 샀다. 그리고 신사복 매장에서 셔츠를 세일하는 것을 발견하자, 노리코가 “여름에는 여러 벌 있는 게 좋으니까”라며 사자고 말했다. 물론 이의는 없다.

무심하게 매장에 따라 들어간 하루히코는 갑자기 새 양복이 사고 싶어졌다.

“왜? 올여름은 새로 사지 않아도 된다고 했잖아요.”

"마음이 바뀌었어. 이제 단골 거래처 회식도 꽤 있을 것 같기도 하고."

"돈 있어요?"

"있어. 컴퓨터 바꾸는 거 보류하려고."

"그럼 나도 정장 한 벌 살 거야."

"그거 입고 어딜 가려고?"

말이 입 밖으로 나온 순간 아차 했다.

아니나 다를까, 노리코는 잔뜩 화가 난 얼굴로 "어차피 전업주부는 갈 데도 없다 이거군. 남편은 혼자서 놀러 나다니는데"라며 빈정댔다. 어쩔 도리 없이 가까운 시일 내에 프랑스 레스토랑에 데리고 가기로 약속하고, 겨우 기분을 돌릴 수 있었다.

하루히코는 밝은 회색 양복을 입어보았다.

"이거, 너무 젊은 사람 취향 아니에요?" 노리코가 옆에서 참견한다. "쓰리 버튼을 어떻게 입으려고."

"괜찮아. 가끔은."

하루히코는 거울에 비친 자신의 모습이 흡족해 미소를 지었다. 키는 큰 편이다. 아직 배도 나오지 않았고, 머리숱도 풍성하다. 적어도 젊은 여자가 나란히 걷기를 싫어할 만한 용모는 아니다.

도모미가 보면 뭐라고 할까, 상상해봤다. 틀림없이 잘 어울린다고 말해줄 것이다. 마음이 조금 달콤해졌다.

그때 거울 뒤에서 바라보고 있는 노리코와 눈이 마주쳤다. 당황하여 헛기침이 나왔다.

"당신, 회사 여자들한테 잘 보이려는 거죠."

노리코는 팔짱을 끼고 흘겨보며 말했다. 15년씩 살을 맞대고 살다 보니, 사람 속이 훤히 들여다보이는 모양이었다.

집에서 도모미 얘기는 가급적 피했다. 그저 신참 직원이 들어왔다고만 말했을 뿐이다. 섣불리 화제에 올리면 아내는 미세한 주름의 움직임까지도 놓치지 않을 것이 뻔하다.

월요일, 출근하자 도모미가 다시 한 번 주말의 환영회에 대한 인사를 하러 왔다.

"택시비는 야마구치가 냈나?"

하루히코가 가벼운 말투로 물었다. 실은 금요일 밤의 일이 가장 마음에 걸렸다. 일요일에도 하루히코는 줄곧 온갖 상상에 마음을 졸였다.

"각자 냈어요. 종합직이라 남자랑 월급도 같잖아요. 앞으로는 술 마실 때도 더치페이하는 게 좋겠어요." 도모미가 상냥하게 말했다.

휴우, 속이 후련해지고 가벼워지는 것을 느꼈다. 도모미는 그렇게 쉽사리 남자에게 틈을 보일 여자가 아니다. 분명 몸가짐이 단정한 것이다.

야마구치와도 특별히 친한 것처럼 얘기하거나 하는 일은 없었다. 기분 좋게 한 주의 시작을 맞이할 수 있을 것 같았다.

다만 새로 사 입은 양복에 대해 도모미가 한 마디도 없어 조금 낙담했다.

이래서 부하 직원을 좋아하게 되면 피곤해진다. 감정의 기복이 심해져서 마치 순진한 중학생으로 되돌아간 심경이 된다.

*

이래저래 조바심을 태우기는 하지만 사랑을 하면 매일 긴장감이 생기는 것도 사실이었다. 도모미에게 멋있게 보이고 싶은 생각에 하루히코는 일을 능숙하게 척척 처리했다.

부하 직원 중 하나가 다른 과의 실수를 뒤집어쓰게 되었을 때는 한마음이 되어 싸웠다. 부장에게 대들면서 적잖이 도모미의 눈을 의식했다.

사소한 일에 마음이 들뜨기도 했다. 사무실에 둘만 남았을 때 도모미가 커피를 타준 적이 있었다. 그것만으로도 하루가 행복했다.

그렇지만 역시 애태우는 경우가 더 많았다. 도모미가 거래처에서 돌아오는 시간이 늦어지기라도 하면, 혹시 여자를 밝히는 담당자가 그녀를 구워삶고 있는 건 아닌지 걱정되었다. 직원들과 점심을 먹을 때, 도모미가 다른 남자 옆에 앉는 것만으로도 미묘한 질투를 느꼈다.

도모미와 마리는 사이좋게 지냈다.

도모미가 종합직이면서도 도도하게 굴지 않아서겠지.

하루히코는 그렇게 생각했다. 점심은 대개 둘이서만 먹기 때문에 안심이 되었다. 남자 동료와 친하게 지내는 것보다 훨씬 마음이 편했다.

그날은 오후에 과장 회의가 있었는데, 해가 질 무렵에야 끝이 났다.

"어이, 오기노. 모처럼 한잔 어때?"

영업1과의 기타하라가 말을 걸어왔다. 입사 동기로 허물없이 지내는 친구지만, 경쟁 상대이기도 하다. 계장이 될 때도 과장이 될 때도 같이 되었다. 하지만 기타하라 쪽이 다소 인기 있는 부서여서 보이지 않는 차이가 있다. 둘은 롯폰기의 작은 요릿집에서 마주 앉게 되었다.

"니가타 지사로 간 후지사와한테서 전화가 왔어." 기타하라가 먼저 맥주를 따라주었다. "거기 음식이 맛있어서 몸무게가 3킬로나 불었다더라."

"그래, 잘됐네. 발령을 받았을 때는 어두운 얼굴이었는데."

"바보. 억지 부리는 거야. 처자식 떼놓고 혼자 부임해서 외식만 한다는 증거 아니겠어."

입사하고 20년 정도 지나면 슬슬 동기들의 여러 가지 인생사가 드러난다. 퇴사한 사람, 다른 곳으로 발령 난 사람, 부장으로 발탁된 사람. 연봉에도 차이가 나기 시작하여 모이는 기회는 눈에 띄게 줄었다. 하루히코는 자신이 중간의 상 정도라고 생각하고 있다. 기타하라는 상의 하 정도이다.

"요코이네 집은 장남이 등교 거부를 한다더군."

하루히코 연배는 그런 화제도 있을 만한 나이다. 모두가 주택대출금을 안고 있고, 아이들 교육에 골치를 썩으며, 부모 모실 준비를 하고 있다. 서로가 서로를 너무 잘 알고 있어 허세부릴 여지가 없다.

둘이서 오로지 회사 이야기만 했다. 최근에는 영화도 안 보고 책도 읽지 않으니 공통의 화제는 회사 일밖에 없는 것이다.

기타하라가 2차로 한 군데 더 가자고 하여 조금 걸어서 갈 수 있는 클럽으로 갔다. 기타하라가 호스티스를 지명하자 젊은 여자들이 양옆을 채운다. 아무래도 기타하라는 단골인 모양인지, 호스티스들과 친숙하게 아는 척을 하고 있다. 그리고 여자들이 자리를 비운 틈을 타서, 기타하라가 하루히코에게 귓속말을 했다.

"저기 빨간 옷 입은 리에 말이야." 새끼손가락을 세운다. "내 이거야."

놀라서 기타하라를 보았다. 기타하라는 조금 쑥스러워하면서도 대담하게 입꼬리가 올라갔다.

"스무 살. 전문대 학생. 본업이 아니니까 너무 닳지도 않았고. 귀여워."

아, 그렇구나. 하루히코는 그제야 기타하라가 자기를 불러낸 이유를 알았다. 동기에게 은근히 과시하고 싶었던 것이다. 젊은 여자와 바람피우고 있는 사실을.

"얼마 전 교토 출장 때도 데리고 갔었어. 어울리지 않게 사찰순례 같은 걸 했다니까."

"돈 많이 들지 않나?"

"그건 이리저리 변통하는 거지. 경비에 끼워 넣기도 하고. 아무한테도 말하면 안 돼."

"당연하지."

쓴웃음을 지으면서도 억울했다. 다른 손님을 접대하고 있는 리에라는 여자를 봤다. 기타하라가 저 여자랑 잤단 말이지.

그나마 위로가 된 것은 하루히코가 좋아하는 유형의 여자가 아니라는 것이다. 코는 낮고 눈도 작다.

화장을 지우면 분명 그저 그런 평범한 얼굴이겠지. 괜히 억지를 부려본다.

"너는 뭐 재밌는 얘기 없냐?" 술잔을 기울이며 기타하라가 말했다.

"그런 거 없어."

"일편단심 마누라야?"

"그래. 얼마 전에 동네에서 좋은 남편 대상까지 받았다, 왜!"

"바보 아냐."

둘이서 웃었다.

하루히코에게 바람피운 경험이 없는 것은 아니다. 서른 살 때 한 번 있었다. 다른 부서 종합직 여자와 술을 마시고, 그길로 관계를 맺었다. 하루히코는 날아오를 것 같았다. 당분간은 이 관계를 마냥 즐기고 싶었다. 남자로서의 기량이 올라간 기분이었다.

그러나 그것은 완전히 혼자서 북 치고 장구 친 꼴이었다. 여자는 다음 날 모르는 사람으로 돌아가 있었다. 웃는 얼굴로 대해도 일부러 눈을 피했고, 그날 밤 일은 여자의 변덕이었음을 알게 되었다.

하루히코는 자신의 어리석음이 싫어졌다. 남자가 그렇듯이 여자도 성충동은 있다. 하루히코는 멋대로 착각하고 들떠 있었던 것이다.

"우리도 이제 곧 마흔세 살이야. 뭔가 윤활유가 없으면 터져버릴걸."

"그래, 그렇지."

"여러 가지 짊어진 짐이 많으니, 이걸 어디서든 풀어야 하지 않겠어?"

"그래, 맞는 말이야."

젊은 여자가 생겼다는 여유에서인지, 기타하라는 설교조의 어투로 말했다. 하루히코는 잠자코 듣는 수밖에 없었다.

가게에는 문 닫기 직전까지 있었다. 밖으로 나오자 기타하라가 "자, 그럼 잘 가"라며 손을 흔들었다.

"난 리에랑 약속이 있어서……. 위로받아야지."

"이 자식. 확 허리라도 삐어라."

가볍게 웃고, 발로 차는 제스처를 하고 보냈다. 구두 소리를 울리며 기타하라가 사라져 갔다.

혼자가 되자 또 도모미가 생각났다.

도모미는 나를 어떻게 생각할까. 적어도 꼴 보기 싫은 상사라고는 생각하지 않을 텐데.

그렇긴 하지만 호의를 품고 있는 정도는 아닌 것 같다. 상식적으로 생각하면 나는 이미 도모미의 연애 상대로는 제외 대상인 것이다.

만약 그녀와 사귀게 되어 그 사실을 기타하라에게 알리면 녀석은 어떤 얼굴을 할까. 발을 동동 구르며 분해하지는 않을까.

아니, 달콤한 꿈은 그만 꾸자. 상사와 부하 직원 사이이다. 거북해질 상황은 가능한 한 피하고 싶다.

고개를 휘휘 저었다. 취기를 깨려고 조금 걷기로 했다.

정기 인사이동이 있은 지 보름이 지나고 새로운 환경에도 어느 정도 적응했을 시기였다. 도모미의 인상은 처음과 달라지지 않았다.

늘 차분하게 일하고 있다. 언성을 높이는 일도, 불만스러운 얼굴을 하는 일도 전혀 없었다.

그러니 하루히코의 몽상이 그치는 일은 없었다. 오히려 갈수록 부풀기만 했다.

특히 혼자 있는 출퇴근 시간에는 멋대로 도모미와의 스토리를 만들어 즐기고 있었다.

둘이서 출장을 가게 되고, 호텔에서 허물없는 분위기가 만들어진다. 술이 들어가서 취한 도모미는 요염한 눈으로 하루히코에게 안기듯 기댄다…….

40대 남자에 어울리지 않게 머릿속은 온통 할리퀸 로맨스 세계였다.

정사 같은 구체적인 상상은 참았다. 거기까지 하면 아침에 도모미의 얼굴을 볼 수 없을 것 같았기 때문이다.

가끔 제정신으로 돌아와 자신을 질타할 때도 있었다.

역시 이런 터무니없는 몽상에서 깨어나 정신 차려야 한다고.

동시에 변명도 해보았다. 도대체 몽상도 하지 않고 사는 인간이 있을까. 현실밖에 없다면 인생은 괴로움뿐일 것이다.

하루히코의 책상에서는 도모미의 옆얼굴이 보인다. 어느덧 그것이 가장 좋아하는 각도의 얼굴이 되어버렸다.

한편 하루히코는 오른쪽 45도에서 보이는 자신의 얼굴이 마음에 든다. 조금 비스듬한 자세로 컴퓨터 자판을 두드리는 것도 그 때문이다. 정말 사랑에 빠진 인간은 못 말린다.

"과장님!" 컴퓨터를 마주하고 있는데, 야마구치가 하루히코를 불렀다.

"다음 주 일요일, 제가 이스트산업 전시직매장 담당인데, 구라타 씨한테 협조 좀 구해도 괜찮을까요?"

대답 대신 도모미 쪽을 돌아봤다. 이미 이야기를 끝냈는지 도모미도 하루히코의 대답을 기다리고 있었다.

"일손이 부족한가?"

"예. 부스를 하나 맡아서요."

"학생 아르바이트라도 쓰면 되잖아." 자기도 모르게 목소리가 언짢아졌다.

"아니요, 아무래도 손님을 접대해야 하는 일이라 직원이 하는 게 좋을 것 같아서요."

"자네 말이지, 남의 휴일을 함부로 뺏는 게 아니야. 구라타라고 달가운 일이겠어?"

"저는 상관없어요." 도모미가 옆에서 밝은 소리로 말했다. "여러 가지 경험해보고 싶기도 하고요."

"버릇 돼. 야마구치는 자기 부모한테도 떼쓰는 친구라고."

"괜찮아요. 별다른 계획도 없어요."

마지못해 승낙하기로 했다.

하루히코의 가슴속에서 또 파도가 일렁였다. 돌아오는 일요일, 도모미는 야마구치와 둘이서 지내게 된다.

야마구치는 도모미를 어떻게든 꼬셔보려고 하지 않을까. 한동안은 그 일로 속을 끓이게 될 것 같다.

그건 그렇고, 도모미는 지금 일요일 계획이 없다고 했다. 데이트할 상대가 없는 것인가. 그렇다면 현재는 애인이 없다는 얘기가 되는데…….

살짝 마음이 설렌다. 기쁘기도 했다.

하지만 이런 정보는 혼자서만 알고 싶었다. 야마구치가 알면 야마구치까지 기회가 있다고 생각할 게 아닌가.

하루히코는 자판 두드리던 손을 멈추고, 멍하니 모니터를 바라보았다. 그러나 눈에는 아무것도 들어오지 않았다.

나도 갈까. 이스트산업에는 요즘 한참 뜸했으니까, 과장인 내가 인사도 할 겸……. 아니야, 그랬다간 야마구치가 수상하게 생각할 거야. 잘못하면 도모미에 대한 마음을 눈치챌지도 모른다.

갑자기 그림자가 모니터 불빛을 가로막았다.

"과장님!" 고개를 들자 의아하다는 표정의 마리가 뾰로통하니 서 있었다.

"무슨 일 있으세요? 몇 번이나 불렀는데."

"아, 미안, 미안. 뭐지?"

"결재 부탁드려요."

내민 서류에 도장을 찍었다. 마리는 머리카락을 휘날리며 자리로 돌아갔다.

마리를 함께 보내는 것은 어떨까. 마리의 뒷모습을 바라보면서 생각했다. 그러면 도모미의 이야기 상대는 마리가 된다. 안 돼. 마리는 휴일을 뺏기면 삐칠 것이 분명하다. 역시 혼자 속을 끓이는 수밖에 없다.

꼭 허수아비 같군. 손도 발도 꼼짝 못 하는.

하루히코는 주위에서 눈치채지 않도록 살짝 한숨을 쉬었다.

염려한 대로 일요일이 되자 아침부터 가만히 있을 수가 없었다. 책을 펴도 글자가 머리에 들어오지 않고, 텔레비전을 보아도 건성이었다. 그리고 몇 번이고 벽에 걸린 시계로 눈이 간다. 정오가 조금 지나 있었다. 전시회는 오전 11시부터 오후 5시까지다. 지금쯤 도모미는 손님을 맞고 있을 것이다.

오늘은 어떤 복장일까. 거래처 앞이라고는 하지만 정장을 입을 필요는 없다. 가벼운 작업도 있을 것이고. 그렇다면 캐주얼한 차림일 것이다. 청바지? 나는 아직 본 적도 없는 도모미의 모습을 야마구치가 보게 된다.

초조한 마음이 목구멍까지 치밀어 올라왔다.

"약속 있어요?" 홍차를 가지고 온 노리코가 물었다.

"아니, 없어."

"근데, 왜 아까부터 시계만 봐요?"

"뭐가?" 건성으로 대답한다.

"뭐예요? 외출할 일이라도 있어요?"

"그게 아니고……." 홍차에 레몬을 떨어뜨렸다. "거래처 전시회가 있는데, 우리 쪽에서도 거들러 나갔거든. 잘하고 있는지 걱정이 돼서."

"누가 나갔는데요?"

"야마구치." 도모미의 이름은 말하지 않았다.

"그럼, 걱정 안 해도 되겠네요. 야마구치 씨는 확실하게 일을 잘하니까."

"그렇지도 않아. 그 친구 덜렁대는 데가 있어서."

"저기요, 당신 사무실 직원들 한 번 더 집으로 초대하는 게 어때요?" 노리코는 쿠키를 야금거리며 말했다.

"이번에 부녀회에서 주최하는 요리교실에서 파엘라• 만드는 법을 배웠거든. 나, 그거 만들게요."

"다들 오고 싶어하지 않을걸. 황금 같은 휴일인데."

• 스페인의 전통요리로 육류와 해산물 볶음밥.

"뭐 어때요. 주말 하루 정도쯤이야. 사무실에 싱글은 몇 명이나 있어요?"

손가락을 꼽으며 세어보았다. "다섯 명인가."

"그 사람들만이라도 불러요. 친목 도모에 좋은 기회잖아. 당신, 직원들한테 술도 잘 안 사는 사람이잖아요. 가끔은 그 정도라도 해야지요."

"음……. 생각해볼게."

하루히코는 아무 생각 없이 대답했다.

밖은 장맛비가 잠깐 그친 상태였다. 아이들은 점심을 먹자마자 어딘가로 나갔다. 더 이상 부모랑 같이 있고 싶어할 나이도 아니다. 그래서 휴일은 이렇게 아이들 없이 아내와 둘만 있는 일이 많다.

노리코가 산책을 하고 싶다고 해서 제방까지 걷기로 했다.

하늘은 약간 흐리지만, 가끔 구름 사이로 여름다운 빛이 내리쬔다. 바람이 불어서 땀이 나지는 않았다.

"요코 말이에요." 노리코가 기지개를 켜면서 말했다.

"학교에서 연애편지 받았대요."

"어디 사는 어떤 놈이야?"

"모르죠, 그런 것까지는." 노리코는 태평하게 웃었다.

강으로 내려가 물가까지 갔다. 노리코가 돌을 주워 강을 향해 던지기 시작했다.

하루히코는 조금 떨어진 곳에 앉아, 노리코의 모습을 바라보았다.

예전에 노리코는 같은 과의 서무 담당이었다. 처음에는 그저 동료라는 의식밖에 없었으나, 하루히코가 다른 과로 옮긴 후부터 은근히 마음이 쓰이기 시작했다. 노리코도 마찬가지였는지, 복도에서 마주치면 수줍어하는 미소를 보냈다. 그 후, 둘은 급속도로 가까워졌다. 서로가 한눈에 반한 것이 아니라, 서서히 좋아진 것이다.

남자와 여자는 천천히 마음이 가는 게 좋지. 한눈에 반해버리면 좋은 면만 보이려고 한다.

손목시계를 보았다.

지금쯤 도모미는 바쁘게 일하고 있겠지.

마누라가 옆에 있는데도, 하루히코는 역시 도모미를 생각하고 있었다.

저녁 무렵이 되자, 하루히코는 안절부절못했다.

오후 6시. 전시회 뒷정리도 끝났을 테고 저녁식사를 할 시간이다. 야마구치도 도모미도 독신이니까, 지극히 자연스럽게 "저녁이라도 같이 할까?" 이런 분위기로 흐를 것이다.

그러면 도모미도 딱 잘라 거절할 수는 없겠지. 상냥한 사람이니 웃는 얼굴로 받아들일 것이 분명하다.

식사 정도라면 좋다. 아니 솔직히 식사를 같이 하는 것도 싫지만, 그것까지는 참을 수 있다. 걱정이 되는 것은 그다음이다. 분명 야마구치는 "가볍게 한잔 어때?"라고 할 것이다. 단둘이 술을 마시는 것이 정말 불안하다.

도모미는 단호하게 거절할까. 어정쩡하게 끌려가지는 않을까. 게다가 공교롭게 그 둘은 집도 같은 방향이다.

저녁 메뉴는 좋아하는 전골요리인데도 젓가락이 움직이질 않았다. 노리코가 눈치채지 못하도록 묻는 말에 대꾸는 했지만, 마음은 딴 곳에 가 있었다.

욕조에 들어가서도 편치가 않았다. 가슴이 가볍게 죄어드는 느낌이 계속되었다.

좋지 않은 상상만 자꾸 들었다. 취기가 돌아 분위기가 좋아진다거나, 실은 도모미도 야마구치가 꼭 싫은 것이 아니었다거나 하는.

한편으로는 자신의 어리석음도 나무랐다. 가령 스물여덟 살의 야마구치와 스물다섯 살의 도모미가 연인 사이가 된다면, 일반적으로는 축하할 일이다. 마흔두 살인 자신이 끼어들 자리는 없는 것이다.

도대체 나는 도모미를 어떻게 하고 싶은 것일까.

뜨거운 물을 손바닥에 담아 얼굴을 씻었다. 이번에는 중증이라고 하루히코는 생각했다. 과거의 몽상은 이 정도는 아니었다.

도모미가 알면 불쾌할 것이다. 스스로도 잘 알고 있었다. 중년 아저씨가 제멋대로 자기를 성녀聖女로 만들어놓고 몽상이나 즐기다니, 하고. 하루히코는 자신이 혐오스러웠다.

도모미는 지금쯤 술을 마시고 있을까. 그 보들보들한 뺨을 핑크빛으로 물들이고.

입에서 하릴없이 한숨만 새어나왔다.

그러지 말고 야마구치에게 전화해볼까. 하루히코는 문득 그렇게 생각했다.

견제라도 해둘까. 늦게까지 도모미를 붙들어두지 말라고. 그렇게라도 하지 않으면 오늘 밤은 제대로 잘 수도 없을 것 같다.

아니지, 그랬다가는 질투하는 것이 단번에 들통날 것이다. 하루히코는 잠시 궁리했다.

그렇다. 야마구치의 휴대전화로 전화를 해서 "이스트산업 부장님 옆에 계신가?" 하고 물으면 될지도 모른다. 한동안 연락을 못 했는데 인사라도 하고 싶다는 이유를 대고. 그러면 적어도 야마구치와 도모미가 지금 어디에 있는지는 알 수 있다.

하루히코는 서둘러 욕실에서 나왔다. 바보 같은 행동인 줄은 알지만 멈출 수가 없었다.

몸을 식히는 둥 마는 둥 하고 수화기를 손에 쥐고, 급하게 야마구치의 전화번호를 눌렀다.

기계음 메시지가 흘렀다. 전원이 꺼져 있다.

하루히코는 혀를 찼다. 이렇게 된 이상 도모미 휴대전화로 전화를 걸 수밖에 없다. 목소리라도 듣고 싶어졌다.

다행히 도모미는 곧 전화를 받았다. "오기노 과장인데"라고 하자 조금 사이를 두고 "죄송해요" 하는 도모미의 목소리가 되돌아왔다.

"식사 중이었거든요." 도모미가 말했다.

"아, 그래? 나야말로 미안, 식사 중인데. 야마구치한테 전화했더니 연결이 안 돼서 말이야. 지금 옆에 이스트산업 부장님 계신가?"

"아니요, 저는 지금 집에 있는데요."

"으음, 그래. 집이야? 야마구치는?"

"전시회 마치고 나서 그곳 거래처 분이랑 한잔하러 간 것 같은데요."

"도모미 씨는 가지 않았어?"

"저는 땀을 좀 흘려서 빨리 돌아와 씻고 싶어서요."

"그랬군." 하루히코의 마음이 순식간에 밝아졌다. "야마구치한테 초밥이라도 사라고 하지 그랬어."

"호호호, 그러게요."

몸이 날아오르는 것 같았다. 도모미는 혼자서 일찌감치 귀가한 것이다.

"오늘 수고했어. 대신 다음에 휴가로 받을 수 있게 해줄게."

"어머, 좋아라. 금요일이나 월요일로 해서 사흘 연휴로 쓸 수 있게 해주세요."

도모미의 환한 목소리에 하루히코의 가슴마저 따뜻해졌다.

전화를 끊고 정말로 좋아서 몸을 들썩이며 춤을 추었다. 거실에서 텔레비전을 보고 있던 노리코와 눈이 마주치자 하루히코는 황급히 얼버무렸다.

"당신, 왠지 기분이 좋은 것 같네."

"응, 거래처 전시회가 무사히 성공해서."

"야마구치 씨야?"

"아니, 구라타라는 사람이야."

"흐음……."

노리코의 흘깃거리는 시선을 의식하면서 주방으로 걸어갔다.

어처구니없다고 생각하려면 해. 좋은 걸 어쩌라고.

하루히코는 또 하나의 이성적인 자신에게 말을 걸며, 냉장고에서 꺼낸 맥주병을 땄다.

*

한 달 정도 지나자 도모미에 대한 평판은 거래처에도 퍼졌다. 하루히코가 담당자와 만나면 "이번에 들어온 사람, 좋던데요"라고 칭찬하는 소리를 듣게 되었다. 커리어우먼 같지 않은 부드러운 태도와 말씨가 인정을 받고 있는 것이다. 도모미는 스물다섯 살인데도 차분한 분위기가 있어서, 그것이 편안함을 주는지도 모른다.

부하 직원의 칭찬을 듣는 것은 좋았지만, 동시에 경계심도 생겼다. 이 남자가 혹시 도모미를 노리고 있는 게 아닐까 살피게 되고 마음은 천 갈래 만 갈래로 복잡해졌다.

하루히코의 상사병은 조금도 나아질 기미를 보이지 않았다. 혼자 있을 때는 온통 도모미 생각뿐이다. 몽상의 세계에서는 마침내 자신이 최연소 대표이사로 전격 발탁되어, 도모미를 비서로 등용하는 스토리까지 만들어지고 말았다. 그리고 그때마다 정신을 차리고, 바보라고 한숨을 내쉬었다.

하루히코는 자기가 도모미에게 마음이 있다는 것을 주위에서 눈치챌까 봐 최대한 주의를 기울이고 있다. 그런 것이 사내에 알려진다면 남의 말하기 좋아하는 사람들에게 무슨 소리를 들을 것인가.

관심 없는 척했다. 도모미를 포함해 부하 직원들이 한잔하러 갈 때도 따라가고 싶은 것을 참고, "2만 엔 미만이면 경비로 처리해줄게"라고 여유 있는 포즈로 보냈다. 그러고는 집으로 돌아와 욕조에 몸을 담그고 혼자 끙끙대는 것이다.

그 대신 업무는 도모미와 교묘하게 얽히도록 배정했다. 얼마

전에는 함께 시즈오카까지 당일치기 출장을 갔다. 신칸센 안에서 도모미는 귤을 까서 하루히코에게 건네주었다. 하늘이라도 날 듯이 기뻤다. 그런데 그게 다였다. 그때부터 도모미는 줄창 책만 읽었다.

도모미는 누구에게나 꾸밈이 없다. 그리고 누구에게나 일정 거리를 유지하고 있다.

이 사람은 도대체 누굴 좋아하는 걸까.

요즘 들어 일이 바빴다. 여름휴가를 앞두고 예정을 앞당겨 처리하기 때문이다.

그날 밤도 하루히코는 밤 10시 가까이 회사에 남아 있었다. 도모미와 야마구치도 같이 있었다. 한적한 사무실에 컴퓨터 자판 두드리는 소리만 울렸다.

도모미가 컴퓨터 전원을 껐다. 얕은 한숨을 쉬고, 고개를 좌우로 돌렸다. 그러자 야마구치도 서류 뭉치를 탁탁 책상 위에 정리하며, 짐짓 꾸민 듯한 하품을 했다. 도모미가 일을 마치는 시간을 기다렸다가 같이 퇴근하려는 속셈임을 알 수 있었다. 게다가 둘은 집이 같은 방향 아닌가.

“이봐, 야마구치.”

하루히코가 불렀다. 불러놓고는 곧바로 후회했다. 야마구치에게 용건이 없었던 것이다.

“그거, 어떻게 되었지?”

열심히 머리를 굴렸다. 얼굴이 조금 벌게졌다.

"그거라니, 뭐 말입니까?"

"그거 있잖아, 그거." 눈을 감고 이마에 손을 댔다.

"응, 그러니까, 제목이 떠오르질 않네……."

"치매이신가요?"

이 자식. 도모미가 쿡쿡 웃고 있다.

"아, 맞다." 겨우 적당한 안건을 생각해냈다. "중앙상사 견적 건. 그리고 향후 일 년간 납품 계획도."

"다음 주까지 하라고 하셨잖아요?"

"다음 주는 내가 너무 바빠."

"이렇게 갑자기……." 야마구치가 입을 삐죽거렸다.

"그럼, 저는 먼저 퇴근하겠습니다." 도모미가 자리에서 일어나 인사를 했다.

"그래, 수고했어요." 흘낏 시선을 주고 사라져 가는 그녀를 지켜봤다.

"지금요?" 원망스러운 듯이 야마구치가 물었다.

"대충 계산한 거라도 좋으니까 보여줘. 20분 정도면 충분하겠지? 그걸로 내일 아침 제일 먼저 부장님 지시를 받을 작정이거든."

야마구치가 노골적으로 얼굴을 찌푸렸다. 마지못한 태도로 다시 책상 앞에 앉는다.

다소 어색했지만, 어떻게든 둘이서 나란히 퇴근하는 것을 저지할 수 있어서 하루히코는 안심했다. 한편으로는, 야마구치가 도모미에게 마음이 있다는 것을 새삼 확인하고 마음이 어두워져 버렸다.

만약 두 사람이 연인 사이가 된다면 자신은 냉정하게 지켜볼 수 있을까.

모르는 남자라면 참을 수 있다. 그리고 자연스럽게 도모미에 대한 몽상은 그치게 되겠지.

그렇지만 야마구치는 너무 가깝다. 뜨거운 시선을 주고받는 꼴이라도 봐야 한다면, 분명 질투로 미쳐버릴 것 같다.

며칠 후 바로 그런 조짐을 보이는 사건이 일어났다. 점심시간이 끝날 즈음, 도모미가 골프 클럽 몇 개를 안고 돌아온 것이다. 도모미 뒤에는 능글맞은 얼굴의 야마구치가 있었다.

"그거, 어떻게 된 거예요?" 마리가 물었다.

"샀어요." 도모미가 기쁜 듯이 대답했다. "야마구치 씨가 골라줬어요."

"골프 시작하려고요?"

"예. 조금 해볼까 해서요."

"괜찮다니까요. 구라타 씨라면 잘할 수 있어요. 우선 두세 번 샷 연습하고, 퍼터랑 샌드웨지도 갖춰서 코스로 나갑시다."

야마구치가 상기된 얼굴로 기염을 토한다.

하루히코는 약이 올라서 대화에 끼어들지도 않았다.

뭐야, 골프는 하고 싶지 않다더니. 마음속으로 도모미에게 화풀이를 했다.

물론 야마구치는 더더욱 괘씸했다. 그날따라 실수를 저지른 그를 직원들이 다 보는 앞에서 심하게 질책했다.

창백하게 질린 얼굴로 고개를 떨어뜨린 야마구치를 보니 점점 더 화가 났다. 몽상처럼 되지 않는 현실에 대한 분풀이였다. 화가 진정되자 이번엔 자기혐오가 엄습하기 시작했다.

차라리 도모미가 전직이라도 해주면 얼마나 편할까.

비가 갠 일요일 오후, 영업3과의 싱글들만 하루히코의 집에 모였다. 노리코가 굳이 음식을 대접하고 싶다고 하여, 하루히코가 마지못해 자리를 마련한 것이다. 부하 직원들에게는 "시간이 되면 오라"고 빈말 던지듯 말했다. 그런데도 다 온 걸 보면 회사원들이란 은근히 눈치 빠른 종족이다.

직원들은 와인을 가지고 왔다. 도모미는 따로 꽃도 사들고 왔다. "사모님께 드리는 선물이에요" 하며 아내에게 건네준다. 그것으로 처음 만나는 두 사람은 완전히 허물없는 사이가 되었다.

노리코가 만든 파엘라는 다들 맛있게 먹고 본인도 만족스러워했다. 식사 후에는 와인을 마시며 이야기를 나누었다. 노리코와 도모미와 마리는 여자들끼리 신이 나 있었다.

"과장님, 옛날에는 서퍼였다면서요?"

도모미의 말에 얼굴이 빨개졌다. 셋이서 깔깔거리며 웃는다. 노리코가 하루히코의 옛날 이야기를 하고 있는 모양이다.

남자는 마침 네 명이어서 마작을 했다. 업무는 잊고 거침없는 농담을 주고받았다.

"저 대들보, 저희한테서 마작으로 착취한 돈으로 세운 거죠?"

하루히코에게 유리한 패를 내놓게 된 야마구치가 밉살스럽게 말했다. 하루히코는 아무 거리낌 없이 즐겁게 시간을 보내는 직원들을 보면서 때로는 이런 모임도 나쁘지 않구나 하는 생각이 들었다.

저녁 무렵 그들은 웃는 얼굴로 돌아갔다. 하루히코는 아내를 도와 뒷정리를 끝내고 나서 잠자리에 들기 전에 아내에게 수고했다는 치하의 말을 건넸다.

"천만에요." 노리코는 이불 속으로 파고들면서 크게 한숨을 쉬며 대답했다.

그녀는 머리맡의 스탠드를 끄는가 싶더니, 그대로 누워 천장을 빤히 쳐다보고 있었다.

"……구라타 씨, 참 좋은 여자던데요." 불쑥 말한다.

"으응." 대답하면서 가슴이 뜨끔했다.

"과연, 과장님은 현재 부하 직원인 구라타 씨에게 뽕 갔다 이거군."

"그게 무슨 소리야?"

하루히코가 쓴웃음을 짓는다. 그러나 입술이 떨렸다.

"알아요. 그 정도는." 노리코는 다 알고 있다는 투다.

"웃기지 마." 몸을 뒤척여 등을 돌렸다.

"저것 좀 봐, 또 피하네."

"피하긴 누가 피했다고 그래."

"피하고 있잖아. 정곡을 찔리니까 뜨끔해?"

하루히코는 헛기침을 하면서 이불을 목까지 끌어올렸다. 심장이 쿵쾅거리고 있었다.

"6월부터였지 아마……. 당신이 태도가 갑자기 달라졌던 게."

노리코가 개의치 않고 말을 잇는다.

"유난히 복장에 신경을 쓰질 않나, 흰머리를 보면 뽑아달라고 하질 않나. 그런 눈치도 못 챌 정도로 둔한 여자는 아니네요. 아, 누군가의 마음을 끌려고 하는구나. 그것도 매일 얼굴을 맞대는 사람이구나 싶던걸."

"과대망상이야." 아무렇지도 않게 말하려고 했지만 가래가 목에 걸렸다.

"그렇지만 뭐, 어쩌겠어. 사람이 좋아지는걸."

"아니라니까." 거짓말로라도 끝까지 부인하려고 아내 쪽으로 돌아누웠다. "그럴 상대가 아니잖아. 열일곱 살이나 어린 아이야. 단지 보호자 같은 입장으로 대하는 거라고."

"그럴까?" 노리코는 그대로 천장을 보고 있다.

"그렇다니까!"

"뭐, 건드리지 않은 것만은 나도 알아요."

"당연하지." 조금 강한 투로 말했다.

"불륜 관계라면, 상대 남자의 마누라한테 그렇게 자연스러운 태도를 취할 수는 없었을 테니까."

"이봐, 말조심해. 구라타에게 무슨 실례야?"

"과장님의 짝사랑이군."

"그쯤에서 관두지 않으면 화낸다."

노리코는 가만히 있었다. 잠깐 침묵이 흘렀다.

"……구라타 씨가 좋은 사람이라 다행이야." 노리코가 한숨을 섞어 입을 열었다. "사실 나, 조마조마했었어. 어떤 사람일까 하고."

"과대망상이라니까." 이번에는 달래듯이 말했다.

"뭐 어때, 사람을 좋아하는 게. 나도 가끔은 당신 말고 다른 남자, 좋아하는걸 뭐."

"이봐……."

"작년 준의 담임선생님이 너무 핸섬해서 나 일 년 내내 설레었어. 괜히 학부모회 용건을 만들어서 학교에 가기도 했지."

"정말이야?"

"일부러 미용실에서 머리도 하고, 가슴도 조금 파인 블라우스를 입고.”

“그만둬.”

“남자만 밖에서 연애한다고 생각하면 큰 착각이야.”

노리코는 거기까지 말하고, 스탠드를 껐다. 방이 어둠에 휩싸였다.

이불을 뒤집어쓰고 살짝 가슴에 손을 얹었다. 아직도 심장 고동이 가라앉지 않는다. 하루히코는 아내의 뛰어난 직감에 당황했다. 도모미 이야기는 집에서는 가능한 한 하지 않으려고 했었다. 물어도 애써 무관심한 척 대답했었는데.

“그 사람한테 엉뚱한 맘 품지 말아요.”

생각에 잠겨 있는데 불쑥 노리코가 말했다.

“으응…….” 얼결에 대답을 해버렸다. 어둠 속에서 얼굴이 일그러졌다.

“바보.”

아내의 쓸쓸한 목소리가 방 안에 울렸다.

노리코의 견제도 작용했는지 한동안 하루히코의 몽상은 강도가 약해지는 듯 보였다. 이제 출퇴근 시간에는 일에 대한 생각도 할 수 있게 되었다. 전에는 있을 수 없던 일이다.

그렇지만 그것도 길게 계속되지는 않았다. 직원들에게 희망하는 여름휴가 날짜를 적어 내라고 했을 때, 또 하루히코의 마음에 파도가 일었다. 도모미와 야마구치의 휴가가 6일씩이나 겹치고 있었다.

하루히코의 회사는 정해진 날 일제히 쉬는 휴가가 아니었다. 각자가 자유롭게 연속 9일간의 휴가를 쓸 수 있다. 도모미는 오봉•의 혼잡을 피하고 싶다며 8월 1일부터 9일까지 신청했다. 야마구치는 8월 4일부터 12일이었다. 4일부터 9일까지가 두 사람의 휴가가 겹치는 날짜다.

"휴가 땐 어디 갈 거야?" 도모미에게 넌지시 물었다.

"센다이 고향집에 가서 푹 쉬려고요."

야마구치에게 묻자 "특별히 계획은 없습니다. 가까운 데 다녀올까 해요"라는 대답이 돌아왔다.

과연 스물다섯 살의 여자가 집에서 가만히 있을 수 있을까. 보통은 여행이라도 간다. 야마구치도 그렇다. 집에서 다니니까 돈은 있다. 하와이든 타히티든 어디라도 갈 수 있을 것이다.

둘이서 6일간을 함께 보내는 것은 아닐까. 휴가 전체를 같은 날짜로 잡으면 주위의 의심을 받으니까 조금 어긋나게 잡아 위장하려는 것은 아닐까. 갑자기 의구심이 생겨 가슴을 죄었다.

그러고 보니 최근 도모미는 골프 클럽을 세트로 사서 갖추었다. 하루히코가 모르는 사이에 야마구치의 레슨을 받고 있는

• 우리의 추석 같은 명절로 양력 8월 15일.

걸까. 자신이 모를 뿐이지 두 사람은 이미 연인 사이가 된 것은 아닐까.

그렇게 생각이 들자 도모미의 사소한 행동까지 마음에 걸렸다. 야마구치가 책상에서 기지개를 켜자 도모미가 흘끗 시선을 준다.

뭔가 신호를 주고받은 것은 아닐까. 하루히코는 일이 손에 잡히지 않았다.

그러다 우연히 사무실에 마리와 둘이만 있게 되었다. 한가한 것 같아 어디 가서 차나 마시자고 했다. 이런저런 잡담을 하다가 마리에게 넌지시 물어보았다.

"구라타는 이제 우리 과에 완전히 적응한 것 같아?"

마리가 고개를 끄덕인다. 거기까지는 상사로서 자연스러운 질문이었다. 그러나 다음이 좋지 않았다. "요즘 야마구치하고 특별히 친한 것 같던데." 어느새 뒤를 캐는 꼴이 되어버렸다.

"그래요?" 마리가 의아한 듯이 하루히코를 본다.

마리의 그 눈에 당황했다. 이 말은 도모미에게 전해지겠구나 싶었다. 과장님, 구라타 씨랑 야마구치 씨를 수상하게 생각하던데요, 라고.

"아니, 뭐 아무래도 상관없지만." 말하면서 뺨이 굳어졌다. 체온도 올라간 기분이다. "독신들끼리니 어떻게 되든 이상한 일은 아니지."

아니, 이런 식으로 말해서는 안 돼. 좀 더 자연스럽게 무관심을 가장해야 돼.

"벌써 눈이 맞았으면 그것도 축하할 얘기고."

그런데 더 고약한 말을 해버렸다. '눈이 맞았다'니, 얼마나 상스러운 말인가. 이마에서 땀이 났다.

어째서 인간은 뒤가 켕기면 쓸데없는 말이 많아지는 걸까.

"눈이 맞다니요, 그건 아니지 않나요?"

마리가 기분이 상한 듯이 말했다. 경멸이나 하는 사람이라고 생각했을 것이다.

하루히코는 갈수록 더 진땀이 났다. 겨우 화제를 돌리기는 했지만 끝까지 대화는 어색했다.

자리로 돌아와서는 더욱 우울해졌다. 마리와의 대화를 돌이켜 생각해보니 자신이 질투하고 있다는 것을 그대로 드러냈기 때문이다.

마리는 상당히 감이 빠르다. 일반직 여자들이 직장의 남자들에 대해 얼마나 날카로운 관찰력을 가지고 있는지를 하루히코는 너무나 잘 알고 있었다.

후회스럽기 그지없었다.

마리에게 입막음 조로 돈이라도 쥐여줄까 진지하게 고민할 정도였다.

*

마리에게 갈팡질팡하는 모습을 보이고서도, 하루히코는 끊임없이 의심하는 하루하루를 보내고 있었다. 복도를 지나다가 급탕실에서 여직원들의 웃음소리가 들리기만 해도 가슴이 철렁 내려앉았다. 다들 자기 이야기를 하고 있는 게 아닌가 싶어 몸이 오그라드는 것 같았다.

마리는 천성적으로 착한 여자다. 직속 상사를 웃음거리로 만들 만큼 잔혹하지는 않다. 하지만 일반직 동료에게 말하는 것은 자연스러운 일일 수도 있다. 마리는 걱정하는 투로 털어놓았다고 해도, 그 이야기를 들은 여직원들이 눈을 반짝이면 곧바로 그것은 웃음거리로 퍼진다. 도저히 낙관하며 있을 수 없는 것이다.

도모미는 평상시와 전혀 다름없이 지내고 있다. 하루히코를 대하는 태도에는 변화가 없었다. 소문이라는 것이 정작 당사자의 귀에는 들어가지 않을 수도 있기 때문에 하루히코로서는 그 가능성에 매달릴 수밖에 없는 상황이다.

마리는 두 사람의 관계를 부인했다. 희망을 가질 정보라면 그 정도였다.

그러나 만약을 위해 야마구치의 휴가에 조치를 취했다. 도모미와 겹치는 6일 중 중간쯤 해당하는 날에 일을 만들어 출근을 명령했다.

"휴가 중에 하루를 나오라니, 그러면 휴가 기분을 망치지 않습니까." 야마구치는 얼굴을 찡그리며 저항했다.

"특별히 여행을 갈 것도 아니라면서? 그 정도 갖고 불평하지 마." 떳떳지 못하다 보니 괜히 고압적인 태도가 되어 공기가 험악해졌다.

야마구치가 저항하자 뭔가 있는 것이 아닐까 하는 의심이 다시 고개를 쳐들어 하루히코는 초조해졌다. 이러는 자신이 형편없는 상사라는 걸 알고 있다. 그러나 어떻게 할 도리가 없었다.

도모미는 갈수록 더 예뻐졌다. 아니, 겨우 몇 주 만에 얼굴이 달라질 까닭이 없으니, 그것은 단지 하루히코의 착각이었다. 일하는 중에 옆얼굴을 훔쳐보고는 숨쉬기가 고통스러울 때조차 있었다. 머리카락을 쓸어 올리는 몸짓 하나에도 가슴이 아플 정도다.

이렇게 고통스러울 바에는 차라리 고백해버릴까 생각할 때도 있다.

미안하지만 당신을 좋아한다고.

그렇지만 그 다음 일을 생각하면, 도대체 자신도 어떻게 하고 싶은 것인지 알 수가 없었다.

애인으로 삼고 싶은 것인가. 도모미를 만지고 싶은 것은 사실이지만, 그런 성적인 욕구는 아닌 것 같다.

그렇다면 플라토닉러브를 꿈꾸고 있는 것인가. 웃기는 소리다. 둘이서 차를 마시고, 이야기를 나누고, 그런 것으로 충족될 리도 없다.

결혼과 이혼을 반복하는 할리우드 스타였다면 이럴 때 곧장 프러포즈하겠지. 조강지처와 자식 따윈 잊어버리고……. 생각대로 한 다음 얼굴 한가득 미소를 짓는 것이다.

하루히코는 자신이 연애에는 재주가 없다는 생각이 절실하게 들었다. 점쟁이라도 찾아가고 싶은 심정이었다. 다른 사람들은 이럴 때 어떻게 하지?

그날 밤은 도모미가 담당하는 거래처의 파티가 있었다. 하루히코에게도 초대장이 와서, 처음에는 참석해야 할지 말아야 할지 망설였다. 혹시 그 소문이 흘러 흘러 도모미의 귀에 들어갔다면, 태연스럽게 따라가는 자신이 얼마나 한심할까 싶은 생각 때문이었다.

도모미가 가자고 하면 가려고 생각하고 있었다. 그런데 도모미는 "어떻게 하지요?"라고 지시를 구했다.

"나도 가는 게 좋을까?"

하루히코는 가고 싶어 죽겠으면서도 초연히 평정을 가장했다.

"시간이 되면 참석하셔서 그쪽 부장님께 인사를 해주시면 좋지요."

도모미는 생긋 웃으며 말했다.

"음, 그럼 가지."

얼굴에 희색이 드러나는 것을 억제할 수 없었다. 역시 도모미는 하루히코가 자기를 마음에 두고 있다는 걸 모르는 것이다.

도모미는 민소매 원피스를 입고 있었다. 낮에 사무실에서는 카디건을 걸치고 있었는데, 밤이 되자 그것을 벗은 것이다.

화장도 고쳤는지 립스틱이 조금 짙어졌다. 가슴에는 작은 다이아몬드 목걸이가 반짝이고 있었다.

파티 자리에서 도모미는 두려워하는 기색 없이 거래처 사람들과 담소를 나누었다. 스물다섯 살이라고는 여겨지지 않는 침착하고 여유 있는 태도다.

한 중년 남자가 도모미의 목걸이를 보고 "그거 애인이 사준 거예요?" 하고 엉큼하게 웃으며 물었다.

"아니요, 보너스로 샀어요."

도모미가 얼굴색 하나 바꾸지 않고 대답했다. 젊은 아가씨를 골려줄 생각이었던 중년 남자는 머쓱한 표정이 되었다.

하루히코는 도모미의 이런 점이 좋았다. 남자 앞에서 애교를 부리거나 콧대를 세우지도 않지만, 주눅이 들거나 상대를 얕보지도 않는다. 언제나 자신의 페이스대로 행동한다.

그래서 무슨 생각을 하는지 알 수가 없다. 항상 사무적인 태도와 헌신적인 태도 사이에서 절묘한 균형을 유지하고 있다.

허점을 보이지 않는다.

하루히코의 휴대전화가 울렸다. 야마구치였다.

“아오이상사의 기획서 건, 과장님이 확인 좀 해주셨으면 하는데요. 죄송합니다. 파티 끝나고 나서 회사에 잠깐 들러주실 수 없으신가요?”

“자네한테 맡긴다고 했잖나. 프레젠테이션까지 몽땅.”

“그래도 예산이 큰 건이라서 실수 없이 처리하고 싶습니다.”

그다지 미안한 목소리는 아니었다. 오히려 불쾌한 듯한 말투였다.

“알았어. 그럼 내일 출근하자마자 보도록 하지. 지각하지 마.”

“오늘 밤 어떻게 안 되겠습니까?”

“오늘 밤은 좀 봐줘.”

전화를 끊고 주머니에 넣으면서 문득 하루히코는 야마구치가 오늘 밤 도모미와 단둘이 있지 못하게 방해하고 있는 것은 아닐까 생각했다.

있을 수 있는 일이다. 아니 분명히 그렇다. 야마구치는 질투하고 있었다.

하루히코는 휴대전화의 전원을 껐다. 야마구치가 다시 걸었을 때 약을 좀 올려주고 싶었다.

파티가 끝날 무렵, 하루히코는 도모미를 호텔 꼭대기 층에 있는 바로 데리고 갔다.

"바에 올라가서 한잔 더 할까. 줄곧 서 있었더니 피곤하기도 하고."

"예, 좋아요." 도모미는 선선히 승낙했다.

바에 들어서자마자 도모미는 감탄의 소리를 질렀다.

"우와, 멋지다."

커다란 창으로 도쿄의 야경을 한눈에 볼 수 있었다. 눈앞에 조명을 받은 도쿄타워가 우뚝 솟아 있고, 그 맞은편에는 레인보우 브리지가 빛나고 있었다.

도모미의 소녀 같은 반응을 보자, 오랜만에 연장자로서의 여유가 생겼다.

"이런 곳에는 애인이랑 같이 오면 좋을 텐데 말이야."

"없어요, 그런 사람."

곧이곧대로 받아들여도 좋을지 모르겠지만, 하루히코의 가슴은 부풀어 올랐다.

창가 테이블에 앉아 마실 것을 주문했다. 도모미가 술 종류를 잘 모른다고 해서, 마시기 쉬운 벨리니를 골라주었다. 하루히코는 위스키를 부탁했다.

하루히코는 술을 마시며 칵테일 지식을 넌지시 과시했다. 도모미가 몹시 감탄했다. 그렇다. 도모미는 아직 스물다섯 살인 것이다. 전혀 겁낼 것 없다. 하루히코는 갑자기 자신감이 생겼다.

"지난번에 사모님이 만드신 파엘라 정말 맛있었어요." 도모미가 말했다.

"그날은 다행히 성공했더군. 나는 그전에 죽처럼 만들어진 걸 먹었다니까."

도모미가 깔깔거리고 웃는다.

"작년에는 즉석 셀프 초밥 파티를 열었는데, 미리 치즈니 토마토말이 같은 괴상한 것들을 먹어보라고 하잖아. 정말 힘들었다니까."

도모미는 손뼉을 치며 즐거워했다. 하루히코의 마음이 들떴다. 민소매 옷에서 길게 뻗은 도모미의 팔이 너무나 부드러워 보였다.

"그래도 정말 사모님 멋지세요."

"응? 그만해. 마누라 얘기는."

"왜요?"

"젊고 예쁜 여자 앞에서 살림 냄새 나는 얘기는 하고 싶지 않은걸."

"앗, 사모님한테 이를 거예요."

"일러."

가볍게 턱을 내민다. 껄끄러운 대화도 자연스럽게 이어나갈 수 있었다.

하루히코는 기분이 좋아져 위스키를 추가로 주문했다. 도모미에게는 다른 칵테일을 골라주었다. 도모미의 뺨이 발그레하게 물들기 시작했다.

얼마 동안 두서도 없이 이야기를 하고 있는데, 도모미의 휴대전화가 울렸다. 백에서 휴대전화를 꺼내 누군가와 이야기를 주고받았다.

"예…… 예……. 지금 저랑 같이 계세요."

누굴까. 하루히코는 의아스러웠다. 불길한 예감이 들었다.

"야마구치 씨예요. 뭔가 급한 용무 같아서."

말없이 휴대전화를 받아들었다. "뭐야?" 말투가 거칠어졌다.

"아, 과장님이세요? 몇 번을 걸어도 연결이 안 되기에 혹시 구라타 씨랑 같이 계시지 않을까 싶어서 구라타 씨에게 전화를 걸었습니다."

그렇군. 야마구치는 언젠가 내가 쓴 수법과 똑같은 짓을 하고 있는 건가.

"아까 말씀드린 기획서, 수정사항이 있으면 안 되니까, 아무래도 오늘 밤 안으로 확인해주실 수 없을까요? 오실 수 없으면 제가 가겠습니다."

"내일 하자, 내일."

"오늘 일을 내일로 미루지 말라고 과장님이 늘 말씀하셨잖습니까?"

"나는 벌써 술을 마셨거든."

"그럼 커피라도 드시면서 술 좀 깨고 계세요."

야마구치가 시비라도 걸 태세로 하는 말투에 울컥 화가 치밀었다.

"안 돼. 내일이라고 했으면 내일 하자고."

"과장님, 지금 어디 계세요?"

"야경이 아주 끝내주는 곳이다."

마지막에는 의미심장하게 말하고 일방적으로 전화를 끊었다. 아예 전원도 꺼버렸다.

"이런 바에서는 휴대전화 금지일 거야." 그렇게 말하고 도모미에게 돌려주었다.

"무슨 일이세요?"

"야마구치가 떼를 쓰려고 하잖아. 이 친구 아직도 철이 안 들었다니까."

도모미가 난처한 듯이 웃었다. 하루히코는 위스키를 그만두고 더블로 시켰다.

"야마구치는 어때? 좋은 선배인가?"

"예. 아주 친절하세요."

"골프 같이 하나?"

"퇴근길에 두어 번 정도 샷 연습하는 곳에 데려가 주셨어요."

"그 친구, 일도 하지 않고 골프만 치고 있군."

"후훗. 왜 그러세요? 야마구치 씨와 싸움이라도 하셨어요?"

"아니. 상대가 될 수 없지. 나이가 열두 살도 더 차이 나는데."
하루히코는 위스키 한 잔을 단숨에 마시고 추가 주문을 했다.
"과장님, 괜찮으시겠어요? 과음하시면 내일 힘드시잖아요."
"참 상냥하군, 도모미는." 머리에 취기가 약간 돈다.
"어머, 정말 취하셨네. 빨리 가는 게 좋겠어요."
"집에 가기 싫어." 아이가 떼를 쓰듯이 말하고, 한숨을 쉬어 보였다.
"말도 안 돼."
"중간 관리직은 여러모로 괴로운 자리야."
"우후후."
대화가 끊겼다. 침묵이 흐른다. 도모미는 머리를 쓸어 올리더니 몸을 비틀어 창밖의 야경에 시선을 주었다. 그 눈동자에 네온사인이 비쳐 있었다.
예쁘다고 생각했다. 애절해졌다.
좋아한다고 말하면 어떻게 될까. 내 마음을 털어놓으면 어떻게 될까.
틀림없이 도모미는 곤혹스러워할 것이다. 아니면 술에 취한 탓으로 여기고 얼버무려버릴지도 모른다.
"아, 참." 도모미가 입을 열었다. "이번에 마리 씨도 골프 시작했어요."
"그래?" 하고 건성으로 대답했다.

"보너스로 클럽을 사겠다고 하던데요. 그러면 3과 직원 모두가……."

도모미의 말이 귀에 들어오지 않았다. 도모미의 손가락을 물끄러미 바라봤다. 도모미의 모든 것을 혼자서 차지하고 싶었다.

말해볼까. 좋아한다고.

지금까지 무엇 하나 마음먹은 대로 하며 살지 못했다. 다들 그렇게 하듯이 대학을 나와서, 회사에 취직했다. 결혼하고 가정을 이루었다.

입으로는 자신이 한 마리 늑대 타입이라 떠들어왔지만, 그런 것은 거짓말이다. 결과를 두려워하여 욕망을 억제하기만 해왔던 것이다. 이걸 말해버리면 뒤가 거북해진다거나, 인간관계가 깨진다거나. 하루히코의 가슴 언저리에서 무언가가 움찔 움직였다. 뭔지 모를 그것이 열을 품고 목구멍까지 치밀어오른다. 깨부숴보고 싶다고, 취한 머리로 생각했다.

어차피 널리 알려져 사람들 입에 오르내릴 인생도 아니다. 조신하게 살면 뭐라도 된단 말인가.

차여도 좋다. 분명 그렇게 되겠지. 그보다 이대로 줄곧 마음을 죽이고 사는 것이 더 괴롭다.

"나 말이야……." 입술이 멋대로 움직였다.

"예?" 도모미가 고개를 갸웃한다.

"나 말이야……." 자신의 목소리 같지 않았다.

"사실은……."

"드디어 찾았다."

옆에서 큰 목소리가 들렸다. 깜짝 놀라 돌아다보니, 야마구치가 서 있었다.

"자, 여기 기획서. 긴급 확인 부탁드립니다."

그렇게 말하며 서류 봉투를 테이블 위에 탁 놓았다. 야마구치의 눈에 핏발이 서 있었다. 상사를 보는 눈이 아니다. 성난 한 사내의 얼굴이었다.

"뭐야? 내일 하자고 했잖아." 하루히코도 순간 피가 거꾸로 솟았다. "사람 말이 말 같지 않다는 거야?"

"구라타 씨, 늦었습니다. 그만 가는 게 좋겠습니다." 야마구치는 하루히코의 말에는 대답하지 않고 도모미를 보았다.

"힘들었죠. 만취한 상사를 상대하려니."

야마구치는 일부러 꾸민 웃음을 지었다. 도모미는 심상치 않은 분위기를 짐작하고 얼굴이 어두워졌다.

"자, 빨리 먼저 들어가요. 나는 잠깐 과장님이랑 할 얘기가 있으니까."

"나는 할 얘기 같은 거 없어."

"저는 있습니다."

야마구치가 도모미를 억지로 일으켜 세웠다. 도모미의 등을 떠밀어 출구로 걸어갔다.

도모미는 할 말을 찾지 못하는 모양이다. 불안한 듯 몇 번이고 돌아보았다. 하지만 자기가 끼어들지 않는 게 낫겠다고 판단했는지 그대로 돌아갔다.

야마구치가 다시 왔다. 자리에 앉아 "과장님, 부하 여직원한테 엉뚱한 마음을 품으면 안 되는 거 아닙니까?" 마치 야쿠자처럼 으름장을 놓았다.

"네가 무슨 상관이야?" 하루히코도 지지 않고 낮게 으르렁거렸다.

"과장님, 구라타 씨한테 반했어요?"

"그래, 반했다. 그게 어때서?"

"오호라. 이제야 정색을 하시는군. 과장님 지금 몇 살이십니까? 연세를 생각하셔야죠."

"나이가 무슨 상관이야!"

"그런 말은 젊은 애들이 나이 든 사람을 배려할 때 하는 소리죠. 자기 입으로 그런 말을 하면 어떡합니까?"

"시끄러워." 자기도 모르게 목소리가 거칠어졌다.

"보기 흉하게 좀 굴지 마십시오. 남의 연애 방해하지 마시고."

"너도 구라타 좋아하냐?"

"예, 좋아합니다. 안 됩니까?"

"구라타는 어때?"

"말하고 싶지 않습니다."

"흥. 가망 없군." 코웃음을 쳐주었다.

"그쪽은 어떠신데요?" 야마구치의 낯빛이 달라졌다.

"구라타 씨가 설마 처자식 딸린 사십대 중년을 좋아할 리 없지요."

"알 수 없지, 여자의 마음은. 아, 그렇지. 이번에 둘이서 해외 출장가기로 됐다. 미국으로 2주일간이다. 안심해라. 선물은 꼭 사다 줄 테니까."

입에서 나오는 대로 아무렇게나 지껄였다. 야마구치의 약을 올려주기 위해서라면 무슨 소리든 할 수 있었다.

"웃기지 마쇼. 색골 영감 같으니라고." 야마구치의 얼굴이 시뻘게졌다.

"뭐야? 다시 한 번 말해봐."

"저…… 손님!" 갑작스러운 목소리에 하루히코가 올려다보았다. 웨이터가 서 있었다.

"죄송합니다. 조금 작은 소리로 말씀하실 수 없겠습니까?" 그가 조심스럽게 말했다.

"밖으로 나와." 야마구치가 말했다.

"이 자식. 상사한테 무슨 말버릇이야!"

하루히코도 한번 해볼 참이었다. 온몸에서 분노의 감정이 뿜어져 나와, 누구라도 패지 않으면 참을 수 없는 상태인 것이다.

엘리베이터를 타고 1층에서 내려 로비를 잰걸음으로 가로질러 밖으로 나왔을 때는 이미 야마구치와 맞붙어 싸움을 시작하고 있었다.

두 번, 세 번 펀치를 날렸다. 야마구치도 되받아쳤다. 그러나 너무 가까운 거리여서 서로 잘 맞지 않아, 엉겨붙은 채로 두 사람은 땅바닥을 굴렀다.

"손님, 그만 하세요." 호텔 도어맨이 달려왔다.

"시끄러워. 참견하지 마!" 하루히코가 소리를 질렀다.

몇 사람이 끼어들어 간신히 두 사람을 떼어놓았다.

"이 자식이……, 이놈의 자식!" 하루히코는 잠꼬대처럼 쉴 새 없이 소리쳤다.

야마구치는 종업원들에게 겨드랑이 뒤로 깍지를 끼인 상태로 거친 숨을 몰아쉬고 있었다.

둘은 아무 말 없이 서로를 노려보았다. 심장 고동 소리가 귀 안쪽에서 울리고 있었다.

"으아아아아아!"

갑자기 야마구치가 쉰 목소리로 소리쳤다. 그 소리가 호텔 입구 지붕에 메아리쳐 잠시 동안 주위의 공기를 울렸다.

다음 날 아침, 눈자위가 퍼렇게 멍이 든 두 사람을 보고 도모미는 안색이 달라졌다.

"어떻게 된 일이세요?" 입을 크게 벌리고 양손으로 자신의 볼을 감싸기까지 했다.

"롯폰기에 가서 한잔 더 했거든. 똘마니들이 시비를 걸어와서." 하루히코가 천연덕스럽게 말했다.

"과감하게 싸웠지. 둘이서." 말하면서 섀도복싱 흉내를 내 보였다.

"오기노 과장님, 솔직하게 말하는 게 좋지 않겠어요?" 야마구치가 말했다.

"과장님이 퍽치기를 만나서 엉망진창으로 당하고 있는 걸 제가 구해줬죠." 농담처럼 말하며 야마구치가 얼굴을 찡그렸다.

도모미는 남자들의 세계라고 단념했는지 자세하게 물으려고 하지 않았다. 잠깐 동안 두 사람을 번갈아 보다가, 가볍게 한숨을 내쉬더니 묵묵히 컴퓨터로 돌아앉았다. 톡톡 자판 두드리는 소리가 조용히 울렸다.

어젯밤, 야마구치와의 관계는 이것으로 끝인가 생각했지만, 아침이 되고 보니 그렇지도 않았다. 출근하여 얼굴을 마주치자 누가 먼저라고도 할 것 없이 웃음을 터뜨린 것이다.

"뭐야 그 면상은?" 하루히코의 말에 야마구치도 지지 않고, "그쪽이야말로. 댁에 거울도 없으세요?"라고 맞받아쳤다. 그걸로 왠지 서로 용서한 기분이 들었다.

이상하게 기분이 상쾌해진 것도 사실이었다. 마음껏 날뛰고, 소리도 지르고 한바탕 난리를 쳤더니 뭔가를 확 토해낸 기분이었다. 분명 그것은 피차 쌓이고 쌓인 이룰 수 없는 사랑이었을 것이다.

어젯밤에는 잠자리에서 생각했다. 내가 도모미를 상대로 몽상하고 있었던 것과 마찬가지로 야마구치도 몽상을 품고 있었다. 갑자기 3과에 나타난 마돈나에게 그 순간부터 마음을 빼앗기고 있었던 것이다.

도모미가 다른 남자와 친하게 이야기를 주고받으면 질투하고, 좀처럼 틈을 보이지 않는 모습에 초조해하고, 그렇게 안달을 하는 나날을 지내온 것이다.

하루히코가 앞으로 어떻게 하고 싶은지는 모른다. 도모미를 좋아하는 마음에는 변함이 없고, 야마구치에게 양보하겠다는 넓은 아량도 없다. 어젯밤처럼 둘만 있게 되면 또 고백하고 싶은 충동에 시달리겠지.

될 대로 되라는 수밖에. 도모미의 마음을 어떻게도 할 수 없는 것처럼. 하루히코는 절반쯤 단념했다.

정례 회의를 마치고 직원들의 일정을 확인하고, 평상시의 일을 처리하고 있었다. 바쁘면 좋겠다고 생각했다.

일에 쫓기면 여러 가지 일들을 잊을 수 있겠지. 하루히코는 관리직이다. 일을 소홀히 할 수는 없다.

도모미의 보고서에 미비한 점이 발견되었다. 단순한 실수다. 한 번 정도 야단을 쳐줄까. 풀이 죽은 얼굴도 보고 싶고. 그렇게 생각하고 얼굴을 들었을 때였다.

"어이, 구라타. 잘 지냈어?" 3과에 한 남자가 나타났다.

"어머, 사토 씨!" 도모미의 반가운 목소리가 동시에 울렸다.

"어떻게 된 거예요? 언제 런던에서 돌아오셨어요?" 도모미는 일어서며 반갑게 인사했다.

"어젯밤. 아직 시차 적응이 안 돼서 정신이 없어."

남자가 하얀 이를 드러내며 웃었다. 훤칠한 키에 검은 피부의 이 남자를 본 기억이 있다. 해외사업부의 간부 후보로 지목되고 있는 젊은 사원이다.

"언제까지 머물 건데요?"

"오봉 지나서까지. 어차피 유럽 시장은 바캉스 시즌이니까."

"그러면 푹 쉴 수 있겠군요."

"그럼. 구라타하고도 놀아줄 수 있어."

"와아." 도모미가 손뼉을 치며 좋아한다.

하루히코는 어안이 벙벙하여 바라보고 있었다.

아아, 그렇구나. 메마른 감정으로 생각했다. 이 여자는 좋아하는 남자 앞에서는 이런 얼굴을 하는구나.

"아, 참. 저 골프 시작했어요. 아직 샷 연습 정도밖에 하지 않았지만."

"그래? 그럼 이번 휴일에 코스로 나가볼까?"

"데려가 주실 거예요?" 도모미의 목소리가 한층 쾌활해진다.

"물론이지. 내가 아주 확실하게 가르쳐주지."

"예에. 잘 못 해도 화내거나 하지 마세요."

힐끗 야마구치를 보았다. 핏기를 잃은 얼굴로 서류와 마주하고 있다.

"어때? 지금 잠깐 차라도 한잔할 수 없을까?" 남자가 말했다.

도모미가 하루히코 쪽을 돌아본다. 뺨이 홍조를 띠고 있다.

"그래, 다녀와요." 하루히코는 밝게 대답할 수 있었다.

아마도 이것이 나이로 쌓은 내공이라는 것이겠지.

"쌓인 얘기도 많을 텐데 시간은 걱정하지 않아도 돼요. 영수증만 회사 앞으로 남발하지 말고."

두 사람이 나란히 웃는다.

"그럼, 잠깐 구라타 씨 좀 빌려가겠습니다." 가볍게 인사를 하고 남자는 성큼성큼 사라져 갔다. 도모미가 가볍게 뛰듯이 따라간다.

하루히코는 가벼운 한숨을 쉬면서 고개를 돌리다가 마리와 눈이 마주쳤다. 마리는 재빨리 시선을 돌리고 책상으로 향했다.

야마구치를 볼 수는 없었다. 이상하게 허전함을 맛보고 있었다. 컴퓨터 화면을 바라보고 있는데, 아무것도 눈에 들어오지 않았다. 생각도 떠오르지 않는다.

그냥 이제는 성가신 몽상으로부터 해방이겠구나 싶었다. 내일부터는 마음에 풍파가 일지 않는 평범한 일상으로 돌아가는 것이다.

퇴근 무렵 한잔하자며 야마구치를 불러냈다. 야마구치는 싫다고 했지만 막무가내로 데리고 나갔다. 별다른 대화도 없이 둘이서 묵묵히 술만 마셨다. 병이 비자 추가해서 계속 마셨다.

"요미우리 자이언츠, 올해는 성적이 좋은 것 같아."

"그 정도 전력이라면 과장님이 감독을 해도 이길 수 있어요."

"그래, 그렇지……."

드문드문 그런 이야기를 나누었다.

새벽 1시가 넘도록 마셨다. 헤어질 때, 말없이 야마구치의 어깨를 두드려주었다. 야마구치는 충혈된 눈으로 고개를 끄덕이더니 택시를 탔다.

하루히코는 한동안 밤바람을 맞으며 걸었다. 택시가 지나가도 손을 들 기분이 나지 않았다.

휴대전화를 꺼내 집에 전화를 걸었다.

"웬일이야? 이런 시간에." 노리코가 잔뜩 잠긴 목소리로 받았다.

"당신 목소리가 듣고 싶어서."

"무슨 잠꼬대야?"

"뭐 어때. 부부니까 이러지."

"아, 알았다. 드디어 구라타 씨한테 차이셨군."

마누라는 어찌 이렇게 감이 빠를까. 탐정이나 되라고 하고 싶을 정도다.

"위로라도 받을 생각일랑은 하지도 마. 그렇게는 안 되니까."

"그런 말 안 했는데."

"뭐, 가방이랑 구두랑 반지 사주면 생각해볼 수도 있는데."

"좋아, 사주지."

"그럼, 빨리 들어와요."

전화가 끊겼다.

한숨을 내쉬었다. 손을 들자 택시가 깜빡이를 켜고 다가왔다.

택시에 올라타고, 행선지를 말했다.

시트에 등을 묻자, 하품이 나왔다.

눈을 감는다. 도모미의 얼굴이 떠올랐다. 하지만 곧 안개처럼 산산이 부서지고 알갱이가 되어 사라져 갔다.

댄스

대학은 가지 않겠다. 댄서가 되겠다!

아들 슌스케가 그렇게 선언한 것은 아침저녁으로 부쩍 서늘해진 9월 말경의 일이었다.

하지만 다나카 요시오는 그 선언을 자기보다 5센티미터나 키가 큰 고2짜리 아들로부터 직접 들은 것이 아니었다. 아내 치사토가 침실에서 불쑥 꺼낸 말이었다.

"슌스케 말인데요, 고등학교 졸업하면 시부야에 있는 댄스스쿨에 다니고 싶대요."

마치 남 얘기를 하는 것 같은 말투였다.

아들이 춤에 열중하고 있다는 소리는 치사토와 딸 유카에게 들어서 알고 있었다. 일요일, 시민회관 앞의 광장에서 친구들과 춤추는 모습을 목격한 적도 있다. 흑인들이 잘 추는, 땅에서

빙글빙글 도는 춤이었다.

쓸데없는 짓이라고 생각하며 요시오는 아들을 보고 있었다. 젊은 애들이 하는 짓이 마음에 들지 않는 것은 아니다.

마흔여섯 살인 요시오는 자신이 아직도 충분히 젊은 감각을 유지하고 있다고 생각했다. 그러나 자신의 미의식에 비추어볼 때, 쉽게 받아들이기는 어려웠다.

춤이라……. 그것도 일본 사람이 추는 브레이크댄스는 무의미한 원숭이 흉내에 지나지 않는다.

아내에게는 딱히 아무런 대꾸도 하지 않았다. 하루아침에 바뀌는 것이 십대의 생각이다. 중3인 유카도 장래 희망이 애견 미용사에서 '국경 없는 의사회'로 바뀐 지 얼마 안 되었다.

"3학년이 되면 진로별로 반 편성을 하는데, 대학에 진학하지 않는 아이들은 사립 문과계로 가게 된대요."

치사토가 입을 삐죽 내밀며 말했다.

"국립대에 들어가주면, 부모로서는 고마운 일인데."

서로 엉뚱한 대화를 주고받았다.

이불 속으로 들어가 천장을 바라본다. 바로 위가 슌스케의 방이다.

벌써 몇 년째 2층에는 올라가지 않은 것 같다. 아니, 그렇지는 않다. 베란다에 쌓인 눈을 쓸어내린 것이 올해 들어서니까……. 6개월이 훨씬 더 지났나?

자신이 지은 집이건만 거실과 침실 말고는 아무래도 자신의 영역이라는 생각이 들지 않는다. 아내와 아이들이 제멋대로 둥지를 틀어버린 느낌이다.

"나중에는 뉴욕으로 공부하러 가고 싶대요."

"나는 런던으로 가고 싶었어. 지미 페이지*의 제자가 되려고." 하품 섞인 소리로 대답했다.

그러고 보니 고등학교 때 샀던 레스폴** 기타 모조품은 어디로 갔더라. 버린 기억은 없는데……. 생각할 틈도 없이 곯아떨어졌다.

영업4과 과장인 요시오는 매일 아침 8시 반에 출근하면 손수 커피를 타 마시고 경제신문을 훑어본다. 업무 개시 30분 전에 책상 앞에 앉는 이유는 이지마 부장이 그렇게 하기 때문이다. 제1영업부의 과장 다섯 명 가운데 네 명이 그렇게 하고 있다.

텅 빈 사무실에 40대 중년들만 모여 있다.

이지마 부장은 부하 직원의 충성도를 재보고 싶어하는 구석이 있기 때문에, 이 테두리에서 쉽게 빠져나간다는 것은 불가능하다.

대기업 식품회사에 들어온 지 25년째.

* 영국의 록 기타리스트.
** 유명한 전기기타 모델.

이제 곧 마지막 분기점에 도달할 시기이다. 여기서 부장이 되면 국장까지 갈 수 있지만, 누락되면 머지않아 지사 발령이 기다린다.

기를 쓰고 출세하고 싶지는 않다. 그러나 동기보다 처지는 것만큼은 피하고 싶다.

"어이, 다나카. 기사를 보니 미나토물산에 임원 인사가 있었던 모양인데."

신문을 손에 쥔 이지마가 말을 걸자, 요시오는 즉시 "저도 읽었습니다"라고 대답했다.

"사토 씨가 드디어 상무가 되는군."

"실례가 안 될 정도의 꽃이라도 보내도록 하죠."

자신의 이름이 불려진 것에 요시오는 만족했다.

이지마가 신문기사를 소재로 자신의 의견을 피력하자 네 명의 과장은 열심히 듣는다. 날마다 정해진 일과다.

여사원들이 모두 출근했을 무렵 유일하게 정시에 출근하는 5과 과장인 아사노가 천천히 모습을 드러냈다. 요시오와 동기지만 과장이 된 것은 3년이나 늦은 바로 최근이다.

"뼛속까지~ 뼛속까지~."

아사노는 부스스한 머리를 긁적이면서 아침부터 트로트를 흥얼거렸다. 그는 회사 안의 어떤 파벌에도 속하지 않은 비주류파였다.

"어이, 다나카. 오가사와라가 지금 최상의 컨디션이라는군. 후후~."

아사노가 인사 대신 건네는 말이었다.

"누구야? 그게."

"닛폰햄 파이터즈*의 젊은 1번 타자."

취미마저 비주류라 누구와도 대화가 되지 않는다.

아사노는 서무 담당 여직원이 타준 차를 홀짝거리며, 스포츠 신문을 펼쳐놓고 있다.

힐끗 보았더니, 연예면에 한창 나이에 엄마가 된, 인기 가수의 기사가 실려 있었다. 그 가수의 남편이 백댄서라는 게 떠올랐다. 요시오가 알고 있는 댄서라 하면 TV 연예프로에 나와 전국을 떠들썩하게 한 그 남자뿐이다.

아사노 옆으로 가서 신문을 들여다봤다. 어딘가 스타디움에서 콘서트를 열었나 보다. 깡마르고 궁해 보이는 얼굴의 남편도 옆에 찍혀 있었다.

기껏 출세해봐야 마누라 덕에 먹고사는 남편인 건가…….

슌스케가 댄서가 되겠다니, 말도 안 되는 소리다.

"뭐야, 다나카. 나한테 상담할 일이라도 있나?"

아사노가 고개를 돌려 쳐다봤다. 누가 네깟 녀석한테…….

* 일본의 프로야구팀.

그러나 이야기는 꺼내보았다.

"너희 아들 지금 대학 3학년이지?" 아사노는 일찍 결혼하여 자식도 이미 성인이었다.

"취직 준비는 잘하고 있나?"

"몰라. 알아서 결정하겠지. 도쿄공대니까 나랑은 다른 인종이야."

"이과계의 수재구나. 그럼 걱정할 필요 없겠네."

"우리 애가 뭐 어찌 됐나?"

"아무것도 아냐. 그냥 물어본 것뿐이야."

책상으로 돌아오자 서무 담당 히로코가 서류를 들고 결재를 받으러 왔다. 내친김에 브레이크댄스에 대해 물어봤다.

"지금은 힙합이라고 하거든요오~." 히로코는 말끝을 길게 끌며 대답했다. "저 고등학교 다닐 때, 교내에 댄스 팀이 몇 개 있었어요."

우리가 옛날, 록에 푹 빠져 밴드를 결성한 것과 비슷한 걸까.

"전문 학원 같은 것도 있어?"

"많아요. 우리 회사에서도 재즈댄스라면 배우는 사람이 있지 않을까요. 같은 장소에서 시간대에 따라 힙합 교실이 되기도 하고 그래요."

그러면 그렇지. 한참 옛날에 역 앞에 있었던 사교댄스 교실이 지금은 재즈댄스랑 힙합으로 옷을 갈아입은 것뿐이다.

생각할수록 한심하다. 아들이 보잘것없는 인간으로 여겨졌다. 아버지의 상상을 뛰어넘는 꿈이라면 차라리 낫겠다. 댄스는 어차피 깊이 없는 유행인 것이다.

한숨을 쉬고 컴퓨터로 돌아앉았다.

화면에 비치는 숫자를 체크하고 특약점 판매 상황을 파악했다. 그는 카레 루•와 파스타 소스의 보충을 지시하고 타 부서와 조정하는 등의 일을 한다. 크게 창조적이지는 않지만 대부분의 직업이 그럴 것이다. 대기업이라 임금은 후한 편이다. 급료가 좋으니까 단조로운 일이라도 고생스럽지 않다.

점심식사는 이지마 부장과 함께 했다. 드문 일은 아니다. 일 년 내내 골프로 까무잡잡한 이지마 부장은 부하 직원과의 커뮤니케이션을 좋아하여 식사와 술자리에 종종 부르곤 한다.

"자네는 아사노와 동기 맞지?"

이지마 부장은 국수 전문식당의 테이블에 마주 앉자마자 그렇게 말을 꺼냈다. 넥타이를 느슨하게 하고, 짧은 목을 거북이처럼 늘이고 있다.

"예, 그렇습니다만." 요시오도 덩달아 넥타이를 늦추었다.

"같은 과장으로서 그의 업무 태도는 어떤가?"

이지마를 보았다. 진지한 표정으로 턱을 쓰다듬고 있었다.

• roux, 밀가루를 버터로 볶은 것.

요시오는 어떻게 대답해야 할지 말문이 막혔다. 동기라서 나쁘게 말하고 싶지는 않았다.

"아사노가 무슨 실수라도 했습니까?"

"아니, 그런 건 아니고." 이지마는 찻잔을 들어 입으로 가져갔다. "특별히 공을 세운 것도 없지만 말이야."

"옆에서 본 것뿐이지만, 5과에 특별히 문제가 있다고는 생각하지 않습니다."

"그렇겠지. 아랫사람들한테서 불만의 목소리가 나오는 것도 아니고. 하지만 5과만 유난히 분위기가 다른 것 같지 않나?"

"그런가요?" 대답을 얼버무렸지만 이지마가 무슨 말을 하는지는 알 수 있었다.

아사노는 부하 직원들을 거의 관리하지 않는다. 5과는 외부 근무지로 출근과 퇴근을 자유롭게 인정하고 야근 시간도 다른 과보다 적다.

"요즘 같은 시대에 회사는 한 가족이라고 구태의연하게 말하지는 않겠지만 말이야. 다른 과에서 보면 이질적인 것은 분명해. 지난번 부서 행사 때 5과에서는 한 사람도 참가하지 않았어. 아사노가 '안 나가도 된다'고 했다더군."

아사노답다고 생각했다. 입사 첫해부터 사원 여행을 빼먹은 남자다.

주문한 음식이 나와서 먹기 시작했다. 식당 안에는 한동안

후루룩후루룩 국수 먹는 소리만 들렸다.

"요전에 아사노에게 우회적으로 언질은 줬어." 이지마가 먹던 손을 쉬었다. "웬만하면 다른 과장들이랑 어울려줄 수 없겠느냐고. 그랬더니……." 이지마는 갑자기 젓가락으로 요시오를 가리키면서 말했다. "필요하시다면 저도 매일 아침 8시 30분에 나와 문안드리지요, 하고 비아냥거리더군."

요시오는 쓴웃음을 지었다. 빈정대는 표정이 눈에 선했다.

"그 인간, 입만 살았지."

"예에" 하고 애매하게 맞장구를 쳤다.

"인사팀에 물어봤더니 전 부서에서도 같은 태도였던 모양이야. 인간이란 좀처럼 변하지 않는 건가."

"젊은 친구들은 재미있어하는 것 같던데요." 요시오는 한마디쯤 거들어주자고 생각했다.

"여사원들이나 그렇겠지. 경쟁하지 않아도 되는 상대니까. 젊은 사원이 아사노 밑에 있다가 잘못 물들면 나중에 큰일이야."

"그렇긴 하네요."

"그 친구 만에 하나 강등이 되더라도 자넨 나 원망하지 말게."

요시오는 엉겁결에 얼굴을 들었다. 이지마가 코를 한 번 훌쩍인다.

"자네와 동기고, 또 사이도 좋아 보여서 일단 말해둘 생각이었지."

"아니, 특별히 사이가 좋은 것도 아닌데……."

실제로 아사노와 개인적인 교제는 전혀 없었다. 옆에서 보면 허물없는 친구 사이라고 생각할지도 모르지만 그건 경쟁 상대로 여기지 않기 때문이다.

"할 말은 그뿐이네." 이지마가 뜨거운 국물을 덜어내고 있다.

아사노가 강등 인사 대상이 된 것일까. 얼른 실감이 나지 않았다.

하지만 자신이 심각해질 일은 아니었다. 회사원이라면 누구나 이골이 나 있을 흔해빠진 이야기다.

밤 11시가 넘어 격무에 지친 몸으로 집에 돌아오니, 아내가 또 슌스케의 진로에 대해 말을 꺼냈다. 시무룩한 얼굴이었다.

"슌스케가 진로희망 서류에 정말로 댄서라고 써서 제출해버렸대요. 그래서 담임선생님이 부모랑 한번 면담을 하고 싶다고 하셨대요."

"나랑?"

요시오가 눈썹을 찌푸리며 주방으로 가서 캔맥주를 꺼냈다.

"부모 중에 아무나 가면 되겠죠."

"그럼 당신이 갔다 와."

"가서 뭐라고 하지요?"

"아들이 농담한 거라고 해. 3학년이 되면 국립 문과계 반으로 넣어달라고 하고."

"당신 멋대로?" 치사토가 소파에 몸을 파묻으며 테이블에 발을 올렸다. "슌스케는 정말 진지하다니까요. 오늘도 늦게까지 연습했어요."

"그럼 뭐야? 우리 아들은 댄서를 시키기로 했습니다, 라고 할 거야?"

"그럴 수는 없지만……." 치사토가 불만스러운 듯이 입을 삐죽인다. "슌스케의 장래니까 본인이 납득하지 않으면 의미가 없잖아요."

"당신은 어떻게 생각해? 애가 댄서가 된다는 걸 인정할 수 있겠어?"

"인정할 수는 없지만, 그렇다고 무턱대고 말릴 수만은 없잖아요."

"오호! 이해심이 하해와 같으신 어머니시군." 요시오는 캔맥주를 다 마시고, 손으로 꽉 쥐어 찌그러뜨렸다.

"비꼬지 말아요. 그럼, 당신이 슌스케를 불러 앉혀놓고 말하든가……."

"아버지는 마지막 보루. 외교도 그렇잖아. 처음부터 장관이 나서서 교섭에 임하나? 우선은 실무진이 나서서 사전 교섭이랑 물밑 작업도 하고, 장관은 결정 단계에서 사인만 하는 거야."

"잘난 척은." 치사토가 노골적으로 얼굴을 찡그렸다.

"슌스케한테 물어봐. 첫째, 그 직업에 어떤 장래성이 있는가. 둘째, 어느 정도의 수입을 기대할 수 있는가. 셋째, 여자친구 부모에게 설명할 수 있는 직업인가. 내 짐작으로는 세 번째 질문에서 정신이 번쩍 들 테니까."

"또 나한테 억지로 떠맡기지."

"시간이 지나면 식는다니까. 나도 경험이 있지만 고교 시절에는 친구들 앞에서 한 얘기라 무를 수 없다는 둥, 그런 이유로 일을 결정하기도 하는 거야. 학교에는 조금 시간을 달라고 말해둬."

요시오는 이렇게 말하고 크게 하품을 했다. 그런 그를 옆에서 치사토가 흘겨보았다.

아들의 학교 성적이 중간 정도라는 것은 치사토에게 들었다. 조금만 열심히 하면 국립대학도 가능한 성적이라는 것이다.

아직은 1년 반 정도 남았으니까 국립대학을 목표로 해주면 좋겠다고 생각했다. 수업료가 1년에 수십만 엔 정도 차이가 난다고 하니, 가정 경제에 미치는 영향이 제법 클 것이다.

국립대학에 들어가면 차를 사준다고 말해볼까.

일단 대학에 들어가고 나서 댄스인지 뭔지 실컷 하라고 하면 된다.

여차하면 당근 작전이다.

맥주를 마신 탓인지 씻으러 가는 것도 귀찮아졌다.

*

아사노는 여전히 독불장군이다. 이지마의 견제에도 불구하고 자기 방식을 바꾸려고 하지 않았다.

그는 체육의 날 사내 운동회에 이미 불참하기로 결정했다고 했다. 그렇게 되자 영업부 전체의 참가자 수를 맞추기 위해 다른 과에서 인원을 보충해야 했다.

거기에 서무 담당 히로코가 지명되어 화가 나 있었다. 그녀는 5과에 대해서가 아니라, 직속 상사인 요시오에게 화를 내고 있었다.

“과장님도 참가하지 않겠다고 하면 되잖아요. 우리 과에도 참가를 희망하는 자가 하나도 없다고 총무부에 통보하세요.”

“그런 무서운 말을 어떻게 해?”

“사흘 연휴를 망치는 거잖아요? 사내 운동회 같은 거 다들 싫어해요.”

아사노가 여사원들에게 인기가 있는 이유를 조금은 알 것 같았다.

그 아사노와 사원식당에서 마주치게 되어 같이 식사를 했다. 아사노는 혼자서 생선구이 정식을 먹고 있었다. 피하는 것도 자연스럽지 않아 아는 체를 하며 그의 맞은편에 앉았다.

“어이, 우리 똑똑한 아들 말이야.” 아사노가 먼저 입을 열었다. "지난번에 우리 아들 진로에 대해 물었잖아."

"내가 그랬었나?"

"대학원에 가서 물리학 연구를 계속하고 싶다더군. 취식할 마음은 없는 것 같아."

"흐응. 기업에서 오라는 데도 많았을 텐데."

"연구자는 일종의 고급 백수야. 우리 아들이지만 부러운 녀석이지."

"그에 비하면 우리 멍청한 아들은 저급 백수다." 요시오가 어깨를 으쓱해 보였다. "하필이면 졸업 후 되고 싶은 것이 댄서라니."

자기도 모르게 말이 나오고 말았다. 회사 동료에게 집안 얘기는 좀처럼 하지 않는데.

"댄서라니, 발레 말이야?"

"그런 거라면 그나마 다행이게. 훌륭한 예술이잖아. 걔가 하고 싶어하는 건 힙합인가 뭔가 하는 흑인 흉내나 내는 춤이야."

"아, 젊은 애들 사이에서 유행하고 있는 거지. 우리 집 근처 공원에서도 고등학생들이 헐렁한 옷 입고 추던데."

"무슨 생각을 하는 건지……." 눈을 내리깔고 쓴웃음을 지었다. "그런 걸 해서 먹고살 수나 있을지 몰라."

"그건 모르는 일이야. 그런 식으로 도전한 사람이 야자와 에이키치*나 마츠다 유사쿠**니까."

"그런 극소수의 성공을 예로 들면 안 되지. 대부분은 끼니도 막막한 처지로 전락하잖나."

요시오는 가지고 온 탕면을 먹었다. 다 먹은 아사노는 차를 마시고 있다.

"반대했어?" 아사노가 물었다.

"아직 직접 얘기는 안 했어. 어떻게 마음을 바꾸는가가 문제인데."

"무조건 반대하지 마. 그 애는 부모의 반대를 각오하고 얘기했을 거야. 재능이 있느냐 없느냐가 문제지."

"남의 얘기라고 잘난 체는……." 그렇지만 일리는 있다고 생각했다.

"나도 경험이 있어. 우리 아버지가 개업의였는데, 내가 대를 잇지 않은 이유는 복수 같은 거였어."

"자네 아버님이 의사셨어? 처음 들었네."

"십대 때, 무조건 아버지가 싫었어. 아버지가 가장 낙담할 것이 뭘까 생각하다가 장남인 내가 가업을 잇지 않는 거라는 결론에 이르렀지."

"그런 말도 안 되는 성급한 짓을……." 다시 한 번 아사노를 보았다. "옛날부터 삐딱했구먼."

● 일본의 록 아티스트.
●● 일본의 유명 배우.

"자립심이 강했다고 말해주면 좋겠는데."

"당연히 후회하고 있겠지?"

"아니, 별로." 아사노는 태연한 얼굴로 이쑤시개를 입에 물고 있다.

"왜?"

"하필 산부인과였거든. 환자가 나한테 반하면 곤란하잖아."

요시오는 면이 목에 걸려 캑캑거렸다.

어차피 이 인간은 의사가 되었어도 분명히 의사회와 말썽이 났을 것이다.

요시오는 식당을 나가는 아사노의 뒷모습을 바라보았다. 혼자서 살아갈 수 있는 타입은 속 편하고 좋겠다는 생각을 했다.

부모에 대한 복수라……. 복수라고까지 하기엔 너무 거창하지만, 부모에 대한 반발심 정도는 있을지도 모른다. 괜히 아버지가 성가실 나이다. 덮어놓고 무조건 야단만 치는 것은 분명 아들이 예상하는 바겠지.

자신도 고등학생 때는 그랬다. 부모를 골탕 먹이기 위해 오토바이 면허를 따겠다고 나선 적이 있었다. 아버지는 자세히 듣지도 않고 거절했고, 판에 박은 대로 분개하는 모습을 보여주었다. 억압당한 젊은이로서의 자신에게 도취되었었다.

정말 힘든 나이다. 아예 "네 맘대로 해"라고 말해줄까. 의외로 김이 빠져서 얌전해질지도 모른다.

아니, 그랬다가 말꼬리를 잡고 늘어지면 더 어려울 것 같다. '좋았어!' 하고 춤으로 세월을 보낼 가능성이 높다.

그렇다고 무턱대고 못 하게 하면, 봉건적인 아버지와 자유를 추구하는 아들이라는, 너무나 흔한 도식이 만들어져버린다.

슌스케가 중학교 시절, 오자키 유타카•의 노래 따위를 듣기 시작할 때부터 요시오는 자기주장이 지나치게 강한 아이가 되는 게 아닐까, 하는 좋지 않은 예감이 들었던 것이다. 레드제플린 정도만 들었어도 이야기 상대를 해주었을 텐데.

잠시 상황을 지켜볼 수밖에 없겠지. 지금의 슌스케는 종기 같은 상태다. 어설프게 건드리지 않는 게 좋다.

지난번에 아내를 통해 던진 질문에 대한 답변은 바로 들을 수 있었다.

첫째, 장래성은 충분히 있음.

둘째, 수입은 안무가가 되면 월급쟁이 이상.

셋째, 여자 친구 부모에게 어떻게 설명할 것인가는, 오래전에 헤어졌다고 한다.

추가로 어떤 장래성인가 물었더니, 인류 역사에서 노래와 춤이 사라진 적이 없다는 꽤나 철학적인 대답이었다. 있는 힘을 다해 짜낸 것이겠지.

• 일본의 싱어송라이터. 기성사회에 대한 반항과 반체제를 테마로 한 노래를 많이 부름. 26세에 요절.

치사토가 웃기에 한마디 했다가 말다툼이 되었다. 같은 부모라도 엄마는 어딘가 유연한 면이 있다.

며칠 후, 부장인 이지마로부터 한잔하자는 제의가 들어왔다.

"잠깐 시간 좀 내지."

다짜고짜 하는 말투로 보아 달가운 얘기는 아닐 거라고 직감했다. 회사 근처가 아니라, 긴자까지 나가서 호텔 바 카운터에 나란히 앉았다.

"아사노 얘긴데." 이지마가 말을 꺼냈다. "그의 행실에 대해 국장에게 넌지시 언급했다가 야단만 맞았어."

부장은 입술을 일그러뜨리며, 목덜미를 긁적였다.

"저런, 그러셨군요." 요시오는 가벼운 웃음으로 되받았다.

"국장님이 말이야, 인사에 대한 문제는 굳이 나한테 물어보지 않아도 돼, 제1영업부는 자네가 보스니까 자네가 하고 싶은 대로 하면 되잖아, 뭘 망설이고 있느냐고 그러시더군."

뭐라 답해야 할지 말문이 막혔다. 단순한 푸념은 아닐 것 같았다.

"생각해봐. 관리직이란 것은 문자 그대로 그 부서를 관리하는 입장이야. 부하 직원이 저지른 잘못은 책임을 져야 하고, 부하 직원에게 불이익이 발생했을 때는 앞장서서 싸워야 하고. 많은 의무를 감당해야 하는 자리인 만큼 그만한 권리가 있는 것도 당연하지."

이지마가 술잔 속의 얼음을 손가락으로 쿡쿡 찔렀다. 짤랑짤랑 방울 같은 소리가 울린다.

"5과를 다른 과로 흡수 합병시킬까 하네. 원래 제1영업부는 4개의 과로 구성되어 있었지. 5과는 인사부가 부서를 늘릴 목적으로 만든 과거든. 불필요해."

"그래도 괜찮겠습니까?" 요시오는 조심스럽게 입을 열었다.

"괜찮아. 국장이 보증했어. 사업추진부의 이마이도 부장이 되자마자, 나이 많은 껄끄러운 패들을 모조리 몰아내버렸어. 사내에서 비판도 있었지만 그게 전부야. 업무에 대한 책임은 질 테니, 자기 좋을 대로 하겠다 이거지."

이지마가 단숨에 위스키를 비웠다.

"자네의 4과나, 다카하시의 3과, 둘 중 하나로 흡수시킬 거야. 선택하게. 자네가 받으면 아사노는 과장 보좌로 부하 직원이 되고, 싫으면 다카하시 밑으로 넣겠어."

예상외의 전개에 요시오는 어리둥절해졌다. 지난번에 '강등이 될지도 모른다'는 귀띔을 받았을 때는 다른 곳으로 이동시킬 것으로 생각했던 것이다.

"분산시킬까도 생각했는데, 업무를 배정하기가 복잡해. 이미 팀으로 진행하는 일도 있고, 거래처에 폐를 끼쳐서는 안 되지. 자네가 통합해서 해결해주면 나로서도 고맙겠는데."

"너무 갑작스러워서……."

"자네 부담이 늘어나는 것은 알아. 그러나 그만큼의 보상은 해주지."

당연히 승진을 말하는 거겠지.

"동기가 부하 직원이 되는 게 싫지?"

물론이다. 당연한 거 아닌가.

"쉽지는 않겠지요." 그렇지만 이 정도로 말해두었다.

자신보다 아사노가 더 견디기 힘들 것이다. 3과의 다카하시는 2기 아래이다.

동기 밑으로 들어갈 것인가, 후배 밑으로 들어갈 것인가. 아사노에겐 생각하기도 싫은 결과가 기다리고 있을 뿐이다.

내가 거절하면, 아사노는 후배의 부하 직원이 된다.

승낙하면, 나의 부하 직원이 된다.

나로서도 충분히 손해 보는 역할이다.

"결정된 사항입니까?" 이지마에게 물었다.

"내 생각은 그렇네. 물론 총무부와 말썽이 생길 것은 각오하고 있어."

"그래도 원만하게 끝내면 그보다 나은 것은 없겠죠. 괜찮으시면 제가 아사노에게 알아듣도록 말하겠습니다. 부서의 화합을 어지럽히지 말라고."

"이제 와서 말한다고 들을 친구겠어? 그리고 내게도 체면이라는 게 있어."

필시 이지마는 사내의 평판도 계산에 넣고 있으리라. 아사노를 강등시키면 부서 내에 권력을 과시할 수 있고, 총무부에 대들면 강경파라는 인상을 심어줄 수 있다.

회사원은 사내에 얼마나 이름을 알리는가를 사는 보람으로 여기는 측면이 있다.

"조금만 더 지켜보시면 어떻겠습니까? 5과의 업적이 떨어진다면 몰라도 숫자상으로는 문제없으니까요."

"자네, 말할 거지? 아사노한테." 이지마가 요시오를 지그시 응시했다.

"아니요, 말하지 않겠습니다." 요시오는 즉각 고개를 저었다.

"아니, 말해도 돼. 아닌 밤중에 홍두깨보다 마음의 준비를 해두는 게 낫지."

"그러시다면 다시 한 번 기회를 주시는 것도……."

"무슨 기회?"

"운동회에 참가한다든가."

말하면서 한심스러워졌다. 외국계 회사라면 웃음거리가 될 얘기다.

"그래?" 이지마가 입 끝을 올리며 웃었다. "참가만으로는 어렵겠는데."

"리더로 참가시키겠습니다."

"모두의 앞에서 응원기를 흔들겠어?"

"흔들게 하지요, 뭐."

"3 · 3 · 7 박수도 칠까?"

"치도록 만들겠습니다."

그 친구가 그런 짓을 할 리가 없다. 요시오는 취하기 시작한 머리로 생각했다.

"그렇다면 유예기간을 주지."

부장은 코웃음을 치더니 위스키를 더 주문했다.

요컨대, 이 사내는 부하 직원들 앞에서 아사노를 굴복시키고 싶은 것이다.

하나같이 어른답지 못하군. 한숨이 절로 나온다.

그래도 설득해볼까. 아사노가 자기 밑으로 들어오는 것도 싫지만, 3과의 다카하시에게 승진 기회를 넘겨주는 것은 더더욱 싫다.

아사노, 머저리 같은 자식. 마음속으로 욕을 하며 요시오도 위스키를 더 시켰다.

적당히 취해 집으로 돌아오니 치사토가 침대에서 뭔가 팸플릿을 보고 있었다. 넌지시 들여다보니 댄스 스쿨의 입학 안내서였다.

"나도 보여줘." 옆에서 안내서를 낚아챘다.

"슌스케가 가고 싶은 학교래요. 어떤 곳인지 알려달라고 했더니 자기가 직접 가져왔어요."

침대에 걸터앉아 페이지를 넘겼다.

스튜디오 등의 설비 사진이 있고 레슨 시간표가 있었다. '샤워실, 사우나 완비' '완전 예약제'라는 문구가 눈에 들어왔다.

"뭐야, 이거?" 무심코 중얼거렸다.

"학교라기보다 피부관리실 같은 거 아냐, 이건."

"그러게요." 치사토도 동의했다.

"내 예상과는 다르네요. 어설프게 예술대 흉내나 낸 곳이 아닐까 생각했거든요."

"이건 어찌 된 일이야. '수시 입학 접수'라니. 이렇게 형편없는 데야?"

"자기가 프로그램을 짜서 편한 시간에 레슨을 받으면 된대요."

"하나 물어봐도 돼?" 의문이 끓어올랐다.

"이 댄스 스쿨인가에 다니는 것은 좋다고 치자. 그렇지만 이것과 대학에 가지 않겠다는 것과는 무슨 관계가 있지? 이런 데라면 대학에 가서 방과 후에 다니면 되잖아."

"슌스케는 여기서 일하고 싶대요."

요시오는 미간을 찡그렸다. 자기 귀를 의심했다.

"강사 보조도 하고, 마루 청소도 하고, 낮 동안은 그렇게 일하고 밤에 스튜디오가 비면 마음껏 춤 연습을 하겠대요."

"제정신이야, 그놈?"

"자립하고 싶대요. 부모한테 의지하지 않고 고등학교 졸업하면 독립하겠대요."

"그래서 당신은 뭐라고 했어?"

"좀 더 생각해보라고 했어요."

"속 편한 소리 하고 있네."

"그럼, 뭐라고 해야 되는 건데요?" 항의하는 말투였다.

"우리 집 장남의 장래가 걸린 일이야."

"그럼 가장인 당신이 설득해야 하는 거 아니에요?"

"그야 최종적으로는……."

언젠가 아사노가 한 말이 생각났다.

아버지에 대한 복수. 아사노는 그래서 의사가 되지 않았다.

슌스케는 나에게 무슨 불만을 가지고 있는 것일까.

있을 수 없다. 부자 간에 대화는 거의 없지만, 서로가 귀찮아할 뿐이지 충돌 끝에 생긴 사태는 아니다. 성장과정에서 아버지와 아들이 거리를 두는 것은 자연스러운 일이다.

"어쨌든 수험공부만큼은 계속하라고 해. 생각이 바뀔 때, 언제라도 대처할 수 있도록."

"응, 그리고?"

"그리고, 라니? 남 일처럼 말하지 마."

"당신의 지시를 기다리는 거잖아요."

“그럼…….” 조바심이 났다.

“다양한 사람들과 의논해보라고 해. 거 있잖아, 어릴 때 같이 잘 놀았던 서점 아들 다케시, 걔 지금 대학생이지? 학교생활에 대한 이야기를 들으라고 해. 시간은 자유니까 언제든지 좋아하는 걸 할 수 있다고.”

내가 직접 말해볼까. 불안감이 가슴속에서 부풀어 올랐다.

아니, 아직 나서지 않는 편이 좋겠어. 만약 감정이라도 격해진다면 그것으로 끝장이다. 오기가 생기게 하면 안 된다.

“설마 쟤 여자 친구랑 헤어져서 자포자기로 저러는 거 아냐?”

“아니에요. 날마다 생기가 넘치는걸요.”

“뭐야? 도대체.”

“춤이 좋아서 춤에 전념하고 싶다는 거잖아요.”

“대학에 다니면서 하면 좋잖아.”

“자립하고 싶다고, 아까 얘기했잖아요.”

“부모 돈으로 4년 동안 놀 수 있잖아. 그걸 차버리는 바보가 어디에 있어?” 요시오는 양손으로 머리카락을 쥐어뜯으며 내뱉듯이 말했다.

“어른이 된 거예요.”

“어떻게 그렇게 태평할 수가 있어?”

“큰 소리 내지 마세요.” 치사토가 이불을 고쳐 덮으며 베개에 뺨을 묻는다.

"자립심이 투철한 건 좋은 거예요."

"아사노처럼 말하지 마."

"누구예요? 아사노가."

"회사 동기 중에 그런 소리 하는 녀석이 있어. 요컨대 남과 다르게 살고 싶을 뿐인 인간이야."

아사노의 얼굴이 떠올랐다. 슌스케는 아사노 같은 어른이 될까. 순간 화가 치밀었다.

"웃기지 말라 그래. 융통성이라고는 하나같이 없는 것들이 정말……."

"당신 취했어요?"

"시끄러워."

팔을 벌려 기지개를 켜고 그 자세 그대로 침대로 쓰러졌다.

"옷 안 갈아입어요?"

"됐어, 귀찮아."

천장을 노려보았다.

2층 아들놈을 후려갈기고 싶어졌다.

*

요시오가 처리해야 할 두 가지 중요한 사안이 있었다.

아들 슌스케가 결심을 바꾸고 수험공부를 하게 하는 일. 동기 아사노가 마음을 고쳐먹고 부장의 방침에 따르게 하는 일.

왠지 똑같은 종류의 인간을 상대하고 있는 기분이 들었다.

우선, 아사노다. 즉시 술자리라도 같이 하자고 했더니 "저녁은 집에서 먹기로 정해놓고 있다"며 거절했다.

하나 있는 아들이 대학 기숙사에 들어갔기 때문에 부부 둘만의 시간을 소중히 하고 싶다고 했다.

'그런 건 노후에 얼마든지 해도 좋잖아.' 목까지 올라온 말을 삼키고, 딱 30분이라는 약속을 하고 퇴근 후 찻집에서 마주 앉았다. "의논할 게 있어서." 가벼운 말투로 이야기를 시작했다.

"체육의 날 사내 운동회 때, 나랑 같이 응원단으로 나가줄 수 없을까? 관리직이 솔선해서 분위기를 띄우라고 해서 내가 떠맡았는데, 혼자서는 좀 그래서. 동기 좋다는 게 뭐야. 같이 좀 하자."

어젯밤 생각해낸 구실이다. 미소를 지으며 허리도 낮추었다.

"미안하지만 운동회는 참가하지 않기로 했는데."

그런데도 무뚝뚝한 대답이 돌아왔다.

"알고 있어. 그래서 부탁하는 거 아닌가."

"사흘 연휴라 벌써 계획이 다 서 있는데."

"여행이라도 가나?"

"그것도 있지만, 체육의 날은 집사람이 하는 봉사활동에 같이 참가하기로 했어. 휠체어 타는 사람들이랑 하이킹을 가기로 했거든."

봉사활동이란 말을 듣고, 순간 기가 꺾였다. 왠지 자신이 저속한 인간처럼 생각되었다.

요시오는 휴일에 접대 골프 아니면 집에서 뒹굴거린다. 그러나 이대로 물러날 수는 없었다.

"봉사활동도 좋지만, 가끔은 회사 행사에도 참가해라. 교대하는 셈 치고."

"싫은데. 요즘 시대에 사내 운동회라니 촌스럽잖아."

"그래, 그렇긴 하지."

"참가는 자유 아냐? 그러니까 나 좋을 대로 할래."

아사노는 나른한 듯이 손으로 목 뒤를 주물렀다.

"이봐, 잘 들어. 자네가 스물여섯 살의 혈기왕성한 때라면, 그런 독불장군 같은 태도도 통할 거야. 주위에서도 이러쿵저러쿵하지 않아. 하지만 마흔여섯 살이야. 부하 직원이 있는 중간 관리직이고. 일만 잘하면 다른 건 아무 상관없다고 할 수 있겠어? 5과가 아무도 참가하지 않는다면 다른 과가 어떻게 생각하겠어?"

"회사 행사 같은 거, 아무도 반가워하지 않잖아. 쉬는 날까지 뺏기고 말이야."

"그건 그렇지만."

"그러니까 각자가 알아서 거부하면 되는 거야. 나는 그 선구자야."

"그건 억지야. 자네는 이런 것을 일본인의 집단행동이라 비웃을지도 모르지만, 인간이 사회적 동물인 이상, 어느 나라에든 있는 얘기야. 철저한 개인주의라는 미국도 일요일에 교회에 가지 않으면 백안시당하고, 정원 손질을 게을리하면 이웃에서 민원이 들어오기도 해. 나 하고 싶은 대로만 하고 살 수는 없는 거야. 협조란 것은 어떤 공동체에서도 필요한 거라고."

"그 정도는 알아. 그러나 정도 문제지. 일본 회사는 너무 지나쳐."

"그러면 말하겠는데, 자유도 정도 문제야. 자네는 지나치게 고집을 부려. 어느 정도는 주위와 맞추면서 산다고 벌 받는 건 아니잖아?"

"다나카 자네도 힘들겠군." 아사노가 눈을 내리깔고 쓴웃음을 지었다.

"무슨 말이야?"

"이지마 부장이 시켰지? 아사노 고집 좀 꺾어보라고."

컵을 들어 올리려던 손을 멈췄다. 마시지 않고 컵 받침에 도로 내려놓았다.

"총무부에 있는 아는 사람한테 들었어. 부장이 5과를 없애려고 한다고."

대답할 말이 없었다.

알고 있었구나. 아사노는 이상하다는 듯이 어깨를 흔들고 있었다.

"그 부장도 별로 익숙지 않은 일을 하다 보니, 정보가 줄줄 새더군. 상당히 기를 쓰는 모양이야. 총무부 사람 말로는, 사업추진부에 동기인 부장이 있는데 그 사람이 인사를 마음대로 주무르니까, 자기도 그렇게 해보고 싶은 모양이라고."

아아, 그게 주된 이유였구나. 이지마의 엷게 그을린 얼굴이 떠올랐다.

"그래서, 나는 자네 밑으로 가는 건가, 다카하시 밑으로 가는 건가?"

아사노가 메마른 어조로 말했다. 이미 포기한 느낌이었다.

"자네 그래도 좋아?"

"좋고 싫고는, 내가 결정할 일이 아니잖아."

"부장은 기회를 주겠다고 했어."

"필요 없어." 아사노는 손으로 물리치는 시늉을 했다.

"그렇게 자르듯 말하지 좀 마." 무의식중에 목소리가 거칠어졌다.

"지금 있는 부하 직원들을 생각해. 짧은 기간일지도 모르지만 자네를 믿고 따라온 사람들이야."

"괜찮아. 출세하고 싶으면 다른 거목을 찾아가 기대라고 처음부터 말했어."

"웃기고 있네." 점점 더 화가 났다.

"운동회 건은 요컨대 나더러 부장에게 꼬리를 내리라는 거겠지? 나는 못 해."

"폼 잡지 마."

"폼 잡는 거 아냐. 사람에게는 다 타고난 성질이란 게 있어."

"좋지 않은 성질은 고쳐. 다들 굽히고 싶지 않아도 고개 조아리면서, 거짓 웃음 지어가면서, 자신을 죽이고 그렇게 살아가고 있어. 자네만 거기서 도망칠 수 있다고 생각하지 마."

"자네가 화낼 일은 아니잖아."

"네가 강등당하면 내가 불편해져."

아사노를 자신의 부하 직원으로 두는 것은 싫다. 후배인 다카하시가 5과를 통째로 가져가는 것은 더더욱 싫다.

"뭘 그렇게 흥분하는 거야?"

"자네가 운동회에 나와준다면, 내가 절대로 5과를 없애지 못하게 하겠어. 부장한테 약속을 받아낼게."

"무리야. 갈 길은 멀어. 다음에도 얼마든지 또 충돌할 거야."

"몇 년 참고 있으면 또 이동이 있을 거야. 그때까지만이라도."

"이봐."

"뭐야?"

"목소리 낮춰."

아사노의 말을 듣고 주위를 둘러봤다. 어느새 찻집 안의 손님들이 이쪽을 보고 있었다.

"아, 미안." 제정신으로 돌아왔다. 목소리를 낮추어 아사노에게 말했다. "자네한테 하는 처음이자 마지막 부탁이다. 들어줄 수 없겠나?"

아사노는 대답을 하지 않고, 창밖으로 시선을 옮겼다. 요시오도 따라서 고개를 돌렸다. 경쾌한 걸음걸이로 퇴근길을 재촉하는 여사원들의 옆얼굴이 보였다.

"부장도 어른스럽지는 못한 것 같아. 하지만 자네도 알겠지만 이런 곳이 회사야."

"한심스러워." 아사노가 밖의 경치에 그대로 눈을 둔 채 중얼거렸다.

"알고 있어. 이삼일 시간을 줄 테니까 생각해봐."

계산서를 들고 일어났다. 계산은 요시오가 하고 둘이서 밖으로 나갔다.

요시오는 새우등을 하고 걷는 큰 키의 아사노를 바라보았다.

저 친구한테는 무리겠지. 끝까지 자신을 관철시켜온 만큼 억지로 태연한 체하며 지금까지 버텨온 일도 많을 것이다.

목을 좌우로 돌렸다. 관절에서 우두둑 소리가 났다.

차라리 내 밑으로 받아들일지 3과의 다카하시에게 넘길지 그걸 고민하는 게 나을지도 모른다.

다카하시에게 넘기면 부장은 나를 패기도 없는 남자라고 여길 것이다. 게다가 3과만 덩치가 커져 제1영업부의 선두 부서가 된다. 그럴 수는 없는 노릇이다.

받아들였을 경우, 아사노는 나를 뭐라고 부를까.

상사와 부하 직원의 관계가 되는 이상, 호칭을 함부로 쓰는 것은 용납할 수 없다.

그는 깊은 한숨을 쉬었다. 가을 바람이 발밑을 스치고 지나갔다.

드물게 저녁 8시 전에 귀가하자, 아내와 아이들이 거실에서 텔레비전을 보고 있었다.

침실에서 옷을 갈아입는 사이에 슌스케는 2층으로 올라가버렸다. 노골적으로 피하는 것 같은 느낌이지만 중학생 이후부터 늘 그래왔으므로, 더 이상 신경도 쓰이지 않았다.

아내가 차려주는 식탁에 혼자 앉았다.

밥을 먹고 있는데 치사토가 앞에 와 턱을 괴고 앉았다.

"모퉁이 서점 집 아들 다케시 말이에요."

"어, 그렇지. 어떻게 됐어?"

"그만두는 게 좋겠어요." 치사토는 눈을 가늘게 뜨고 있다.

"그 집 엄마한테 물었더니, 다케시가 노는 데 정신이 팔려서 거의 낙제가 결정적이래요. 서점을 물려받을 테니 취직 걱정도 없고, 자격증을 딸 필요도 없고, 사회봉사 실적을 쌓을 필요도 없고. 아무래도 누구 훈수를 둘 처지는 아니라는군요."

"예의 바르고 착한 아이 아니었나?"

"그건 초등학생 때까지예요. 걔, 중학교 들어가서 바지 질질 끌고 돌아다닌 거 모르죠?"

요시오는 된장국을 들고 마셨다. 무 건더기를 입에 넣었다.

"다른 사람은 없어? 찾아봐. 유명 대학에, 여자한테 인기 많고, 과외 아르바이트로 잘 벌어서, 여름방학 때는 하와이도 놀러가고, 룰루랄라 신나게 학교생활 하고 있는 멋진 젊은이로."

"딱히 찾지 않아도 슌스케 고등학교 선배만 훑어봐도 얼마든지 있지 않겠어요? 그런 흔해빠진 대학생은."

"그럼 그쪽이랑 상담해보라고 해."

아내에게 밥그릇을 내밀어 반 정도만 달라고 하면서 반찬을 집어먹었다.

"슌스케는 그런 부류의 대학생들에 대한 선망이 없어요. 선망은커녕 한심하게 여겨요. 열정도 없는 따분한 녀석들이라고."

"도대체 누굴 닮은 건지. 내가 고등학생일 때는 그러지 않았는데."

"일찌감치 제 앞가림을 하고 싶은 거예요. 최근에는 용돈 달라고 조르지도 않아요. 휴대전화 요금도 앞으로는 자기가 낼 테니까 신경 쓰지 말래요."

"그런 소리는 대학생이 된 다음에나 해줬으면 좋겠군. 열일곱 살밖에 안 된 녀석이 어째서……."

"오빠네 팀 말이야." 주방으로 온 딸아이 유카가 끼어들었다. "팬클럽이 생겼대." 그러더니 냉장고에서 주스를 꺼내 병째로 들이켰다.

"유카, 컵에 따라 마셔라."

"시민회관 광장에서 춤추는 동안에 근처 여고생이나 여중생들이 매주 보러 오게 된 거야. 벌써 스무 명 정도는 있어."

"어지간히도 한가한 애들인가 보군. 밥 먹고 그렇게나 할 일이 없다니?"

"요전에는 선물도 받았어. 니트 모자."

유카는 그렇게만 말하고 다시 거실로 돌아갔다.

"그런 멍청이들이 있으니까 점점 우쭐해지는 거야."

요시오가 몹시 불쾌한 듯이 말했다.

"괜찮지 뭘. 인기도 없이 컴퓨터나 만화에 열중하는 고등학생보다는."

치사토는 혼자 차를 타 마시고 있었다.

"어휴, 이해심도 많으셔라. 당신, 설마 댄스를 찬성하는 건 아니겠지?"

"나 점심때 가보고 왔어요. 슌스케가 가고 싶어하는 그 댄스 스쿨."

아내는 찻잔을 양손으로 감싸고 말했다.

"호오, 그래서?"

"큰 레코드 회사가 모회사니까 이상한 곳은 아닌 것 같아. 깨끗한 빌딩이었어요. 그곳의 한 층을 빌린 거라는데, 유리를 끼운 스튜디오에서 젊은 아이들이 모두 춤을 추고 있었어. 눈을 반짝반짝 빛내면서. 조금 감동했어."

"여봐, 그만하지." 요시오는 젓가락을 멈추고 턱을 내밀었다. "당신이 감동하면 어떡해?"

"그래도 사실인걸, 뭐. 적어도 입시학원 수업 풍경보다는 빛난다고 생각해."

"당연하지, 놀이니까. 비교할 수나 있는 거야?"

요시오는 남은 밥을 급히 먹고, "차"라고 강한 말투로 말했다. 치사토가 어깨를 으쓱이며 찻잔에 차를 따랐다.

"이제는 당신이 나서서 설득해보던지."

치사토가 말했다.

"그러니까, 그건……." 한 번 헛기침을 했다.

"아버지는 마지막 보루라고 했잖아."

"슌스케가 당신한테 물어봐달래요."

"뭘?" 차를 한 모금 마셨다.

"월급쟁이가 된 게 정말 좋았느냐고."

"이런 녀석 같으니라고. 어디서 주워듣긴 해가지고." 요시오는 얼굴을 잔뜩 찡그리고 크게 한숨을 내쉬었다.

"월급쟁이가 된 게 행복하다는 사람은 없어. 나는 지금의 회사에 들어와서 행복해. 수입도 평균 이상은 되고 남들에게 인정도 받고, 집도 지었어. 가족들이 충분히 먹고 쓰게 해주고. 그런 결과에 행복을 느끼고 있는 거야. 그러기 위해서는 좋은 대학 나와서, 좋은 회사에 들어가는 게 당연히 좋지."

"그럼, 당신이 직접 그렇게 말하세요."

"그런 거 정도는 당신이 미리 알아서 대답해줘야지. 자식한테 그런 소리 듣고도 당신은 아무 소리도 못 했다는 거야? 아비를 우습게 보는 거잖아." 부글부글 화가 끓어올랐다.

"나는 회사원 아버지와 결혼해서 행복했다고 왜 당당하게 말하지 않는 거야?"

"그런 말이 그렇게 금방 떠오르나요?"

"멍청하게 사니까 그렇지."

"뭐라고요, 멍청하게 산다고요?" 아내의 낯빛이 달라졌다.

"요컨대 당신도 세상물정을 너무 몰라."

"좋아요. 그럼 나도 일하러 나가지요. 나가서 세상물정 공부하게."

"그런 말은 안 했잖아."

"했어요. 사람을 무시하고." 치사토의 뺨이 붉어지고, 눈은 치켜 올라갔다.

"누가 무시했다고 그래." 요시오가 말투를 바꾼다.

"설거지, 직접 하세요. 밖에서 일하게 되면 가사는 분담해야 되니까요."

치사토가 냉정하게 말하고 자리에서 일어섰다. "아니, 그게……." 한층 목소리를 부드럽게 했지만, 아내의 뒤통수만 바라보는 꼴이 되었다.

어째서 모두들 논리가 통하지 않는 거야. 손익을 따지는 것은 나쁜 일이 아니잖아. 조금만 머리를 쓰면 알 수 있을 텐데.

2층으로 뛰어올라가, 슌스케를 붙잡고 호통을 치고 싶은 충동에 사로잡혔다.

아니지, 한번 뒤틀리면 쓸데없이 더 까다로워진다.

생각을 바꾸고, 싱크대 앞에 섰다. 손수 설거지를 했다. 제기랄, 가장을 뭘로 보는 거야. 요시오는 씁쓸하게 입속으로 중얼거렸다.

다음 날 퇴근길에 요시오는 아내가 말한 댄스 스쿨을 보러 가기로 했다.

혼자서는 들어갈 용기가 없어서 서무인 히로코를 불러냈다. 간단히 사정은 설명했지만 아들이 다니고 싶어한다는 것은 생략했다.

치사토가 말한 대로 산뜻한 빌딩의 한 층에 있었다.

"여기 멋지네요." 히로코가 감탄했다.

"지금 한창 유행이라서, 칙칙하고 안 좋은 곳도 있을 거예요. 여기라면 괜찮지 않겠어요?"

밝고 청결한 것이 그나마 다행이었다. 이 판국에 바퀴벌레가 기어 다니는 곳이었다면, 부모로서는 더 기가 막힐 노릇일 것이다.

접수 로비엔 강사인 듯한 남녀의 사진이 걸려 있었다.

"과장님. 이 사람, 망고 스즈키예요." 히로코가 눈을 반짝이며 말했다.

"텔레비전에 자주 나오는 안무가예요."

요시오로서는 기가 막힌 헤어스타일이다. 머리에 참새라도 기르고 있는 건가.

"앗, SMAP의 백댄서. 이쪽은 모닝의 멤버."

요시오가 모르는 이름이 줄줄이 나온다. 하나같이 지명수배를 당하면 한눈에 알아볼 생김새다.

벨이 울렸다. 슌스케 또래의 젊은이들이 로커룸에서 하나씩 나타나 유리창으로 막은 스튜디오로 들어갔다.

그들의 차림새에 깜짝 놀랐다. 아들은 건전한 편이었다. 코에 박은 피어싱이 여기서는 보기 드문 모습이 아니었다.

각자가 스트레칭으로 몸을 풀고 있는데 강사가 등장했다. 전원이 기립하여 큰 소리로 인사를 했다.

"좋았어, 정신을 가다듬고. 따라오지 못하는 사람은 견학으로 돌릴 거야. 알았나?"

강사의 큰 목소리가 유리 너머로 들렸다.

의외였다. 마치 운동부 풍경 같았다. 로비에 있던 견학자들도 진지한 표정으로 바라보았다.

음악이 흐르자 젊은이들이 일제히 춤을 추기 시작했는데, 안쪽의 거울을 향해 추고 있으므로 그 등을 바라보는 꼴이었다.

아마추어 눈에도 잘하는 것을 알 수 있었다. 동작에 탄력이 있고, 흐름도 있다. 그림이 되어 있었다. 모두 머리가 작고 팔다리가 길다.

일본인이 이렇게 바뀌었구나. 요시오는 한순간에 압도되고 말았다.

히로코도 몸을 쭉 내밀고 지켜보고 있었다. "이 사람들 분명 상급자들뿐일 거예요." 옆에서 뺨이 홍조가 되어 중얼거렸다.

슌스케는 어느 정도 수준일까. 문득 그런 생각이 들기 시작했다.

젊은이들이 흘리는 땀을 보며, 묘한 그리움을 느꼈다.

문득 '청춘'이라는 말이 있다는 것을 생각해냈다.

요시오는 지치지도 않고 춤추는 장면을 30분이나 그렇게 바라보았다.

*

사내 운동회가 다음 주 월요일로 다가왔다. 부장인 이지마는 요시오에게 "아사노는 온대?"라며 심술궂은 말투로 물었다. "다카하시에게 슬쩍 물어봤더니, 3과에서는 받아들여도 상관없다고 하더군." 말하면서 입 끝으로 웃는다.

이 남자의 사전 공작은 허점투성이다. 히로코까지 소문을 들어 알고 있다. 이 남자 줄에 서도 괜찮을까? 그런 불안이 머리를 스쳤다.

원만하게 처리해보려고도 했다.

"부장님, 생각을 바꾸실 수는 없으시겠습니까? 약간 어른답지 못한 것 같습니다."

"어른답지 못하다니 무슨 소리야?"

이렇게 이지마가 얼굴을 붉히며 화를 내, 요시오는 몇 번이고 머리를 숙이는 처지가 되었다.

아사노는 여전히 유유자적이다. 매일같이 정시에 출근해서 스포츠 신문을 펼치는 것도 마찬가지였다.

"오시마 감독은 이번 시즌이 끝인가? 주니치• 시절부터 팬이었는데."

• 주니치 드래곤즈. 일본의 프로야구팀.

네 걱정이나 해, 네 걱정.

결국 아사노의 대답은 "역시 갈 수 없겠어"라는 한마디였다.

"나는 말이야, 최종적으로는 내 방식대로 해."

"그래도 괜찮겠어?" 요시오는 설득을 거듭했다.

"강등당하면 직무수당이 사라져. 월 3만 엔이면 1년에 36만 엔이야. 이봐, 아사노. 하루만 참으면 36만 엔을 벌 수 있어. 그렇게 생각할 수는 없겠어?"

왜 이렇게까지 열심히 설복시키려고 하는지 모르겠다. 아사노가 강등당할 경우에 생기는 문제도 싫지만, 그 이상의 뭔가가 싫었다.

나라면 두말없이 머리를 숙인다. 그런데 아사노는 숙이지 않는다. 바보스럽게 오기 부리기를 계속하는 사십대 남자가 있다.

"뒤에서 비웃고 멸시해버리면 되잖아. 인생에는 그런 강심장도 필요하지, 뭐."

"됐어, 난 괜찮아."

아사노는 희미하게 쓴웃음을 지으며 고개를 저을 뿐이었다.

여사원들은 아사노를 '스너프킨'이라 부르기 시작했다. '스너프킨'은 『무민』에 나오는 세속에 초연한 캐릭터다.

집에서는 아내와 본격적으로 싸움을 했다.

밤에 치사토가 슌스케의 바지에 난 구멍을 꿰매고 있었다.

물어보니, 춤 연습 때문에 무릎이 닳아서 해진 모양이다. 치사토의 표정은 아들의 시중을 드는 것이 좋아서 어쩔 줄 모르겠는 바지런한 엄마의 표정이었다.

"자립하고 싶으면 바느질도 자기가 하라고 해."

요시오가 바로 심하게 말했더니, 그녀는 낯빛을 바꾸며 대들었다.

"부모가 자식이 하는 일을 응원하는 게 뭐가 나빠요. 비행을 저지르는 것도 아니고, 오토바이처럼 위험한 것도 아니고, 댄스는 얼마나 건전해. 당신도 댄스 스쿨 보고 왔잖아요. 모두들 열심히 몰두하는 멋진 모습 아니던가요? 노력하는 젊은이에게 손을 내미는 게 어른이 할 일이에요."

치사토는 단숨에 말을 쏟아냈다. 드문 일이었다.

"당신도 애군." 요시오도 지지 않고 되받아쳤다. "자식 꿈을 좇아가는 게 어른이 할 일이 아니라, 지루하고 냉엄해도 세상의 현실을 가르치는 것이 어른의 역할인 거야. 춤으로 밥 먹고 살 수 있어? 설령 성공한 예가 있다 하더라도 천 명 중에 한 명 정도겠지. 슌스케가 그 한 사람이 될 수 있다고 생각해? 나는 무리라고 봐. 분명 나머지 999명 중의 한 명이야."

"어떻게 자기 자식을 그런 식으로 말할 수가 있어요?"

치사토가 눈을 부릅떴다.

"피아니스트나 화가라면 차라리 괜찮겠어. 최고가 되지 못해도 선생 노릇 하면서 생계는 꾸려나갈 수 있으니까. 그렇지만 댄서 같은 건 여차하면 백수야. 그럴 가능성이 더 높아. 그 정도는 알겠지. 알면서 어떻게 응원을 할 수 있나? 당신은 무책임해. 애랑 한통속이 되어서 달콤한 꿈이나 꾸고 있을 때가 아냐."

침이 튀었다. 말할수록 상식이 통하지 않는 아내에게 점점 짜증이 났다.

"안 되면 그때는 다른 길을 찾으면 되잖아요. 일본은 풍요로운 나라라고요. 좋은 직업도 얼마든지 있어요."

"그 나름의 대학을 나와서 자격을 갖추고 있을 때야 그렇지."

"그건 월급쟁이가 된다는 전제에서나 그렇죠. 세상에 직업이 월급쟁이만 있는 건 아니잖아요. 자기 가게를 열어도 되고, 회사를 만들 수도 있고, 얼마든지 살아갈 수 있는 길은 있어요. 무엇보다 슌스케는 장점이 많은 아이라고요. 처음부터 샐러리맨으로 한정 지을 필요는 없는 거 아니에요?"

울컥 화가 치밀었다. "그럼 뭐야? 회사원은 아무짝에도 쓸모없는 사람이란 말이야?" 요시오는 흥분해서 주먹으로 탁자를 쳤다.

"아니, 소리 지르지 마세요."

"그래, 알았어! 쓸모없는 인간이라 미안하군."

"당신이야말로 어린애처럼 굴지 마세요. 당신은 확실히 회사원으로서 장점이 많은 사람이잖아요. 부장님 눈에 들어서 순조롭게 승진도 하고 있으니까. 그럼 됐지 않나요?"

"무시하는 거야?"

"그런 거 아니잖아요. 뭘 오해하는 거예요?"

치사토가 한 발짝도 물러서지 않는 바람에 장장 한 시간이나 말다툼은 계속되었다. 평소에는 간단히 눌러버리는데 그날 밤의 아내는 여간 만만치 않았다.

모험하지 않는 인간은 모험하는 사람이 밉다. 자유를 선택하지 않은 인간은 자유가 밉다. 어디서 주워들었는지, 치사토는 시건방진 말을 내뱉었다.

말해서 좋은 것과 나쁜 것이 있는 거다. 완전히 화가 머리 꼭대기까지 치밀어 요시오는 손님방에 이불을 깔고 자기로 했다.

손님방 벽장을 열었더니 안쪽에 고교 시절에 샀던 레스폴 기타 모조품이 처박혀 있었다.

케이스에는 매직으로 '북고北高의 지미 페이지'라고 쓰여 있었다. 열일곱 살이던 자신의 글씨다.

이런 곳에 있었구나. 그런 게 눈에 띈 것이 괜시리 더 화가 났다.

화풀이로 기타 케이스를 두들기다 쇠 장식에 쓸려 살갗이 까져버렸다.

체육의 날은 아침부터 청명한 하늘이었다. 요시오는 아침 6시에 일어나 버스를 갈아타고 교외의 운동장으로 향했다. 운동회에 필요한 몇 가지 설비는 모두 업자에게 맡겼지만, 각 부에서 몇 명이 도와주러 나오기로 되어 있었다.

요시오는 정면 텐트 안의 자리를 정리했다. 이지마를 맨 앞줄의 국장 옆으로 해주었다.

이름표를 만들고 의자에 붙였다. 자신의 필적을 알아볼 것이라고 생각했다.

히로코가 졸린 눈을 비비면서 왔다.

"과장님, 코스프레* 릴레이는 성희롱이라고 조합에 고발해뒀으니까 알아서 하세요."

"그런 말 하지 마. 간호사 의상은 누구든 남자한테 입힐 테니까." 어깨를 두드리며 구슬렸다.

응원석인 트랙 주위에는 파란 비닐 시트가 깔렸다.

히로코의 도움을 받아 부서별로 구획을 지어두었다.

"저는 일본인의 이런 궁상스럽고 세련되지 못한 면이 싫다니까요." 히로코가 불평을 늘어놓았다.

"흙바닥 위에 파란색 비닐 시트라니. 촌스러워! 어째서 잔디밭에 면 시트라는 발상은 못 하는 걸까."

"벚꽃놀이할 때는 비닐 시트라도 좋아했었잖아."

* 만화의 등장인물 의상을 실제로 만들어 입는 놀이.

그 말을 들은 히로코는 샐쭉해져, 더 이상 입을 열지 않았다.

8시가 지날 즈음부터 사원들이 하나둘 모이기 시작했다. 가족들과 함께 온 사람도 있었다. 총무부가 각 부서에 '가족을 동반해야 할 인원'을 할당했기 때문이다.

불꽃이 터지면서 분위기가 무르익기 시작했다.

운동회가 시작되고 사원들은 부서별로 정렬했다. 단상에 부사장이 서서 개회 인사를 했다. 재미있게 만든 선수 선서가 있고 나서, 전원이 사가를 따라 불렀다.

히로코가 팔을 쿡쿡 찔렀다. 돌아보자 눈짓을 한다. 히로코의 시선의 끝을 더듬자 줄 맨 뒤쪽에 아사노가 보였다. 큰 키의 아사노가 목을 빼고 사가를 부르고 있었다.

눈이 마주치자 아사노가 공연히 웃음을 짓는다. 멋쩍은지 그 이상 표정을 바꾸지 않았다.

요시오는 개회식이 끝나자마자 아사노에게 달려갔다.

"이봐, 혹시 쌍둥이 동생은 아니겠지." 뒤에서 그의 어깨를 주물렀다.

"아, 저의 형님이 늘 신세를 지고 있다고……." 아사노도 농담으로 되받았다.

"왜 마음이 변한 거냐?"

"응?" 아사노는 손으로 옆머리를 빗으며 말했다. "어른다운 처신이라는 거지."

마음이 밝아지는 것을 느꼈다. 세상은 이렇게 돌아가는 거야. 무슨 주의니 미의식이니 하는 것들은 사는 데 방해만 될 뿐이다. 자기만이 다른 사람과 다르게 살아서 특별한 인간이라도 된 것처럼 여기는 것은, 어린애 같은 행동인 것이다.

반가워서 아사노의 옆구리를 찔렀다. 아사노는 웃으며 뿌리치더니, 응원석의 뒷줄로 도망쳤다.

히로코가 어디선가 정보를 입수해왔다. 국장이 아사노에게 전화를 했던 모양이다. 이지마의 체면을 세워주라고.

국장은 총무부로부터 다짐을 받은 것 같다. 인사과가 정한 것을 존중해줬으면 좋겠다고.

"이지마 부장만 조금 언짢은 상태." 히로코가 소리를 낮추어 말했다.

원만하게 정리된 것이다. 자신의 설득도 조금은 효과가 있었을 터이다. 중간에 서서 애쓴 것은 국장 귀에 들어갔을까. 그랬다면 더 기쁜 일일 텐데.

경기가 차례대로 실시되고 있었다.

공굴리기와 숟가락 경주•에 섞여, 진검승부의 줄다리기도 있다. 부 대항인 만큼 응원석은 후끈 달아올라, 야유도 서로 오갔다.

• 숟가락에 탁구공을 얹고 달리는 경기.

요시오는 코스프레 경주에 출전했다. 세일러복 차림으로 트랙을 질주해, 우레 같은 갈채를 받았다.

아사노는 젊은 사원들 틈에 섞여 장애물 경주에 나갔다. 그 이외는 응원석의 마지막 줄에 벌렁 누워 있었다. 스너프킨이라니 참 어울리는 말이다. 기타라도 안고 있으면 더더욱 딱 맞을 텐데.

기마전이 시작될 단계에서 이지마가 나타났다.

"제2부, 3부도 부장이 나간다고 하니까, 나도 나가기로 했다."

그는 술이 좀 들어갔는지 불콰해진 얼굴로 말했다.

"그럼, 젊은 사람들한테 말을 시키도록 하지요." 요시오가 의견을 말하고, 주위를 둘러봤다.

"어이! 누구 힘 좋은 사람, 말 좀 해줬으면 좋겠는데."

과연 운동부 출신이라는 이십대가 금세 몇 명 나왔다.

"맨 앞의 말은 아사노가 해주었으면 좋겠어. 그늘에서 애쓰는 공로자 역할은 관리직이 모범을 보여줘야 하지 않겠어?"

이지마가 뒤에 누워 있는 아사노를 턱으로 가리켰다.

"그럼, 제가 하겠습니다." 즉시 요시오가 앞에 섰다.

"이래 봬도 도망치는 데는 자신 있습니다. 뒤에서 살짝 다가가는 것은 특기 중의 특기로……."

"자네한테 부탁한 게 아니잖아." 이지마는 거친 말투로 요시오를 밀쳐냈다.

"어이! 아사노." 쩌렁쩌렁 울리는 목소리로 외쳤다. "해줄 수 있겠어?"

응원석에 긴장감이 감돌았다. 소문은 훨씬 전에 퍼져 있었다. 모두가 표정을 흐리며 추세를 지켜보았다.

"좋아요. 합시다."

아사노가 덤덤한 어투로 말했다. 몸을 일으켜 어깨를 가볍게 돌렸다.

응원석에 안도의 공기가 흘렀다. 히로코마저 가슴을 쓸어내렸다.

아사노가 선두 말이 되고, 이지마가 위에 올라탔다. 이지마는 구두를 벗지 않았다.

'어른이 아니군.' 그런 생각을 했다. 휴일에 회사 전체가 이런 것을 하고 있다, 그 자체가 어른이 할 짓은 아닐지도 모르지만…….

기마전은 시작되었다. 이지마가 아사노의 머리에 손을 얹고, 진행 방향을 지시하고 있다. 저렇게까지 할까, 하고 조금 불쾌해졌다. 부서의 사람들에게 자신의 역량을 과시하고 싶을지도 모르지만, 거꾸로 반감을 사는 경우도 있다.

운동장 여기저기서 흙먼지가 일었다. 아무래도 아사노에게 눈길이 가버리고 만다. 그는 열심히 뛰고 있었다. 큰 걸음으로 유유히 걷는 남자라는 이미지가 있기 때문인가, 이상하게 마음이 불편했다. 적어도 보고 싶은 광경은 아니었다. 이지마가 탄 팀은 등의 리본을 빼앗겨, 싱겁게 패배했다.

"수고했어." 요시오는 지쳐 돌아온 아사노에게 위로의 말을 건넸다.

"그래." 아사노는 가볍게 대답하고, 다시 혼자가 되려고 한다.

여사원들이 마실 것을 들고, 아사노 주위에 둘러앉았다. 그 중에 히로코도 있었다.

마음을 써주는 것이겠지. 히로코는 아사노에게 자꾸만 말을 걸며, 이야기를 나누려고 했다.

막힘없이 경기가 진행되어 점심시간이 되었다. 도시락을 받아들고, 사원들은 여기저기 무리지어 둥그렇게 둘러앉았다. 아사노 주위에는 여사원들이 있었다. 아사노는 여자의 모성본능을 자극하는 건지도 모른다.

간부 텐트를 들여다봤더니, 술잔이 돌고 있었다. 비서과 미인들이 간부들의 시중을 들고 있다. 회사 행사는 출세한 남자들이 자신의 성공을 확인할 수 있는 절호의 기회다. 요시오에게도 캔맥주 하나가 건네졌다.

점심식사 후에는 부 대항 응원전이 있다. 어느 부서에든 눈에 띄고 싶어하는 사람이 있어, 즉흥으로 즐거운 응원을 펼쳐 주었다.

제1영업부에서는 남녀 가라테 경험자가 가라테 시범을 보여주기로 되어 있었다.

준비를 하고 있는데, 그곳에 이지마가 나타났다. 아까보다 훨씬 더 벌건 얼굴을 하고 있다.

"가라테 시범? 시시하잖아. 과장 다섯이 아와오도리•라도 추는 건 어때?"

"부장님. 갑자기 그런 말씀을 하시면……." 요시오가 말을 받았다.

"업자에게 물어봤더니 웬만한 BGM은 있다고 하던데. 악기는 빈 캔이라도 두드리면 좋지 않을까?"

"무리입니다."

"뭐가 무리야?" 이자마가 언짢은 기색을 감추려고도 하지 않고 드러냈다.

"제2영업부는 삼바고, 3부는 훌라댄스를 춘다던데. 그것도 과장들이 솔선해서 하는 거야. 훌라댄스 같으면 허리에 치마 하나만 두르는 거잖아. 그렇게 스스로 피에로 노릇을 함으로써 부하와 상사의 벽을 없앨 수 있는 것이고, 그 후의 일도 원활하게 진행되는 거야. 직장이란 곳은 잘난 척하는 사람이 있으면 안 되는 거야."

이지마의 화살이 또 아사노를 향하고 있었다.

• 피리, 북, 징, 샤미센 등의 연주에 맞추어 추는 일본 전통춤.

부장도 집요한 사람이군. 각자의 그런 생각이 침침한 공기로 변하여 주위에 감돌고 있었다.

"그럼, 제가 하겠습니다. 멤버 선택은 제게 맡겨주십시오." 요시오가 말했다.

"멤버는 과장 다섯 명이다. 말했잖아."

"이런 건 소질이 있는 사람이랑 그렇지 않은 사람도 있습니다. 그러니까……."

"적성에 안 맞는다고 일을 거절할 거야? 뭐든지 하는 것이 세일즈맨 아닌가?"

"그렇지만 이것은 레크리에이션이니까."

"시끄러워, 말대꾸하지 마." 내뱉는 입김에서 술 냄새가 났다. "너는 잠자코 내가 하라는 대로 하면 돼."

화가 끓어올랐다. 응원석에는 부하 직원들과 사원 가족도 있다. 사람들 앞에서 이런 말투는 경우가 아니지 않은가.

"부장님, 놀이니까 강제는 안 됩니다." 그래도 웃는 얼굴을 구기지 않고 구슬렸다.

"놀이라니? 너는 회사 행사를 우습게 여기는 거냐?"

"아니, 그런 게 아니라."

"팀워크를 강화하자는 의미가 있는 행사 아닌가?"

이지마의 침이 얼굴에 튀었다. 참는 것에도 한계가 있다.

"어이, 다나카." 그 소리에 돌아다보니, 아사노가 서 있었다.

"아와오도리, 괜찮잖아. 이렇게 하는 거 아냐?" 그는 몸짓으로 흉내를 내 보였다.

"괜찮아, 너는 안 해도 돼." 느닷없이 그런 말이 나왔다. 아사노의 아와오도리 따윈 보고 싶지 않다. 좀 전의 기마전 말 노릇으로 충분하다.

"무슨 소리야? 뭐가 네 맘대로 괜찮다는 거야?" 이지마가 노려보았다.

"그러니까, 그게, 누가 해도 마찬가지니까."

"마찬가지라니, 뭐가?" 가슴을 쿡쿡 찌른다.

"폭력은 안 됩니다."

요시오는 저도 모르게 똑같이 이지마의 가슴을 찔렀다. 그러는 자신에게 놀랐다.

"어라? 뭐야 너, 상사한테." 그도 다시 가슴을 치고 나왔다.

"이거야 원, 당신도 참 질기네요." 이번에도 같이 가슴을 찔렀다.

"당신? 야, 지금 뭐라고 했어?" 이지마의 얼굴이 시뻘게졌다.

"이만큼 하면 됐지 않습니까?"

뺨에 경련이 일었다. 이지마도 마찬가지였다. 분명 이런 식으로 싸움이 시작되는 것이겠지.

"뭐가 됐다는 거야? 너 이 자식, 상사를 우롱했겠다."

"어린애같이 구니까 그렇죠."

이지마가 요시오의 멱살을 쥐었다. 거친 숨을 내쉬며 "이 자식이!"라고 으르렁거렸다.

몇 명의 남자 직원들이 허둥지둥 그들 사이에 끼어들어, 이지마를 요시오에게서 떼어냈다. 떨어질 때, 이지마의 발이 날아와 요시오의 무릎에 맞았다. 요시오는 발끈하여 같이 찼다. 차면서 걱정이 치밀어올랐다.

"넌, 모가지야. 이 자식아!" 이지마가 큰 소리로 호통을 쳤다.

"부장이 어떻게 해고를 할 수 있냐? 인사권도 없는 주제에."

누군가 뒤에서 두 팔을 잡아 깍지를 끼었다.

"진정해." 아사노의 목소리였다.

이 자식, 너 때문에……. 말은 차마 입 밖으로 나오지 않았다.

어째서 내가 이런 꼴을 당해야 하는 거지. 나는 일을 복잡하게 만들고 싶어하지 않는 타입이다. 여기저기 마음을 쓰고, 걱정하고, 그런데 왜…….

모두가 보고 있었다. 다른 부서 사람들까지 모여들어 그들을 에워쌌다.

몇 명에게 떠밀려 운동장 구석까지 갔다.

나무 아래에 엉덩방아를 찧었다. 몸이 떨리고 있었다.

요시오는 잠시 아사노를 상대로 부장을 비난하고 자신의 정당성을 호소했다.

화내는 것에 익숙하지 않은 탓인지 좀처럼 흥분이 가라앉지 않았다.

운동회 날 밤에는 아사노와 술을 마셨다. 혼자 있고 싶다는데 그가 따라온 것이다.

이지마는 화가 나서 도중에 돌아가 버렸다. 요시오는 있을 곳이 없어, 끝날 때까지 짐을 쌓아놓은 텐트의 매트 위에서 열이 오른 채 드러누워 있었다.

이야기를 들은 국장이 웃으면서 쫓아와서는 "내일 아침에 일단 내 방으로 와"라고 말해주었다. 그나마 다행이었다.

"넌, 참 멋지다." 위스키를 단숨에 마시며 요시오가 중얼거렸다. "한 마리 늑대처럼 유유히 잘 살고 있으니까."

"그렇지 않아. 사람들과 어울리지 못할 뿐이야." 아사노가 조용하게 말했다.

"무슨 소리 하는 거야? 여사원들한테는 인기 좋잖아?"

"출세할 가망이 없는 사람들끼리는 사이가 좋은 법이야." 그는 흰 이를 보이며 웃었다.

가게 안에는 옛날 록 음악이 흐르고 있었다. 가끔 콧노래로 따라 불렀다.

묵묵히 마시고 있는데, 아사노가 입을 열었다.

"이봐, 다나카. 자네, 왜 나를 두둔하려고 했어?"

"특별히 두둔 같은 거 한 거 아냐."

"그래도 내가 춤추지 않게 하려고 했잖아."

요시오는 술잔을 내려놓았다. 주인에게 티슈를 받아, 코를 풀었다.

"춤추지 않는 사람도, 한 명쯤 있으면 좋을 것 같아서."

"무슨 말이야?"

"나랑 똑같은 인간만 있으면 싫잖아. 괴짜가 없고, 비슷한 놈들만 모여 있다면 직장은 숨이 막힐 거야. 다른 가치관을 가진 놈도 있으면 좋겠다, 뭐 그때 그런 생각을 했어."

"흐응." 아사노가 시선을 떨구었다. 별다른 대답은 없었다.

자정이 넘은 시간까지 마셨다. 병 하나를 거의 요시오 혼자서 마셨다.

집에 돌아오자 집 안은 깜깜하고, 치사토도 이미 잠들어 있었다.

거실의 불을 켜고, 소파에 깊이 몸을 묻었다. 목욕할 기분도 들지 않았다. 머리가 지끈지끈 쑤셔왔다. 소변이라도 볼까. 불안한 걸음걸이로 복도를 걸었다. 계단 아래를 지나다 문득 멈춰 서서 위를 올려다보았다.

쿵쿵 발소리를 내면서 계단을 올라갔다.

슌스케의 방문을 열었다. 손으로 스위치를 더듬어, 전등을 켰다.

"어이, 슌스케. 일어나. 할 말이 있어." 침대 옆까지 가 아들의 몸을 흔들었다.

슌스케가 눈을 뜨고 놀란 얼굴로 그를 올려다보았다.

"무슨 일이세요?" 잠긴 목소리를 낸다.

"댄서가 되고 싶다고? 너 좋을 대로 해라. 말리지는 않겠다."

"갑자기 무슨 말이세요?"

"단, 댄스 스쿨에서 일하겠다는 것은 절대로 허락할 수 없다."

"잠깐만요, 왜 이러시는데요?"

"대학은 보낼 거다. 반드시 보낼 거다. 세상은 네가 생각하는 것만큼 그렇게 만만하지 않아. 어지간한 재능이 없는 한, 협조성은 살아가는 데 꼭 필요해. 아빠 말이야, 아사노는 좋아해. 인정한다."

"아사노가 누군데요?"

"그렇지만 말이야, 그 녀석도 특별한 재능이 없는 한, 다른 사람들과 맞춰 살아야만 해. 오늘은 좋아. 허락하겠어. 그래도 내일부터는 안 돼."

"도대체 뭘요? 무슨 소리예요?"

"너도 말이지, 언젠가 알 날이 올 거다."

"몰라요, 무슨 말인지."

"월급쟁이가 될 가능성이 더 많아. 그렇게 되면 출세하는 편이 여러모로 편리해."

"엄마아!" 슌스케가 계단 밑을 향해 소리쳤다.

"학력이나 회사 이름 따위, 아빠라고 좋아할 것 같냐? 그래도 그게 모든 걸 말해주니까 어쩔 수 없는 거야. 너랑 아빠만으로 세상을 바꿀 수 있니?"

"아버지, 취하셨어요?"

"취하면 안 되냐?"

"엄마아!"

잠옷 차림의 치사토가 2층으로 올라왔다.

"당신, 무슨 일이에요?" 눈을 동그랗게 뜨고 물었다.

"부자 간의 대화다." 요시오는 가슴을 젖히고 말했다.

"아버지, 미쳤어요."

"미치지 않았어. 네 일을 걱정하니까 이렇게 계단을 올라온 거야. 나한테 2층은 중역실보다 멀어."

"여보, 잠깐, 큰 소리 내지 마요."

"여기는 내 집이야. 큰 소리 좀 내면……."

치사토가 팔을 잡아당겨, 자세가 흐트러졌다. 현기증이 나서 그 자리에 털썩 주저앉았다.

"잠깐, 여보, 괜찮아요?"

"무슨 일 있어요?"

유카의 목소리가 들렸다. 눈꺼풀이 무거워 올라가지 않았다.

"아버지가 미쳤어."

"미치지 않아서……."

혀가 잘 돌아가지 않는다. 대신 머리가 빙빙 돌았다.

"일어나요. 이런 데서 자면 어떡해요?"

"어디서 자든 내 집인데……."

드디어 의식이 오락가락한다.

"잠깐, 안 돼요, 이런 데서……."

갑자기 치사토의 목소리가 아득히 멀어져갔다.

부장인 이지마와는 다음 날 화해했다. 국장이 중간에 서서 사이를 중재해주었던 것이다.

요시오가 먼저 머리를 숙였다. 자신은 조금도 잘못한 일이 없다고 생각했지만, 상대의 체면을 봐서 사죄했다.

이지마도 겸연쩍었던지, "아니, 낮부터 술을 마셨더니 그만" 하며 몹시 쑥스러워했다. 모두의 앞에서 이지마가 요시오에게 점심식사나 같이 하자고 말했고, 그것으로 화해를 표시했다. 회사란 그런 곳이다.

아사노는 여전히 독불장군이다. 일만큼은 솜씨 좋게 처리하고 있으므로, 더 이상 이지마도 불평을 하지 않게 되었다. 여사원들이 점점 더 아사노 편을 들고 있어서, 적으로 만들고 싶지 않은 건지도 모른다.

아들인 슌스케와는 그날 밤 이후, 말을 하지 않고 있다. 변함없이 춤에 열중하고 있고 수험공부는 게을리하고 있는 모양이다. 치사토를 통해 "할 이야기가 있어도 한창 자고 있을 때는 습격하지 말아줘"라고 말해왔다.

"슌스케가 웃던데요." 치사토가 가르쳐주었다. 그 말로 한동안 괜찮을 것 같은 느낌이 들었다. 아버지는 마지막 보루다. 섣불리 나설 수는 없는 노릇이다. 요시오는 집 복도를 걸을 때마다, 계단 아래서 멈춰 서 위층을 올려다본다.

총무는 마누라

서무계 근무는 이번이 처음이다.

마흔네 살인 온조 히로시는 입사 이래 계속 영업부에서 일해왔다. 가전제품 메이커로는 대기업인 이곳에서 판매 전략을 짜고, 거래처를 개척하고, 생산부문과의 조정에 힘썼다. 해외 업무도 경험했고, 기업 간의 경쟁도 가장 치열한 최전선에서 일해왔다. 주위에서도 능력을 인정해주었고, 자부심도 있었다.

그래서 총무부 제4과 과장으로 발령받은 것을 순순히 받아들였다.

히로시의 회사에서 국장 후보는 일단 현장에서 빠지는 것이 관례였다. 다른 세상에서 다른 공기를 마시고 오라는 의미였다.

현재 있는 다섯 명의 영업국장은 모두 사십대 때 한 번쯤 서무계를 거쳐왔다. 요컨대 출세 코스인 것이다.

“재미없어”라고 주위에 푸념을 하면서도 히로시의 가슴은 크게 부풀어 있었다. 분명 자신은 2, 3년 총무부에서 편히 쉰 다음, 부장으로 승진하여 영업부로 되돌아간다. 그리고 그다음은 국장 자리다.

“한가롭겠군.” 영업부의 동기가 말했다.

“휴일 출근도 없으니, 분재라도 시작해볼까 생각 중이야.”

농담으로 되받았지만, 한 발짝 앞서간다는 느낌이었다.

직속 상사인 후지와라 국장은 “축하한다”며 히로시에게 악수를 청했다.

“회사 전체를 바라보기에는 좋은 기회다. 각양각색의 인간들이 있고, 여러 가치관들이 뒤섞여 있지. 최전선에 있으면 곧 후방에서 지원하는 존재를 잊어버리기 쉽거든. 나도 홍보부에서 2년 있었는데 시야가 넓어져서 좋았던 것 같다.”

후지와라 국장은 전에는 볼 수 없던 온화한 표정을 짓고 있었다.

“자, 그럼 2년 후에 보자고”라며 어깨도 토닥여주었다.

그렇군, 2년간이라고 이미 이야기가 된 것이군.

보증서를 받은 것이나 다름없었다.

히로시는 조금 캐주얼한 양복을 새로 샀다. 내근은 영업과 달리 옷차림에 관대하다. 새로운 환경을 즐기자고 생각했다.

내친김에 머리카락을 앞에만 엷은 갈색으로 물들였다. 전부터 한번 해보고 싶었던 것이다.

총무부는 30층 건물인 사옥의 28층에 있었다. 지금까지 있었던 5층과는 달리 창밖으로 멀리 미우라반도의 능선이 보였다. 외근이 적기 때문에 높은 층에 있어도 상관없다 이거군.

부장의 인도를 받아 제4과 직원들 앞에 섰다. 히로시 본인을 포함해도 여섯 명밖에 안 되는 작은 살림이다.

강한 의욕을 보일 필요도 없으니, 웃기기로 했다.

"온조恩蔵입니다. '배은망덕恩知らず'의 온恩에, '곳간을 세우다蔵建てた'의 조蔵라고 씁니다."

금세 자리가 부드러워졌다. 모두가 웃었다.

"제가 업무 사정을 몰라서 처음에는 성가시게 생각될지도 모르겠지만, 아무쪼록 잘 부탁드립니다." 깍듯하게 머리도 숙였다. "의견이 있으시면 기탄없이 말씀해주십시오. 모두가 함께 의사소통이 잘되는 직장을 만들어갑시다."

박수가 나왔다. 히로시는 한 사람 한 사람에게 미소를 보냈다.

온화해 보이는 부하 직원들이었다. 날카로운 눈빛의 영업부 동료들과는 표정이 달랐다.

환경이 사람을 만드는 거겠지. 경쟁이 없는 것이다.

계장은 히로시보다 나이가 많은 나카야마라는 남자였다. 나카야마는 책상 옆에까지 와서, "당분간은 현 상태를 유지하며 업무를 진행하겠습니다. 과장님은 일이 파악되실 무렵부터 지시를 내려주십시오"라고 작은 소리로 말해주었다.

싫은 기색은 없었다. 전임자도 연하였다 하고, 나카야마는 승진을 열렬히 바라는 타입은 아닌 것 같았다.

여자는 두 명 있는데, 삼십대 중반의 시라이 이쿠코는 4과의 최고참. 스물한 살의 하라다 아이코는 입사 1년차로 아직 학생 분위기가 남아 있었다.

"과장님은 커피에 설탕이랑 프림 넣으세요?"라고 물어오는 이쿠코. 아이코는 "앗, 폴 스미스네요"라며 눈치 빠르게 양복 브랜드를 알아봤다.

김이 빠질 정도로 부드러운 분위기였다. '잠깐 있다 가는 과장'이라는 것은 다들 알고 있을 텐데.

이런 세상도 있는 거구나, 하고 히로시는 눈이 탁 트이는 느낌이었다. 영업부라면 어디 얼마나 잘하는지 신임 과장 솜씨나 한번 보자는 냉혹한 분위기와 마주하게 될 텐데.

"과장님, 매일 아침 라디오 체조를 하자, 뭐 이런 얘기는 꺼내지 마세요."

서른 살의 후지이가 모두를 웃겼다.

웃음을 터뜨리면서 히로시는 5층으로 돌아가면 이기적인 공기를 개선할 필요가 있겠구나, 하고 어느새 그런 생각까지 들었다.

당장 그날 밤에 히로시의 환영회가 열렸다.

회사 근처 술집에서 냄비요리를 둘러싸고 이야기꽃을 피우기 시작했다.

"그럼 과장님은 업무부의 스즈키 씨와 동기시군요."

우선은 무난하게 교우관계 같은 이야기를 했다.

"다카하시는 오사카로 가버렸구나."

"그래도 그 사람은 와이프가 오사카 출신이니까 괜찮아요."

"저도 알아요. 비서과에 있던 마츠모토 씨."

계열사까지 합하면 사원이 5만 명이나 되는 대기업이었다. 서로 공통으로 알고 있는 사람이 있다는 것만으로도 분위기가 고조된다.

"과장님은 미국에서도 근무했습니까?"라고 후지이가 물었다.

"응. 뉴욕에서 2년, 로스앤젤레스에서 1년. 연속으로 있었더니 완전히 미국식 영어가 입에 배어버려서 말이야. 영국에 가면 고생해."

"좋으시겠어요. 영어는 아주 유창하시겠군요."

"그거야 해외사업부에 있었으니까."

"그 외에 또 어떤 나라에 가셨는데요?" 아이코가 흥미로운 듯 물었다.

"동유럽도 갔었고, 아프리카도 갔었지. 30개국 정도 되려나."

"좋겠다." 아이코는 넋을 잃은 눈으로 바라봤다.

"F1[•] 스폰서가 됐을 때는 1년에 10개국 이상 돌았어. 아침에 일어나서 '여기가 어디지' 할 때도 있었다니까."

"회사 돈으로 갈 수 있으니까 얼마나 좋아요!" 아이코가 자못 부러운 표정으로 말했다.

"일인걸." 히로시는 얼굴을 찡그려 보였다. "나가고 싶지 않은 파티에도 나가야 하고 꽤 힘들었어."

히로시의 회사는 올림픽 스폰서였던 적도 있었다. 바르셀로나의 메인스타디움에서 올림픽 개회식을 보았을 때는 특권이라 해도 좋을 정도의 부수입에 솔직히 도취되었다.

문득 나카야마를 보았다. 대화에는 끼어들지 않고 냄비의 국물 위에 뜨는 거품을 걷어내고 있었다. 다른 직원들도 잠자코 있었다.

이런 이야기는 자랑으로 들려서 재미없겠지. 히로시는 화제를 바꾸기로 했다. 총무부는 출장이랄 게 거의 없다. 해외에 가고 싶으면 휴가를 내서 자기 돈으로 갈 수밖에 없다.

"파리에는 가신 적 있어요?" 그런데 아이코는 계속 외국 얘기를 조른다.

"응. 다섯 번 정도."

잠깐 파리 안내를 해버리고 말았다.

• 가장 많이 알려진 모터 스포츠. 그 세계선수권을 의미하기도 함.

2차는 차분한 분위기의 바로 갔다.

화제는 중역들의 사옥에 호화로운 사우나가 있는 것 같다는 하잘것없는 것으로 바뀌어 있었다.

"부사장님 방에는 작업대랑 납땜인두도 있어요." 이쿠코가 웃으며 가르쳐주었다.

"우리 과에서 주문해서 알아요."

"그런 걸 왜?" 히로시가 물었다.

"글쎄요, 그 세대에게는 그게 가장 좋은 장난감이 아닐까요?"

"그렇군. 연구소 출신이니까."

히로시의 회사는 경영진의 70퍼센트가 연구소 출신 엔지니어였다. 이에 대해 영업부 출신의 양복 팀은 늘 불만을 품고 있었다. 물건 만들기가 회사의 기본이라 해도, 내다 파는 것은 양복 부대인 것이다.

"우리 회사는 연구소 출신이 사장으로 있는 한 넘버투를 벗어나지 못할 거야."

영업부에 있을 때 늘 하던 불평이 무심코 나와버렸다.

"'좋은 물건을 만들면 팔린다' 따윈 소비자를 모르고 하는 소리지. 그런 말이나 하고 있으니까 규격경쟁에서 지는 거야. 수의 논리라는 것을 전혀 몰라."

직원들이 어떻게 반응해야 할지 몰라 당혹해한다.

이런. 겨우 제정신으로 돌아와, 이야기를 멈추었다. 더 이상 영업부의 술자리가 아니다. 어제까지만 해도 경영진 험담으로 신나게 떠들고 있을 시간이었다.

총무부는 연구소 팀에도, 양복 팀에도 속하지 않는 중립적인 입장에 있다. 아니, 그보다 장외의 처지일지도 모른다. 연구소는 경쟁의식을 가질 상대가 아닌 것이다.

할 수 없이 다시 사우나 이야기로 돌아갔다.

"욕실 가운은 제국호텔에 주문했었어요." 이쿠코가 털어놓는 이야기에 히로시는 쓴웃음을 지었다.

슬슬 모임을 마무리할 단계에서, 나카야마가 한 남자를 소개해주었다.

그러고 보니 그는 아까부터 옆 테이블에서 나카야마와 이야기를 나누고 있었는데 술 탓에 마음에 두지도 않았었다.

"이쪽은 마츠다 상점의 마츠다 씨입니다." 나카야마의 소개로 약간 뚱뚱한 오십 세가량의 남자가 깊숙이 머리를 숙였다. 잘 모르는 상태로 히로시도 덩달아 인사했다.

"구매부의 운영을 위탁하고 있는 회사의 사장님이십니다."

"아니요, 사장이라니요. 종업원도 다섯 명밖에 안 되는, 불면 날아갈 것 같은 구멍가게지요."

마츠다라는 남자가 열심히 고개를 젓는다. 아직 상황을 파악하지 못했다.

그것을 눈치챘는지, 이쿠코가 옆에서 끼어들었다.

"과장님, 사원전용 출입구 옆에 구매부가 있잖아요. 그곳을 맡는 회사예요."

아아, 있었지. 그런 거. 히로시는 멍청하게 생각했다. 가끔 주간지를 사는 편의점 같은 곳이다. 그것 외에는 전혀 남는 인상이 없었다. 어딘가의 업자가 들어와 있는지, 총무부 관할인지, 생각해본 적도 없었다.

"아, 그럼 우연히 여기서 만난 것입니까?"라고 히로시가 물었다.

"제가 불렀습니다." 나카야마가 대답했다. "마츠다 씨가 새로 오신 과장님께 인사를 드리고 싶다기에……."

"전임자 안도 과장님께는 신세를 많이 졌습니다."

마츠다가 두 손을 비비면서 조금씩 다가왔다.

"앞으로도 잘 부탁드립니다." 악수를 청하기에, 영문도 모른 채 응해버렸다.

부하 직원들은 히죽히죽 웃고 있었다.

"참 내, 사장님. 어깨라도 주물러드려야죠." 젊은 후지이가 놀린다.

잘은 모르겠지만, 드나드는 업자가 신임 담당자에게 인사차 온 것 같다. 드문 일은 아니다.

마지막 건배를 하고, 헤어지기로 했다. 돌아갈 채비를 하는

데 아무도 지갑을 꺼내지 않았다. 줄줄이 계산대 앞을 그대로 지나쳤다.

"잠깐, 계산은?"

히로시가 누구에게라고 할 것도 없이 물었다.

"제가 했습니다." 옆에서 마츠다가 공손하게 허리를 굽혔다.

"아니, 그건 좀 곤란합니다." 반사적으로 되받았다.

"사장님은 금방 오셨는데……."

그것보다 부하 직원들이 당연하다는 태도로 계산을 맡긴 것이 마음에 걸렸다. 습관화되어 있는 것이다.

내부 회식에 외부 업자를 불러들여 계산을 하게 한다. 히로시가 좋아하는 행동은 아니었다.

내가 계산하지. 불쑥 그렇게 말할 뻔했다.

"그럼, 안녕히 가세요. 저는 지하철로 갈게요"라며 이쿠코가 말했다.

"저도 곧 전철이 끊길 시간이라, 그럼 이만." 후지이는 뛰는 걸음으로 사라져 갔다.

각각 흩어지고, 나카야마와 마츠다 그리고 히로시가 그 자리에 남겨졌다.

"가볍게 한잔 더 어떻습니까?" 마츠다가 술잔을 꺾는 시늉을 했다.

히로시는 "아니요. 저는 여기서 실례하겠습니다"라며 물러섰다. 첫날부터 늦게까지 술을 마시고 싶지는 않아서였다.

"그럼 택시를 잡지요." 마츠다가 거리로 나가 택시를 잡았다. 떠밀려 타고는 운전사에게 행선지를 알렸다.

"온조 과장님. 이거 사소하지만 택시비로……." 마츠다가 봉투를 내밀었다.

"아니요, 안 됩니다." 히로시는 당황하여 거절했지만 어느새 봉투가 무릎 위에 놓였다.

"기사님, 부탁합니다." 마츠다는 문을 닫고 도망치듯이 자리를 떴다.

어안이 벙벙해 있는 사이에 택시는 출발했다. 봉투 안을 들여다보니 1만 엔짜리 지폐가 조금 두툼한 두께로 들어 있었다.

뭐야 이건? 세어보니 10만 엔이나 되었다.

내일 나카야마를 통해 돌려주자. 이유 없는 돈을 받을 수는 없다.

히로시는 시트에 깊이 파묻혀, 크게 한숨을 쉬었다. 새로운 부서는 아무래도 사정이 다른 것 같다.

자정이 넘어 귀가하자, 아내 사치코가 주방 식탁에서 노트북과 마주하고 있었다.

"뭐하고 있어?" 넥타이를 풀며 뒤에서 들여다봤다.

"재활용 관련 전단지를 만들고 있어요." 사치코는 화면에서 눈을 떼지 않고 대답했다.

"흐응." 그러고 보니 사치코는 학부모회에서 재활용 모임의 간사를 맡고 있었다. 구에 단체등록도 했고, 활동보조금도 나온다고 했다.

"공원 옆에 맨션이 생겼잖아요. 거기는 혼자 사는 사람들이 많아서 쓰레기 버리는 것도 엉망진창이에요."

"그래." 별생각 없이 대꾸하며 냉장고를 열고 생수를 꺼내 마셨다.

"이번 주 일요일, 재활용품 수집 상자 설치 때문에 돌아다녀야 하는데 좀 도와줘요."

"뭐라고?" 히로시는 엉겁결에 소리를 높였다.

"운전해줄 사람이 필요해요. 괜찮잖아요, 이제 접대 골프에서도 해방되었겠다."

"뭐, 그렇긴 하지." 마지못해 승낙했다.

둘째 딸까지 중학생이 되었으니, 사치코는 아이들 뒤치다꺼리에서 해방된 기분인가 보다. 최근에는 지역 활동에 열심이어서, 외출도 잦아졌다.

"창고 방에 있는 기타, 재활용품 장터에 내놔도 돼요?"

"안 돼." 눈을 부라리며 항의했다. "마틴 D18이야. 명기名器라고."

"3년 넘게 만지지도 않았으면서." 사치코가 비아냥거리는 투로 말했다.

히로시는 주방을 나와, 욕실로 향했다.

총무부로 옮겨서 시간적인 여유도 생길 테니, 다시 좀 만져 볼까.

이글스의 〈Take It Easy〉를 콧노래로 불렀다.

이십대 때는 송년회가 있으면 종종 기타 실력을 발휘하곤 했었다.

다음 날 아침, 히로시는 나카야마를 불러 어제 받은 봉투를 건넸다.

"마츠다 씨한테 돌려주세요."

나카야마는 곤란한 얼굴로 "받으시는 편이 좋지 않겠습니까. 저는 입 다물고 있겠습니다"라며 마치 마츠다 상점 쪽 사람인 것처럼 말을 했다.

"그런 문제가 아니고. 이유를 알 수 없는 돈은 받을 수 없습니다."

"그저 과장님 신임 축하일 뿐입니다. 뇌물이나 그런 것은 아니……."

"어쨌든 되돌려주세요."

히로시는 단호하게 말하고, 물러가게 했다.

분명 전임자는 받았겠지. 그렇게 생각하자, 욕지기가 나왔다.

고작 10만 엔으로 오점을 남기고 싶지는 않다. 자신은 국장이 될 몸인 것이다.

히로시는 의자를 돌려, 창밖을 보았다. 동쪽 방향으로 바쿠하리메세 국제 전시장의 고층빌딩군이 확실하게 보이는 것이 놀라웠다.

*

총무부 제4과의 일은 주로 본사 근무 사원의 복리후생과 비품의 조달이었다.

현장에서 "복사 용지가 없다" 따위의 푸념이 올라오면, 곧바로 "네가 사 와"라고 소리를 질러버릴 것만 같다. 전화를 받은 것이 히로시라는 걸 알고, 무안해하며 직접 가지러 오는 옛날 부하 직원도 있었다.

사내에 있는 식당, 찻집, 구매부는 4과의 담당이었다.

구매부에는 마츠다 상점이 새로운 사옥이 완성된 이후 들어와 있는데, 아무래도 회사와는 오래된 관계인 것 같았다.

"계약은 어떻게 되어 있나요?" 신경이 쓰여 물어보자, 나카야마는 "특별히 그런 것은……"이라며 애매하게 대답했다.

"계약서가 없어요?"

믿을 수 없었다. 마츠다 상점은 빌딩의 1층에 60평 정도의 공간을 빌려 쓰고 있었다. 보통이라면 사옥 완성 단계에서 업자를 입찰로 선택하고, 이후는 갱신 수속을 거쳐야만 한다.

장부상의 일이라면 컴퓨터로 알 수 있을 테니, 직접 검색해 보았다.

마츠다 상점이 회사에 지불하고 있는 임대료는 상식을 초월하는 아주 싼 금액이었다.

"시가보다 싸게 판매하고 있으니까 타당하다고 생각합니다."

나카야마의 설명이다.

"그렇지만 벌써 10년 이상 재검토도 없었다는 것은 이상하지 않나요?"

히로시가 그 외의 가격을 조사하려고 했더니, 나카야마가 슬그머니 의자를 가지고 와서 옆에 앉았다. 그는 작게 헛기침을 하며 말하기 시작했다.

"마츠다 상점은 원래 이 자리에 있던 술집이었습니다." 나카야마는 손가락으로 밑을 가리키고 있었다. "땅을 사들일 때, 신사옥에 구매부로 들어오는 조건으로 퇴거하게 했습니다."

히로시가 고개를 끄덕였다. 그러나 그것이 계약서도 없는 이유는 되지 않는다.

"그럼 새롭게 계약서를 만듭시다. 무슨 문제가 생겼을 때, 계약서가 없으면 난처하죠. 그리고 퇴거는 그에 상응하는 대가를 지불한 다음에 이루어진 상거래이므로, 의리나 인정에 얽매일 필요는 절대 없습니다. 중요한 것은 우리 회사에 가장 이익이 되는 업체가 어디인가 하는 것이지요."

나카야마는 입을 한일자로 다물고 잠깐 묵묵히 있더니 불쑥 말했다.

"다음에 한번 자리를 마련할 테니, 마츠다 씨와 의견을 교환하십시오. 신바시 근처의 요릿집에서 어떻습니까?"

"아니. 이야기는 낮에, 회의실에서 합시다."

"과장님은 영업부 출신이……."

"더 이상 그런 시대가 아닙니다." 히로시는 조용한 눈으로 고개를 저었다. "게다가 나는 억 단위의 상담을 해왔지만, 교섭은 오로지 서로 조건을 맞추는 겁니다."

"그야, 영업 엘리트였던 과장님 입장에서 보면 하찮은 얘기일지도 모르겠군요." 나카야마가 비딱하게 말했다.

"그런 그렇고, 10만 엔은 돌려주셨습니까?"

"아니요, 아직."

"마츠다 씨는 1층에 가면 있지 않습니까?

"……예."

나카야마는 눈을 맞추지 않고 인사를 하더니, 그대로 방에서 나갔다.

말투가 너무 심했나. 조금 후회했다. 2년은 긴 시간이다. 위압적인 태도는 상책이 아닐지도 모른다.

아니, 할 말은 해야 한다. 계약서가 없다니, 이 정도 규모의 회사에서 있어서는 안 될 일이다.

히로시는 전임자가 쓰던 컴퓨터로 4과가 관리하고 있는 경비를 조사했다.

불명확한 점은 이쿠코와 후지이에게 물었다. 두 사람 모두 협력은 해주었지만, 그다지 내키지는 않는 모양이었다.

"화장실 휴지를 납품하고 있는 것도 마츠다 상점인가? 그건 좋다고 해도 어째서 매년 같은 청구 금액이지?"

"같은 양을 납품시키고 있으니까요." 이쿠코가 짧게 말했다.

"그럼 매년 똑같은 양을 소비하고 있다는 건가?"

"정기적으로 보충하는 시스템이라 공급량이 같다는 것입니다. 바닥난 상태에서 청구하게 되면 이미 늦으니까요."

"잉여분은 어떻게 하고 있지? 썩는 물건도 아니니 다음 해로 넘기면 되잖아?"

"잉여분은 없습니다."

"그런 말도 안 되는 소릴." 히로시는 얼굴을 찌푸렸다.

화면을 스크롤해나갔다.

"이 홍차 팩 2천 케이스는 뭐지? 나는 5층에 있을 때, 회사가 지급하는 홍차 같은 건 마신 적이 없는데."

"식당에 납품하고 있는 홍차입니다."

"그런 건, 식당 업자가 자기 비용으로 준비하면 되잖아. 왜 회사가 마츠다 상점에서 사야 하는 거지?"

"글쎄요, 그런 건 저도 잘 몰라요." 이쿠코가 아랫입술을 내밀었다.

"후지이, 대답해봐."

"마츠다 쪽 홍차가 더 맛있는 것 아닐까요."

"지금 장난치나?" 곧 목소리가 거칠어졌다.

구석 자리의 아이코와 눈이 마주쳐, 위층 식당에서 홍차 팩을 가져오게 했다. 그것은 역시 어디에서나 파는 물건이었다. 구입가가 타당한지는 금방 조사할 수 있다.

아이코에게 홍차를 타달라고 하고, 한 모금 마셨다. 책상에 양 팔꿈치를 걸쳤다.

4과는 어지간히 엉성한 부서인 것 같다. 명료하지 않은 점이 너무 많다. 히로시는 깊이 한숨을 쉬었다. 자, 이제 어떻게 할 것인가…….

그날 저녁 무렵, 퇴근하는 후지이를 엘리베이터 홀에서 붙잡았다. "오늘 저녁 같이 하자. 초밥 먹으러 갈래?"라며 등을 두드렸다.

"아니요, 오늘 밤은……."

"에이, 그러지 말고. 츠키지에 좋은 식당이 있어. 내가 쏠게."

막무가내로 팔을 잡았다. 후지이한테는 남자끼리의 터프한 분위기로 나가기로 했다. 성격은 밝은 것 같다. 부서에 한 사람 정도 아군이 필요하다.

길을 가면서 이야기를 들어보니, 후지이는 신혼으로 저녁은 집에서 먹기로 부인과 약속을 한 모양이다. 휴대전화로 새댁에게 전화를 걸게 한 뒤, 옆에서 "후지이 씨를 잠깐 빌리겠습니다"라고 장난스럽게 양해를 구했다.

후지이는 입사한 지 8년. 요코하마 지사의 국내영업부가 첫 근무지였는데, 그 후 본사 총무부로 이동해왔다.

"뭐야? 처음에는 영업이었어? 그럼 다시 돌아가고 싶겠네?"

"예에, 뭐." 후지이는 머리를 긁적였다.

초밥집에서는 방석 자리에 마주 앉아, 따끈하게 데운 청주를 주고받으며 회를 먹었다.

"마츠다 상점과 4과, 유착관계가 상당한 것 같던데." 다짜고짜 말했다. "전임 과장들은 모두 대대로 묵인해온 건가?"

후지이는 눈을 치켜뜨고 히로시를 보았다. 말을 찾고 있는 모양이다.

"비품 잉여분은 결론적으로 행방불명이다. 나는 마츠다 상점이 도로 사들이고 있다고 짐작하고 있는데. 그 부분은 임대료를 싸게 하는 것으로 보충하고 있는 거지. 아닌가?"

"에, 그러니까, 맞습니다." 후지이는 깨끗이 인정했다.

"어차피 조사하면 알게 될 일이고, 우리로서는 온조 과장님이 얘기가 잘 통하는 사람이면 좋겠다고 생각할 뿐이죠."

"흥." 히로시는 코웃음을 쳤다. "나는 고지식하고 융통성이 없는 사람은 아냐. 그렇지만 말이야, 안됐지만 나는 도쿄 토박이야. 곰상스럽고 천한 짓은 죽기보다 싫거든."

"그야, 5층에서 온 과장님한테는 쩨쩨하고 초라한 세계일지도 모르죠."

"뒷돈 만들기는 전통인가?"

"제가 왔을 때 이미……."

"연간 얼마고, 어디에 사용하지?"

"아휴, 좀 봐주세요~. 과장님은 있다 가실 분이지만, 저는……."

"데리고 가줄게. 자네한테 그럴 생각만 있다면."

"예?" 후지이가 닭처럼 목을 불쑥 내밀었다.

"2년 후에 부장으로 승진해서 5층으로 돌아갈 거다. 그때 함께 데리고 가줄 수 있어."

"정말입니까?"

"그 정도 힘은 있지. 단 5층은 치열한 경쟁 사회야."

"제가 해낼 수 있을까요?"

"알겠나? 이렇게 젊은 나이에 계속 총무부에 있고 싶으면 그렇게 해."

후지이가 입을 다물었다. 초밥이 옻칠한 그릇에 담겨 나왔다. "자, 먹어." 히로시가 턱으로 가리키고, 얼마 동안 둘이서 초밥을 먹었다.

"참고로 말씀드리지만, 4과만 그런 건 아닙니다." 후지이가 난데없이 말했다. "1과는 OA기기를 담당하고 있으니까 연수 핑계대고 업자가 하와이 여행 보내주지요, 2과는 여사원 유니폼 담당이니까 양복은 전원이 공짜로 맞춰 입어요."

"우리 과 얘기만 해."

"……연간, 2백 정도 아닐까요. 보너스 기간에 상품권으로 나눠줘요."

"4과가 하고 있는 짓은 접대랑은 종류가 다른 거니까 착각하지 마." 히로시는 후지이를 노려보았다.

"업자한테 받는 리베이트도 아니야. 요컨대 횡령이지. 회사 돈을 부정으로 비축해서 개인 배를 채우는 거잖아."

"그건 너무 과장된 말씀이세요." 후지이가 얼굴을 찡그렸다.

"부장님은 뭐라 하시지?"

"묵인하세요. 과의 일은 그 과에 맡기는 스타일이라서요. 우선 지금 계신 부장님이 신사옥 건설 때, 창문 블라인드 선정에서 업자한테 어코드 왜건*을 받은 사람이니까요."

* 혼다에서 생산하는 자동차로 일본의 대표적인 자동차.

"도대체 뭘 하고 있는 거야, 총무부는. 우리가 밖에서 싸우고 있을 때 말이야." 히로시가 내뱉었다.

"생산부도 1엔이라도 원가를 줄이려고 필사적이야. 연구소도 마찬가지지. 피를 쏟는 노력으로 신제품을 만들어내고 있어. 우리는 그렇게 만든 제품을 온 세계를 돌아다니며 팔았지."

말하는 사이에 공연히 화가 났다. 돈을 벌고 있는 것은 우리다. 이 빌딩을 세운 것도 우리다.

"그래도 전반적으로는 열심히 일하고 있어요." 후지이는 불만스러운 것 같았다.

"한바탕 뒤집어엎을까?" 으름장을 놓듯이 말했다.

"예?"

"내가 한번 신나게 휘저어줄까? 이래 봬도 나를 아끼는 중역 한둘쯤은 있거든."

"그만두시는 편이 좋을 텐데요. 적어도 마누라와 총무는 적으로 만들면 안 된다고 하잖아요."

"대체 그게 누가 한 말인데?" 침이 테이블로 튀었다.

후지이는 연구소 팀과 양복 팀을 비난하는 말도 했다.

"어딘지 모르게 잘난 척하잖아요. 이 회사는 자기들이 주역인 것처럼."

"그건 오해야."

"온조 과장님도 금방 저한테 '우리가 밖에서 싸울 때'라고 하셨잖아요."

"말이 그렇다는 거지."

"지금 본인은 총무부인데, 그렇게 생각하시지도 않는 것 같고요."

"아니, 그건 말이야……." 조금 목소리를 낮추었다.

10시까지 마시고, 식당을 뒤로했다. 부인을 위해 포장한 초밥을 후지이에게 들려주었다.

"제가 5층에서 해낼 수 있을까요?" 취한 후지이는 몇 번이나 그 말을 입에 담았다.

"해낼 수 있지." 격려하는 게 좋겠다 싶어, 히로시는 그렇게 대답했다.

솔직히 어렵지 않겠나, 생각이 들기도 했다. 일을 못 하는 놈은 간단히 무시당하는 세계다. 서로 돕는 일은 절대 없다.

집에 돌아오자, 사치코는 아직 주방의 노트북 앞에 앉아 있었다. 어딘가의 사이트에 댓글을 달고 있었다.

"또 재활용이야?"

"'또'라니 뭐예요?" 무뚝뚝한 대답이 돌아왔다.

거실의 소파에 깊숙이 앉아, 기지개를 켜고 다리를 테이블에 올렸다.

"저기…… 이봐, 커피가 마시고 싶은데." 주방의 사치코에게 말을 걸었다.

"자기가 타 먹어요." 사치코는 뒤도 돌아보지 않았다.

"자기가 타주는 맛있는 커피가 마시고 싶다아." 애교 섞인 목소리로 말했다.

"안 돼." 그녀는 여전히 상대해주지 않는다.

할 수 없이 주방으로 가서 주전자를 가스레인지에 올렸다.

"커피는 어디 있어?"

"가스레인지 아래요."

찾아내서 뚜껑을 열어보자, 한 컵 분량도 남아 있지 않았다.

"없잖아, 커피."

"아, 그래요? 그럼 홍차 마셔요."

"저 말이야." 조금 화가 났다. "커피 같은 건 좀 제대로 사다 놔. 나는 지금 블랙커피를 마시고 싶은 기분이었어. 홍차는……."

"여보." 사치코가 얼굴을 들었다.

"독일에 가고 싶어요."

"독일?" 곧바로는 대답이 나오지 않는다.

"독일은 환경생태 선진국에서도 가장 앞서 있어요. 쓰레기 재활용이나 온난화 방지책도 그렇고, 시민의식도 높아서 여러 나라의 본보기가 되고 있어요. 환경단체가 기획한 견학 투어가 있는데, 나도 참가해보려고요. 그 정도 쌈짓돈은 있고요."

"언젠데?"

"2주일 일정으로 다음 달."

눈을 부릅떴다.

"안 돼." 반사적으로 말해버리고 말았다. 이해심 많은 남편이고 싶은 마음이야 굴뚝같지만.

"왜 안 돼요?" 사치코가 자판을 치던 손을 멈추고 돌아섰다. 진지한 얼굴이었다.

"그러니까……." 히로시가 머뭇거렸다. "그동안 밥이랑 빨래는 어떡해?" 점점 목소리가 기어들어갔다.

"당신이랑 다카시, 미유키, 이렇게 셋이서 서로 도와서 하면 되잖아요."

"나는 매일 출근해야 하잖아."

"집안일이 하고 싶지 않으면 가사도우미를 고용하는 방법도 있어요."

"아아, 싫어. 아침에 일어났더니 모르는 아줌마가 부엌에 서 있는 거."

잠깐 침묵이 흘렀다. 사치코가 양손으로 머리카락을 뒤로 잡아당겨 아무렇게나 묶고, 크게 한숨을 쉬었다.

"자, 그럼 나는 앞으로 쭉 해외여행 같은 건 갈 수 없다는 얘기네요." 눈이 빨개져서 말했다. "단 2주일도 가사에서 해방될 수 없다는 거군."

"내가 나중에 하와이라도 데려가 줄게. 미유키도 가고 싶어 하니까."

"뭐? 왜 하필이면 하와이예요? 나는 독일에 가고 싶다고 말하는데." 사치코의 낯빛이 달라졌다.

"게다가 '데려가 줄게'는 또 뭐예요? 내 의지로는 왜 갈 수 없다는 건데?"

"아니, 그게."

히로시는 횡설수설 종잡을 수 없게 되었다.

"자기만 멋대로 집 비우고, 세계를 누비고 다니는 비즈니스맨인 척하면서 마누라는 집에나 있으라고? 이기주의자. 저질."

"아니, 그러니까, 그게 2주일이면 좀 길지 않나 싶어서……."

"당신은 2개월도 아무렇지도 않게 비웠잖아."

"아, 알았어. 갔다 와." 더 이상 화를 돋우면 안 좋을 것 같았다. "독일에서 환경 견학, 좋아, 다녀오시구려."

"당연하죠. 갈 거예요. 가고말고. 그래도 말이죠……." 사치코의 눈에는 눈물이 그렁그렁했다. "치사해. 너무 치사해. 좀 더 기분 좋게 보내주면 안 돼?"

다시 침묵이 흐른다. 벽시계의 초침 소리가 몹시 크게 들리고, 밖에서는 어디선가 개가 밤하늘을 향해 멀리 짖고 있었다.

히로시는 코를 한 번 훌쩍이고는 "목욕한다" 하며 주방에서 나왔다.

한숨이 나왔다. 나만 나 좋을 대로만 살았단 말인가.

분명 세상의 마누라들은 남편이 밖에서 신나는 일만 있을 거라고 믿는 게 분명하다.

그럴 리가 없지. 밖은 얼마나 험한 세상인데.

갑자기 큰 재채기가 터져 나와 잠잠해진 복도를 크게 울렸다.

*

아이코와 둘이서 점심을 먹었다.

오후 1시가 넘어 맨 위층의 식당으로 가자, 아이코가 혼자서 파스타를 먹고 있기에, "앉아도 돼?"라며 같은 테이블에 앉은 것이다.

히로시는 그날의 정식을 주문했다. "식판도 마츠다 상점이에요." 아이코가 웃으면서 가르쳐주었다.

"마츠다 상점 사장은 4과에 자주 드나드나?"

"전에는 그랬는데, 온조 과장님이 오신 후에는 안 오시네요."

"나를 싫어하는구나."

"무서워하는 거죠. 마츠다 사장님뿐만 아니라, 나카야마 씨, 시라이 씨, 다른 과 사람들도 모두요."

"다른 과도?"

"그래요. 4과에 폭풍이 불었으니, 자기들한테도 불똥이 튀지 않을까 걱정하는 거죠."

"흐응." 쓴웃음을 지었다. "완전 흑선* 취급인데. 영광이군."

주문한 식사가 나왔다. 아이코와 얘기를 나누며 먹고 있는데, 예전의 부하 직원이 히로시를 발견하고 달려왔다.

"온조 과장님, 도츠 상회가 그 긴자 쇼룸 건으로 또 뻣뻣하게 나오는데요. 과장님이 한마디 해주실 수 없겠습니까?"

"이런, 바보. 나는 지금 총무부 과장이야. 자네들이 해." 튀김을 한입 가득 먹으면서 아무렇게나 대답했다.

"그런 말 하지 마세요. 5년 프로젝트예요. 온조 과장님이 돌아오실 때까지 계속되는 거라니까요."

"안 돼. 내가 나서면 지금 과장 체면이 뭐가 되겠냐. 생각 좀 해라."

내친김에 복장에 대해서도 한마디 했다. 눈에 거슬리는 넥타이를 하고 있었던 것이다. 부하 직원이 떫은 표정으로 사라졌다. 아이코는 존경의 눈빛으로 히로시를 보고 있었다.

"역시 온조 과장님은 저희 층 사람들과는 아예 종류가 다르시네요."

"사람을 동물원 원숭이 보듯 하기는……." 눈살을 찌푸리기

* 에도시대 말기에 서양에서 온 함선을 일컫는 말. 현대에는 자본주의 열강의 압력과 지금까지의 상식을 깨는 존재에 대한 대명사로 이용되고 있다.

는 했지만 그다지 싫은 것만도 아니었다.

"동기 직원들이랑 어느 부서 사람이 제일 멋있나 얘기했거든요." 아이코는 디저트인 푸딩을 먹으며 말했다.

"연구소 사람들은 너무 오타쿠 같고, 생산부 사람들은 미련할 만큼 고지식한 것 같고, 역시 영업부가 제일 낫다고 모두들 그래요. 해외사업부랑 마케팅부도 영업부 소속이잖아요."

"우리 총무부는 어때?"

"순위 밖이에요. 일단 이십대 남자가 거의 없잖아요."

그러고 보니 그렇다. 서른 살인 후지이가 가장 젊은 축이다. 발령을 원하는 이십대가 없으니 당연한 일이다.

"다음에 5층 젊은 사람들 모아서 소개해줄게."

"우와, 정말이세요? 그럼 저도 사람들 모을게요."

아이코의 눈이 오늘 하루 중 가장 빛났다.

점심식사를 마친 히로시는 1층으로 내려가 구매부를 들여다보았다. 갖추고 있는 물건들은 편의점과 같았다. 다르다면 사장이 쓴 책이 표지가 보이게 쌓여 있다는 정도랄까.

그때 히로시를 본 마츠다가 허리를 굽히고 가까이 다가왔다.

"온조 과장님, 필요한 것이 있으시면 전화로 말씀해주세요. 우리 종업원에게 들려 올려 보내겠습니다."

이마에 땀이 배어나고 턱살이 덜덜 떨리고 있었다.

"마츠다 씨는 다른 곳에도 상점을 갖고 계십니까?"라고 히로시가 물었다.

"아, 예. 5백 미터 정도 앞에서 편의점을 하고 있는데, 거긴 더 작습니다. 헤헤헤."

마츠다는 두 손을 비비면서 비굴하게 웃었다. 계산대 쪽을 보았더니 부인 같아 보이는 이중 턱의 여자가 있었다. 어색한 듯이 웃으며 인사했다. 잘 어울리는 부부라고 생각했다.

"지금 느낀 건데, 과자 종류가 아주 풍부하군요."

"여사원들 사이에서 평판이 아주 좋습니다."

"케이크도 있네요."

"예. 위생적인 측면에서는 저희가 만전의 주의를 기울이고 있습니다."

뭐, 이 정도면 괜찮지 않을까. 입속으로 중얼거렸다. 구매부 본래의 모습이라고는 할 수 없지만, 트집을 잡을 정도는 아니다. 단지, 상품의 진열이 어수선한 것이 눈에 거슬렸다. 바닥도 지저분하다.

역시 경쟁 상대가 없으니까 그렇겠지. 집안 장사니까 상관없다는 태도는 안 된다. 화장실이 깨끗한 회사가 일도 제대로 한다. 구매부도 마찬가지다.

문득 편의점에서 자주 사는 건강음료를 발견하고 가격을 보니 편의점과 같았다. 결코 싸지 않은 것이다.

"마츠다 사장님." 히로시가 말했다. "우리 과 나카야마 씨한테 들었으리라 생각하는데, 역시 계약서를 작성하는 게 좋겠습니다."

그것이 좋다고 생각했다. 마츠다에게 결코 권력을 내세울 마음은 없다. 상식적으로 생각할 때, 그렇게 해야만 하는 것이다. 세계에서 으뜸가는 글로벌 기업에서 이렇게 엉터리로 관리해서는 안 된다.

"법무과에 상담해서 시안을 만들겠습니다. 이곳저곳 지사랑 공장에도 구매부는 있을 테니, 그것들을 참고하면 오늘내일 중에라도……."

마츠다의 표정이 순식간에 어두워졌다. 그러나 그것은 마츠다가 지금까지 자기 좋을 대로 단물을 빨아왔다는 증거다.

발길을 돌려 구매부를 나왔다. 엘리베이터를 타고 층을 나타내는 램프를 바라봤다.

4과뿐만 아니라 총무부 전체의 반목을 사게 되겠지. 후지이와 아이코도 상품권을 뺏기게 되면 좋아하지는 않을 것이다.

상관없다. 나는 그렇게 살아왔다. 협잡은 싫다.

법무과에 계약서 작성을 의뢰하자, 순식간에 부서 안에 이 사실이 알려졌다. 그와 동시에 여러 가지 소문이 히로시의 귀에 들어왔다.

"전임자인 안도 씨가 격노하고 있다."

"전임자인 안도 씨가 파랗게 질려 있다."

"역대 과장 가운데, 현재 자재 담당 중역이 있어서 실각의 우려가 있다."

"온조는 총회실과 사이가 좋은 것 같다."

어처구니가 없어 상대할 기분도 나지 않았다. 어쩌면 이렇게 쩨쩨한 패거리들인가. 회사가 비즈니스의 최전선에서 직면하고 있는 문제와 비교하면 너무나 하찮고 작은 사건이다. 코끼리 똥에 달라붙는 파리 같았다.

나카야마는 굳은 표정으로 일을 처리하고 있었다. 이쿠코는 쌀쌀하다. 후지이는 히로시의 안색을 살피고, 아이코는 태평하게 단체 미팅을 재촉하러 왔다.

그리고 법무과에서 계약서 양식이 올라왔을 때, 차장이 말을 걸어왔다.

"어때? 나와 한잔하지 않겠나? 자네랑은 꼭 할 얘기도 있고 말이야."

물론 회유하러 온 것임을 곧 알았다.

"말씀이시라면 회의실에서 듣겠습니다."

"뭐, 그렇게 까칠하게 굴 것까지야."

차장이 웃어 보였다. 그러나 히로시는 넘어가지 않았다. 지금은 상사일지 모르지만, 2년 후에는 이해관계가 없어진다.

솔직히 말해 총무부 차장 따위, 히로시 입장에서 보면 하찮은 인물이다.

"회의실에서 논리적으로 얘기합시다." 조용한 눈으로 말하자, 차장은 "해외 경험자는 역시 다르군" 하며 얼굴을 조금 붉혔다.

회의실의 커다란 원탁에 90도 각도로 마주 앉았다.

"설마 계약서는 필요 없다, 뭐 이런 말씀하러 오신 건 아니죠." 히로시가 선수를 쳐서 말했다.

"그렇게는 말하지 않지." 그는 백발이 섞인 머리를 긁적이며 말했다. "자네가 옳아. 그러니까 이치대로 따지자면 찍소리도 못 하지. 그렇지만 말이야, 세상에는 모든 걸 획일적으로 할 수 없는 것도 있지 않나?"

"알고 있습니다. 은혜에 보답해야 하는 경우나, 빚진 게 있을 수도 있고, 전통이 있기도 하고요. 그것도 비즈니스 안에서입니다. 그래도 우리가 마츠다 상점과 사우社友 정도의 관계를 유지할 필요는 없지 않습니까?"

"그야 그렇지만, 관계가 오래되다 보면 이런저런 사정이 있는 법이거든."

"이런저런 사정이란?"

"이런저런 사정이란 이런저런 사정이지." 차장이 담배를 입에 물었다.

"상품권, 차장님한테도 갔군요."

일회용 라이터로 불을 붙였다. "말해두지만 그것은 백중•이랑 연말에 돌리는 거네. 사회 통념상 인정할 수 있는 범위이지 않은가." 차장은 연기와 함께 말을 뱉었다.

"공짜나 다름없는 임대료 대신이죠. 회사로 들어와야 하는 돈을 총무부와 마츠다 상점에서 서로 나눠 갖고 있다, 저로서는 그렇게밖에 생각할 수 없습니다만."

"저, 온조 과장." 차장이 몸을 앞으로 내밀었다.

"크게 영향을 미치는 것은 아니지 않은가? 자재부가 납품하는 곳에 이중 청구서를 쓰게 했다거나, 연구소가 하지도 않는 연구비용을 청구했다거나, 그런 거라면 큰 문제겠지. 그렇지만 말이야, 이건 솔직히 털어놓고 보면 어디에든 있는 사소한 부수입 아닌가. 그것도 우리는 관례대로 해왔을 뿐이야. 처음 일을 꾸민 사람은 이미 오래전에 정년으로 퇴직해서 누군지도 몰라. 전임자도, 나카야마도, 총무부로 온 후에 그 관례를 알고, 대세를 따랐을 뿐일세. 부탁하네. 그만 자네도 함께 따라줄 수 없겠나?"

차장이 테이블에 손을 짚고 머리를 숙였다.

"아니, 이러지 마십시오."

"혼자만 대세를 거스를 수는 없지 않겠는가?"

• 음력 7월 보름날. 우란분재(盂蘭盆齋)를 올리고 평소에 신세를 진 친척, 친지에게 선물을 함.

"나쁜 관례는 과감하게 개선해야 합니다. 간단한 일입니다. 마츠다 상점과 공정한 계약을 맺고, 적절한 임대료를 부과하고, 공명정대한 상거래를 하면 되는 겁니다."

"그러니까 모든 걸 획일적으로는……."

"획일적으로 하는 것이 비즈니스입니다."

"자네는 2년 후에는 떠날 사람일세. 그러니까 굳이 평지풍파를 일으킬 필요까지는 없지 않은가?"

"2년간 놀고먹으라는 건 아닙니다. 회사를 위해 좋다고 생각되는 것은 합니다."

"영업부로 돌아간 뒤, 우리랑은 앙금이 남을 텐데."

그 말에 울컥 화가 치밀었다. 적반하장도 유분수지.

"부정은 아무리 오랫동안 계속되어도 기득권이 될 수 없습니다. 착각하지 마십시오."

"부정이란 표현 쓰지 말게."

"그럼 뭡니까?"

"아까부터 말하잖나. 관례라고."

히로시는 크게 한숨을 쉬었다. 의자 등받이를 삐걱거리며 천장을 보았다. 손바닥으로 얼굴을 비볐다.

"자네가 굳이 해야겠다면 단념하겠네. 자네가 정당하고, 이치를 따지자면 반론할 여지가 없네." 차장이 일어나서 말했다. "단, 그럴 경우, 지나간 일은 봐주게. 전임자인 안도 과장, 소심한 사람이라 밤에 잠도 못 자는 모양이니까." 그는 등을 구부리고 문을 향해 걸어갔다.

그 모습이 연민을 자아냈다. 본인도 봐달라는 거겠지.

히로시는 회의실 창으로 바깥 풍경을 보았다. 남쪽 하늘 아래, 요코하마 베이브리지의 거대한 교각이 위풍당당하게 우뚝 서 있었다.

"관례라……." 혼잣말을 해보았다.

'회사 돈'에 얽힌 일화라면 얼마든지 있다. 컴퓨터 부문을 시작한 개발 담당은 3천만 엔이나 되는 뒷돈을 만들어, 부하 직원 오십 명을 거느리고 라스베이거스에서 호화판으로 놀았다. 그 사실을 안 당시의 사장은 배를 잡고 웃었다고 한다.

유럽 공장을 만든 매니저는 접대비를 물 쓰듯 쓰고, 마침내는 파리 사교계에 이름을 날리게까지 되었다. 그 사람이 현재의 상무다.

돈은 쓰는 방법이 문제인 것이다. 이는 그 사람의 그릇 크기를 말해준다.

반대로 지금의 총무부는 뭔가. 작은 개인 상점과 결탁하여, 사소한 돈을 착복한 것에 지나지 않는다. 부정까지도 쩨쩨하다. 나는 이 쩨쩨함을 참을 수 없는 것이다.

역시 간과할 수 없다.

나는 태생이 다르다. 이 환경에 물드는 일은 있을 수 없다.

히로시는 원탁 위에 올라앉았다. 그대로 뒤로 벌렁 누워 원탁 위에서 큰 대자가 되었다. 커다란 창으로는 겨울 햇살이 눈부시게 쏟아지고 있었다.

일요일, 히로시는 아내의 재활용 활동에 따라갔다.

독일행 건으로 서먹서먹한 분위기여서, 기분을 풀어주고 싶었기 때문이다.

지역 센터의 한 방에서 주부들 틈에 섞여 우유 팩 개봉 작업을 했다. 남자도 몇 명 있었다. 참으로 이런 작업을 좋아할 만한 부드러운 느낌의 남자들이었다.

"사치코 씨 부군의 회사에서는 환경 대책으로 어떤 일을 하고 있는지요?" 주부 한 사람이 물었다.

"그러니까." 히로시가 우물거렸다. 분명 총무부 제7과가 환경 대책 일을 하고 있기는 하다. 그렇지만 자세한 내용은 모른다.
"뭔가 하고 있기는 한데, 이거 미안합니다. 공부가 부족해서."

"우리 남편은 줄곧 돈 벌기 전문이었거든요." 사치코가 놀리는 투로 말했다.

"너무한 거 아냐." 히로시가 쑥스러워 웃었다.

"공장 지붕을 간단한 풀밭으로 바꾸기만 해도, 그 지역의 온도가 1도는 내려간다고 하더군요."

"아, 그래요." 감탄하는 시늉을 했다.

"독일 같은 나라에서는 사무실 빌딩에도 옥상을 정원으로 만들고 있어요."

"아~예." 고개를 끄덕여 보였다.

"그것보다 나는 제품 수리를 잘해주셨으면 좋겠습니다." 입을 연 것은 턱수염을 약간 기른 어딘가 염소를 상기시키는 남자였다.

"얼마 전에 텔레비전을 수리하려고 맡겼더니, 터무니없는 견적을 내놓고는 사는 게 더 싸다고 하더군요. 분명 온조 씨 회사에서 만든 텔레비전이었어요."

"아, 그러세요. 죄송합니다." 이맛살을 찌푸리고 머리를 숙였다. 물론 화가 불끈 치밀어올랐다.

"그리고 매번 사용방식을 새롭게 해서, 옛날 제품은 무용지물로 만드는 일은 안 하셨으면 좋겠습니다. 아직 사용할 수 있는데 아까우니까요."

"그래도 그렇게 해서 과학이 진보하는 거 아니겠습니까"라고 하는 히로시.

"진보란 뭡니까?"

"예?"

"진보란 행복한 건가요?" 남자는 눈을 깜박이면서 말했다. "나는 옛날 방식이 더 행복했던 것 같은데요."

"예에……."

"전 사람이 기계의 노예가 되어서는 안 된다고 생각합니다."

경계심이 부풀어올랐다. 분명 이 자식은 자유기고가거나 커피숍 주인이든가, 그런 부류의 인간이다.

"기술이란 사람에게 행복을 주는 것이어야만 합니다. 그것이 바람직한 진보 아니겠습니까."

"아, 예. 뭐 그렇긴 하지만." 귀찮았지만 일단 반론을 했다. "전기밥솥이 생기고 나서야 주부는 가사에서 해방된 것이고, 냉장고가 생기고 나서야 식중독이 격감한 것도 사실이지 않습니까."

"거기까지만 하면 됩니다." 남자가 히로시를 향해 정색을 하고 말했다. "그다음은 필요 없어요. 신제품은 필요 없습니다."

바보 아냐, 이 남자. 갑자기 열이 뻗치기 시작했다.

"신제품이 필요 없다니, 그러면 경제가 어떻게 성립됩니까?"

"글쎄, 경제란 뭘까요?" 또 순진한 듯이 눈을 껌벅거리고 있다. "사람을 행복하게 하는 걸까요?"

아니, 이 사람이 나이는 먹을 대로 먹어서 무슨 잠꼬대야. 딱 보니 사십은 넘었겠는데.

"저 말이죠, 당신이 말하는 대로 한다면, 이 나라의 반 이상은 실업자가 돼요."

"그럼, 밭을 경작하면 됩니다."

"평지가 적어서 공업국이 된 거 모릅니까?" 자기도 모르게 따지듯이 목소리가 커졌다.

"그럼, 바다에서 고기를 잡으면 됩니다."

"너 바보냐?" 말해버렸다.

"앗, 온조 씨, 바보라고 하셨습니까?" 남자가 눈을 부릅떴다.

"말했다. 어쩔래?"

"바보는 당신입니다."

"이 새끼. 내가 누군 줄 알고." 히로시는 참지 못하고 벌떡 일어났다.

"잠깐, 여보." 사치코가 팔을 잡았다.

"이거 놔! 남편이 모욕을 당하고 있는데. 당신은 잠자코 있는 거야!"

소리가 방 안 가득히 울렸다.

"일단 나가요."

히로시는 아내에게 있는 힘껏 끌려 나갔다. 모두가 작업하던 손을 멈추고, 히로시를 보고 있었다.

뭐야, 너희들은. 사실은 너무 한가해서 할 일이 없는 거지.

거친 숨을 내뱉으며 건물 밖으로 끌려 나오자, 그대로 차로 처넣어졌다. 사치코가 핸들을 잡고, 감색 볼보는 출발했다.

이번에는 차 안에서 부부 싸움이 시작되었다.

"뭐야, 그 자식은?" 히로시가 벌게진 얼굴로 언성을 높였다.

"좀 독특하긴 하지만, 나쁜 사람은 아니에요." 사치코가 달래려고 했다.

“뭐하는 놈인데?”

“자유기고가예요.”

“거봐, 그럼 그렇지.” 큰 소리를 질렀다.

“뭐가요?”

“웃기지 말라 그래. 그 염소 같은 새끼.”

“진정해요.”

히로시는 문득 생각이 났다.

“혹시 그 새끼도 독일 가는 거야?”

“그래요.”

“허락 못 해!” 엄하게 호통을 쳤다.

“뭐예요, 허락 못 한다니요?”

사치코의 안색이 변했다.

“어째서 당신에게 그런 권리가 있는 거죠?”

“어쨌든 허락 못 해.”

히로시는 제 성질을 못 이겨 계기판을 발로 차고 팔꿈치로 문을 두드렸다.

“그만해요, 고장 나요.”

“시끄러!”

분노의 감정이 계속 넘쳐흘렀다.

이놈 저놈 할 것 없이 모두…….

히로시는 어금니를 꽉 깨물고, 한동안 거친 콧숨을 씩씩 뿜어댔다.

*

차장 다음은 부장이 찾아왔다.

짐작은 하고 있었다. 블라인드 업자에게서 어코드 왜건을 받았다는 남자다.

이번에는 중국집 객실에서 점심을 먹으며 얘기했다.

"뭐, 그렇게 무서운 얼굴 하지 말게." 부장은 느물거리는 얼굴로 말했다. 회유책을 노골적으로 드러내는 뻔뻔한 태도였다.

멋대로 맥주를 주문하고는 히로시의 컵에 따랐다. 어쩔 수 없이 히로시도 따라주었다.

"나는 상품기획에서 떨어진 낙하산 부장이라, 총무부 토박이가 아니야. 그러니까 자네의 기분은 잘 알 수 있네. 세계를 상대로 큰 장사를 해왔는데, 갑자기 구매부의 월세 문제라니 말일세. 누구라도 싫을 거네."

"싫고 좋고가 아닙니다. 단지, 이런 식의 유착은 세계 규모의 기업으로서 문제가 있다 이거죠."

히로시는 맥주를 한 잔만 마셨다. 그런 다음 잔을 옆으로 치우고, 차를 마셨다.

"회사 전체는 세계적인 규모일지 모르나, 가지랑 잎은 어디나 같아. 인간이 하는 일인걸. 모든 것이 깨끗할 수는 없네."

"더러운 부분은 눈을 감으라는 말씀입니까?"

"더러운 부분인가? 심하군." 그는 손으로 대머리를 두드리며 웃었다. "이봐, 온조 과장, 이렇게 생각해봐. 승용차의 핸들에는 어느 정도 유격*이 있다네. 그게 없으면 경주용 차가 되어버리지. 지극히 한정된 운전자밖에 운전할 수 없게 된다네. 회사도 그래. 자네같이 국립대 출신의 엘리트만 있는 게 아냐. 고등학교만 졸업하고 서무 분야의 일만 착실하게 해온 사람도 있어. 그런 사람들한테도 뭔가 핸들을 쥐어주지 않으면 조직은 정체하게 되는 거야. 자네는 한평생 세차만 하라고 말할 수 있겠나? 어떤 직종에도 다소의 부수입은 줘야만 하는 거네."

"다소의 부수입이라고요?" 히로시는 눈을 내리깔고, 입가를 씰룩이며 웃었다.

"그렇다네. 자네가 지금까지 얻은 부수입을 떠올려보게. 회사 돈으로 얼마나 많이 해외로 나갔나. 호텔에 며칠이나 묵었지? 몇 번이나 골프를 치고, 몇 리터의 술을 마셨나. 우리 회사 접대비는 그룹 전체로 연간 30억일세. 그 대부분을 자네들이

* 기계의 결합부에 어느 정도 움직이는 여유를 둔 간격.

사용하고 있잖아."

"그건 일이죠. 무슨 말씀을 하시는 겁니까?"

"아니, 서무 쪽 사람들 입장에서 보면 자네들은 특권계급이야. 회사 돈을 자유롭게 쓸 수 있는 귀족이지."

"귀족이라니 그런 말도 안 되는 소리를. 게다가 가고 싶지 않은 골프도 있는 겁니다. 휴일도 없이 끌려 나가 출근 취급도 받지 못하는 거죠."

"그래도 마음속으로는 흐뭇하게 생각하고 있을 게야."

어느새, 부장은 진지한 표정이 되어 있었다.

"선택받은 사람이란 생각이 있을 걸세."

"그렇지 않습니다……."

히로시가 작게 고개를 저었다. 그러나 100퍼센트 틀린 말은 아니다. 어느 정도는 맞는 말이다.

"그래서 말이야, 온조 과장." 부장이 갑자기 말투를 바꾸고 눈썹을 팔자로 했다.

"부탁이니까 4과를 그냥 못 본 체해주게." 갑자기 테이블에 손을 짚고 머리를 조아렸다.

"아니, 부장님. 이러지 마십시오."

"딱 2년만 눈감아주게." 아예 이마를 테이블에 비벼대기까지 했다.

"이러지 마시라니까요." 히로시는 황급히 일어나, 부장 옆으로 갔다. "이러시면 곤란합니다."

"내가 할 수 있는 일은 이 정도네. 마츠다 상점에서 들어오는 상품권이 없으면, 4과만 부수입이 없게 돼. 균형이 깨져버리는 걸세."

예상외의 전개에 깜짝 놀랐다. 히로시가 끌어당겨도 부장은 고개를 들려고도 하지 않는다.

"영업하고는 달라. 매일 회사에 있으면 우울하고 답답해지기 쉽거든. 총무부는 마누라일세. 자네는 마누라의 쌈짓돈도 인정할 수 없다는 건가?"

"아무리 그러셔도."

"집에 틀어박혀 살림만 하라는 건가?"

"그런 말은 아니죠."

"인정할 수 없다면 무릎이라도 꿇겠네."

"그만두십시오. 부탁입니다."

"나는 무릎 정도 꿇는 건 아무것도 아니네. 부하 직원을 지킬 걸세. 양복 팀 엘리트들로부터 부하 직원을 지켜낼 걸세."

"무슨 말씀이십니까?"

부장이 계속 고개를 조아렸다. 히로시는 어찌할 바를 모르고 갈팡질팡하다가 바닥에 엉덩방아를 찧었다. 머리가 어질어질했다. 이것이 취직 희망 넘버원인 세계적 기업의 현실이란 말인가. 히로시는 자신의 눈을 의심하고 싶어졌다.

"무릎 꿇는다아~." 부장은 어느새 외치고 있었다.

좋을 대로 하세요. 몸에 힘이 쭉 빠졌다. 다리를 뻗고 앉아, 내친김에 아무렇게나 드러누웠다.

크게 한숨을 쉬었다. 아무런 의욕도 생기지 않았다.

부장과 회식을 마치고 돌아오는 길에, 후지와라 국장과 엘리베이터를 같이 타게 되었다.

"어이, 온조. 잘 지내고 있나?" 하고 국장이 웃으며 물었다.

"잘 못 지냅니다." 히로시는 어깨를 움츠렸다.

"뭐야, 시무룩한 얼굴로. 무슨 문제라도 있나?"

"어느 부서든지 있는 겁니다, 문제는."

후지와라가 피식 웃는다. 두툼한 손을 뻗어, 히로시의 어깨를 주무른다.

"온조. 무슨 일인지 모르지만, 깊이 관여하지 마. 일 안 해도 좋아. 자네는."

"또 그런……."

"내가 말이야, 인사부장을 불러놓고 가장 한가한 부서가 어디냐고 물었지. 그랬더니 총무부 4과라 하더군. 그래서 자네를 그쪽으로 넣기로 한 거야. 골프 클럽이나 닦으며 지내면 돼. 출입 업자한테 외제 클럽이나 좀 가져오게 하고."

코에 주름을 잡고, 아무 말도 없이 후지와라를 째려보았다.

후지와라는 우스운 듯이 웃고 있다.

“바꾸려는 생각은 하지 마. 여러 가지 개혁할 점이 있다고 해도, 그것은 자네의 일이 아니야. 아아, 그렇지. 오다이바에 점포 오픈 계획 말인데, 뭔가 좋은 아이디어는 없나?”

“일은 안 해도 좋다더니…….”

“인색하게 굴지 말고. 아이디어 정도야, 뭐 어때.” 옆구리를 쿡 찔렀다.

후지와라는 5층에 도착하자 성큼성큼 엘리베이터에서 나갔다. 1초가 아깝다는 듯이 빠른 걸음이다.

부러웠다. 최근의 히로시는 등을 구부리고 어슬렁어슬렁 사내를 걷고 있다.

엘리베이터에 옛날 후배가 올라탔다.

“온조 과장님, 잘 만났네요. 해외사업부의 야지마가 입원했어요.” 히로시의 귓전에 대고 말했다.

“왜? 어디가 안 좋대?” 갑자기 마음이 어두워졌다.

“급성위궤양이래요. 상무님이 걱정하셔서 자기 주치의까지 보내주셨다니, 그 이상 호의가 없죠.”

“맞아. 그 녀석, 혼자서 EU랑 교섭했었지.”

“일본적십자 병원입니다. 온조 과장님 보고 싶어했어요. 가셔서 격려 좀 해주세요.”

“그래, 알았어.”

후배가 다른 층에서 내렸다. 가만히 있을 수만은 없을 것 같은 기분이었다.

정말, 어째서 회사는 준간부를 2년씩이나 놀게 하는 따위의 쓸데없는 짓을 하는가.

4과로 돌아오자, 나카야마가 혼자서 진지한 표정으로 컴퓨터 앞에 앉아 있었다. 뒤에서 별생각도 없이 들여다보니 성인 사이트였다.

한숨만 나온다. 안 본 것으로 하고 싶어, 발소리가 나지 않도록 일단 뒤로 물러나, 멀리 돌아 자기 책상에 앉았다.

나카야마는 분명 총무부 경력이 20년은 넘었을 것이다. 서른 살 전후에서 '총무 적격'으로 인정되어 그대로 회사 뒷일을 맡아왔다.

앞으로도 마찬가지겠지. 계장 명함에 '과장 대우'라는 글자가 더해질 뿐이지, 그 이외의 변화는 없다. 회사 기억에 남는 일도 없이, 사라져 가는 것이다.

책상 위에 서류가 놓여 있었다. 옆 과에서 전달받은 사내 미화운동의 기안서였다. 의자에 앉아 팔락팔락 넘겼다. 읽기도 피곤하고 설득력도 없는 애들이 쓴 것 같은 글이었다.

일을 이 따위로 하다니. 5층이었다면 당장 밀어 냅다 쓰러뜨렸을 상황이다. 이런 허접한 글을 쓴 당사자가 바로 옆에 있었다. 고개를 돌려 그를 보니 책상에서 당당하게 만화주간지를 읽고 있었다.

"이봐." 다른 과 사람인데도 큰 소리로 꾸짖었다. "근무시간 중에 만화를 읽으면 쓰나."

삼십대 초반으로 보이는 남자가 튕기듯이 몸을 일으켜 히로시를 보았다.

"일은 자기가 찾는 거야. 주어지는 것이 아니야."

"예에……. 그렇죠. 헤헤헤."

그는 머리를 긁적이며 비굴하게 웃었다. 부글부글 화가 끓어올랐다.

"이 자식, 헤헤거리고 있을 때가 아니야. 야지마는 말이야, 스트레스 때문에 위까지 상해가면서 일하고 있어. 빈틈없는 프랑스인이랑 영국인들을 상대로 필사적으로 싸워왔다고. 그런데도 너랑 같은 기본급이라니."

"저, 그런데 야지마 씨가 누군데요?" 남자가 생뚱맞은 얼굴로 말했다.

"시끄러. 나는 자력으로 살려고 하지 않는 놈들이 제일 싫어. 패거리를 만들고 서로 비비적거리면서 편하게 살려고 하는 놈들이 죽기보다 싫다."

히로시는 어느새 자리에서 일어서 있었다. 무슨 일인가 하고 주위 사람들이 히로시를 바라보았다. 분명 상당히 큰 목소리다.

"나는 말이야, 좀 전까지는 넘어가려고 생각했었다. 화려한 일도 아니고, 보상받을 일도 적고, 다소의 부정 정도는 어쩔 수 없지 않나 하고 말이야, 묵인하는 쪽으로 마음이 기울어졌었어. 그렇지만 더 이상 참을 수 없어. 내가 숙정하겠어. 업사 등이나 치고 있는 놈들은 지금 당장 목이나 씻어놓으시지. 전방에서 목숨을 걸고 싸우고 있는 동료를 위해서라도, 후방에서 물자나 꼬불치는 놈들, 나는 절대 용서 못 해."

요란스럽게 침을 튀기며 말했다. 얼마든지 말해줄 수 있다.

"뭐가 '총무는 마누라'냐. 그렇다면 마누라답게 남편 일을 걱정해야지. 쌈짓돈 만들 생각만 하는 게 아냐. 무엇보다 말이야, 당신들이 생각하는 것처럼 밖은 그렇게 즐거운 세계가 아냐. 거래처한테 바보 취급당하고 홧술 먹어본 적 있어? 입찰에 져서 울어본 적 있어? 운다고, 다 큰 어른이. 알겠어! 그 괴로움을."

"과장님." 누군가 팔을 잡아당겼다. 어느샌가 후지이가 옆에서 있다. "이러시면 곤란합니다."

"뭐가 곤란해." 한층 더 소리가 거칠어졌다.

후지이가 눈짓을 했다. 그 방향을 보니 입구에 총무 담당 중역이 서 있었다.

그는 팔짱을 끼고 난처한 표정으로 문가에 기대어 서 있었다.

이번에는 제정신으로 돌아왔다. 뜨거운 것이 머리 꼭대기에서부터 천천히 내려간다.

드디어 중역의 행차신가…….

까딱까딱 손짓으로 부른다. 히로시는 고개를 숙이고 천천히 걸음을 내디뎠다.

중역실에서 또 회유당하겠지. 질책일지도 모르지만.

그러나 히로시에게는 고집이 있었다. 오기 때문에라도 머리를 숙일 생각은 없다. 나는 떳떳하다.

집에 도착한 것은 저녁 8시가 지나서였다. 총무 담당 중역이 저녁을 같이 하자고 했지만, 정중히 거절했다. 오늘은 혼자 있고 싶었다.

"영업부 시절부터 자네 소문은 여러 가지로 들었네만." 그렇게 말하며 중역은 쓴웃음을 지었다.

"4과는 자네의 과일세. 일일이 상관하지 않겠네. 마음대로 해도 좋아. 단, 부서 전체에는 참견하지 말게. 자네는 젊어. 아직 회사 일을 몰라."

반론은 하지 않았다. 히로시는 자신의 미흡함을 알고 있었다. 의지를 관철하는 데 너무 시끄럽고, 타인에게도 엄격하다.

자, 어떡할까……. 권력에 순종할 것인가, 나를 관철시킬 것인가.

계약서는 만들어져 있다. 남은 것은 마츠다 상점에 들이미는 일뿐이다.

아무려면 어떤가. 한숨 섞인 말로 혼자 중얼거렸다.

사실 히로시는 이제 아무래도 상관없었다. 군대를 지휘하던 장교가 자기 집 가계부에 잔소리를 하는 것과 마찬가지다. 대세에는 전혀 영향을 미치지 않는다.

집 앞에 못 보던 차가 서 있었다. '누구 차지?' 의아스러워하면서 들어갔다.

사치코가 나와서 "손님 오셨어요"라고 격식 차린 목소리로 말했다.

"누군데?"

"마츠다 씨라는 분요."

너무 싫어졌다. 어쩌자고 집에까지. 사치코가 작은 소리로 말했다.

"아직 귀가 전이라고 했더니 차에서 기다리시겠다고 하는데, 아무래도 그렇게는 할 수가 없잖아요. 그래서 일단 손님방으로 모셨지요."

"도대체 저 인간은 무슨 생각을 하는 건지."

굳은 얼굴로 손님방으로 갔다. 마츠다는 다다미 위에서 정좌를 하고 있었다. 뒤로 자빠질 듯 등줄기를 펴고 입을 열었다.

"회사에서는 만나주시지 않을 것 같아, 실례인 줄 알면서도 찾아뵈었습니다. 온조 과장님, 아무쪼록 앞으로도 저희를 구매부의 지정업자로 해주시길……."

그러면서 마츠다는 다다미에 이마가 닿을 듯이 상체를 굽신

댔다.

온몸에서 힘이 빠지는 것 같다. 자신과는 근본적으로 사는 세계도 가치관도 다른 것이다. 지난 며칠 만난 사람들은 전부 다 그렇다.

"지금 지정해주시는 걸 중지하면 매상은 단숨에 3분의 1로 줄어들어, 저희 상점은 대단히 곤궁한 지경에 몰리게 됩니다. 온조 과장님의 마음에 들도록 최대한 개선해나갈 예정이오니, 아무쪼록……."

"어지간히 하세요." 히로시도 다다미에 책상다리를 하고 앉았다. "누가 자르겠다고 말했습니까?"

"예에, 그렇다면 지금처럼." 마츠다가 얼굴을 들고 눈을 빛낸다.

"그렇지 않습니다. 계약서를 주고받고 적정한 임대료를 지급해주셨으면 하는 겁니다."

"그렇지만, 그렇게 되면 백중이랑 연말에 드리는 인사가 변변치 않아져서……."

뭐가 '인사'인가. 상품권을 말하는 거겠지.

"필요 없습니다. 상품권 따위 필요 없습니다. 그 액수만큼 임대료가 되는 거니까, 마츠다 씨는 마찬가지죠. 뭘 그렇게 당황하시는 겁니까?"

"아니, 온조 과장님. 한 번 시작된 것은 딱 잘라서 끝내기가,

좀처럼…….”

“내가 ‘필요 없다’고 하면 필요 없는 겁니다.”

“그게 그렇게는…….” 마츠다가 우물거렸다.

“누가 상품권을 계속 달라고 강요라도 했습니까?”

마츠다는 대답하지 않은 채 눈을 내리깔고 입술을 깨물었다.

“누굽니까. 나카야마입니까. 차장? 부장? 말씀하세요. 발설하지 않을 테니.”

“그게……. 전원이.”

“뭐라고요?” 히로시는 기가 막혀서 소리를 질렀다.

“오늘 찻집으로 불러서 계약서를 맺는다 해도 ‘그걸 없앨 수는 없지’라고들 말씀하셔서.”

“이 자식들…….” 주먹을 쥐었다. 그 손이 분노로 부르르 떨렸다. “더 이상 용서 못 해. 숙청이다.”

“아니요, 온조 과장님. 그렇게 하시면 저희 상점의 입장이.”

“더 이상 알 게 뭐야. 당신네 따위. 여태 실컷 단물 빨았잖아. 단념해.”

“잠깐.” 그때 사치코가 얼굴을 들이밀었다. “아이들한테 들려요.”

“2층으로 올라가.”

“화내지 말아요. 일단 손님 앞인데 실례잖아요.”

“실례를 당하고 있는 건 나야.”

"부인께도 아무쪼록 부탁드립니다." 마츠다는 사치코에게까지 머리를 숙였다.

"아, 아뇨. 저야말로……." 엉겁결에 사치코도 깊숙이 인사를 했다.

"마츠다 씨, 그만 돌아가십시오. 그리고 두 번 다시 오지 마십시오."

히로시는 일어서서, 현관을 턱으로 가리켰다.

"아니, 여보. 그런 말투가 어디 있어요, 나이도 위인 분한테." 사치코가 나무랐다.

"당신은 관계없잖아." 히로시는 거친 콧숨을 내뱉으며 말했다. "부엌에나 틀어박혀 있어."

"'부엌에나'라니요?" 사치코의 얼굴빛이 대번에 바뀌었다. "여자는 평생 부엌에나 있으라는 건가요?"

"시끄러워. 얘기하는데 나서지 마."

"뭐예요, 잘난 척하기는. 계속 화만 내면서. 요즘 만날 그렇잖아요. 자기만 똑똑한 척하고."

"부탁이니까 좀 나가줄래? 우린 지금 일 얘기를 하고 있어."

"일 때문에 나이도 위인 사람한테 엎드려 절을 하게 해요?" 사치코가 허리춤에 손을 얹고 말했다.

"이 사람이 자기 멋대로 이러는 거야."

"당신 엎드려 절할 수 있어요?"

"무슨 말이야?"

"묻고 있잖아요. 엎드려 절할 수 있어요?"

"할 수 있을 리가 없잖아."

"그럼, 이분이 더 훌륭하네요." 사치코가 마츠다를 가리켰다. "당신이 할 수 없는 걸 이분은 할 수 있으니까 더 훌륭해요."

"그게 무슨 말도 안 되는 논리야?"

"당신이 뻐기며 살 수 있는 건 좋은 대학 나와서, 좋은 회사에 들어가서, 예쁜 마누라를 얻었기 때문이에요."

"예쁜 마누라?"

"어머, 그럼 못생겼어요?"

"그, 그……." 곧 말을 더듬었다.

"어딜 가도 기죽지 않아도 되니까, 인간이 거만해지는 거예요. 일전에도 재활용 모임 사람이랑 싸웠을 때, 당신 뭐랬는지 알아요? '내가 누군 줄 알고'래. 바보같이. 회사도 아닌데."

"관계없는 얘기는 하지 마."

"아마 회사에서도 그렇게 거드름이나 피우겠지. 출입 업자한테 머리나 숙이게 하면서."

"이봐, 사치코. 그건 오해야. 나는 그런 게 싫으니까 규정에 따라 하자는 거라고." 히로시는 뒤돌아보고 말했다. "그렇죠, 마츠다 씨. 우리 마누라한테 말 좀 제대로 해주세요."

"예에, 그건 뭐, 남편 분께는 잘못이……." 마츠다가 또 다다미에 머리를 댔다.

"아니, 거참, 이러지 마시라니까요."

"자, 봐요. 이 독재자. 약한 자나 괴롭히는 사람. 능력주의자."

"뭐라고? 앞에 두 가지는 그렇다 치고, 능력주의자가 뭐가 나빠?"

"능력 없는 놈들은 집에서 걸레질이나 해라, 밖에서 일하는 것은 나 같은 유능한 인간들이다, 그렇게 정해버리는 것이 능력주의자야. 바로 당신 같은 사람."

대답이 막힌다. 갑자기 말이 나오지 않는다. 머릿속이 새하얘졌다.

"자아, 뭐라 말씀 좀 해보시죠." 그러면서 사치코가 턱을 쑤욱 내밀었다.

하고 싶은 말은 산더미 같은데, 아무 말도 떠오르지 않았다.

"상냥하지 않은 거예요. 배려가 없는 거라고요. 혹시라도 자기가 무능한 남자였다면 어떤 인생을 보냈을까 같은 건 상상한 적도 없죠?"

내가 해온 일이 뭐였던가. 그렇게 많은 교섭 상대를 말로 눌러왔는데, 오늘따라 생각이 정리되지 않는다.

마츠다가 입을 반쯤 벌리고, 멍하니 히로시를 올려다보고 있다. 사치코는 가슴을 내밀고 히로시를 노려보고 있다.

아아, 그렇군. 잘 돌아가지 않는 머리로 어렴풋이 생각했다.

본능이 그만두라고 말하고 있다. 총무와 마누라는 이겨서는 안 된다고.

"목욕할게." 히로시는 기어들어가는 목소리로 말하고 어깨를 축 늘어뜨린 채 손님방을 나왔다.

"뭐예요? 갑자기." 사치코가 눈살을 찌푸렸다. "손님은 어떡하고요?"

대답을 하지 않고 휘적휘적 복도를 걸었다.

목을 좌우로 돌린다. 어깨가 결리는 것 같아 오늘은 욕조에 오랫동안 들어가 있자고 생각했다.

다음 날, 히로시는 부장에게 '모든 것을 백지화하겠다'고 알렸다.

"2년간 편하게 지내겠습니다." 담담하게 말하고 가볍게 고개를 숙였다. 부장은 마치 꽃이라도 핀 듯한 표정이 되어 악수를 청했다.

"고마워. 자네는 진심이 통하는 남자라고 믿고 있었네." 손을 잡고 힘차게 흔들었다.

"고마워, 고마워." 목소리가 떨리고 있었다.

소문은 그날 하루 만에 총무부를 돌아, 감도는 공기에도 어딘가 안도의 향기가 느껴졌다.

이쿠코가 홍차를 타주었다. "과장님도 한 조각 어떠세요?"라며 케이크와 함께.

후지이는 더욱더 친숙하게 굴었다. “영어는 다시 하는 편이 좋을까요?” 언젠가의 약속을 믿고 있는 모양이다. 사내 시험에서 ‘Ab’ 이상을 따는 것이 조건이라고 겁을 주어놓았다.

아이코는 여전히 단체 미팅 건을 잊지 않고, “여자친구가 없는 사람으로 한정해서 해주셔야 해요”라며 진지한 얼굴로 다짐을 받는다.

나카야마는 사무적인 말투로 할 얘기가 있다고 했다. 엘리베이터 옆의 자판기 코너에서 이야기를 했다.

“실은 지난번 마츠다 상점에서 받은 신임 축하금, 아직 제가 보관하고 있는데요…….” 봉투를 내밀며 눈을 치뜨고 히로시의 반응을 살폈다.

히로시는 잠자코 있었다.

자, 어떻게 할 것인가.

문득 보니, 자판기 그늘에 마츠다가 서 있었다. 어색하게 웃으면서, 작게 인사한다.

“받죠. 마누라한테 목걸이라도 사주려던 참인데.” 히로시는 일부러 밝게 행동하며 받았다. 거절하는 편이 귀찮기 때문이다.

두 사람이 금세 표정을 누그러뜨렸다. 진심으로 웃는 마츠다는 애교 있는 얼굴을 하고 있었다.

입에서 나오는 대로 한 말이지만, 정말로 사치코에게 목걸이를 사주었다.

사치코는 순간 눈을 빛냈지만, "무슨 바람이 불어서"라며 곧 경계했다.

"좋으면서 뭘 그래." 히로시가 어이없어했다.

"그래도 독일은 갈 거예요."

"좋아. 가라고, 가."

그날 밤은 히로시가 설거지를 했다.

"나, 독일행 포기 안 해요."

사치코의 반응이 뜨뜻미지근해서 내친김에 목욕탕 청소도 히로시가 했다.

지금은 총무부 4과의 과장이다. 당분간, 야근도 없다.

보스

신임 부장의 이름은 하마나 요코였다. 나이는 마흔네 살, 다지마 시게노리와는 동갑이다. 그러나 입사 동기는 아니었다. 하마나 요코가 중도에 채용된 것이다.

요코는 외국계 은행을 거쳐 시게노리가 근무하는 대기업 종합상사로 전직해왔다. 그 후 10년간 유럽 본부에서 일하다가, 작년 봄에 본사 근무 발령이 떨어졌다. 그래서 대부분의 사원이 얼굴을 몰랐다.

전임 부장의 이동이 내정되었을 때, 시게노리는 좋아서 혼자 춤을 추었다. 부서에 눈에 띄는 후보도 없고, 서열대로 간다면 다음은 제1과의 과장인 자신이었기 때문이다.

주위에서도 그런 말들을 했다. 성질 급한 동료는 “어이, 출세 영순위” 하고 놀렸다.

그러나 뚜껑을 열어보니, 타 부서에서의 발탁 인사였다. 게다가 여자를. 시게노리에게는 '철강제품부 제1과 과장 겸 부차장'이라는 직함이 주어졌다.

예상치도 못한 일이었다. 남녀고용기회균등법 시행 이후, 여성 관리직이 드문 것은 아니었다. 그러나 그것은 총무부 같은 부서에서의 일이고, 시게노리가 소속되어 있는 영업부에서는 처음 있는 일이었다.

"대단한 수완가라더군" 하고 지인이 알려주었다. "지난번 벨기에 정부로부터 받은 수주 있잖아. 그것도 그 여자가 손을 많이 쓴 모양이야."

물론 수완이 좋으니까 발탁된 것은 알겠다. 그렇지만 시게노리에게는 쇼크였다. 중도 채용된 같은 나이의 여자보다 자신이 더 낮게 평가되었다는 의미 아닌가.

부하 직원들도 놀랐다. 영업부는 전통적으로 '남자들의 전쟁터'로 여겨져왔다.

그 인사를 알게 된 날 밤에는 혼자 술을 마셨다. 아내 미사코에게 미리 운을 떼어놓았던 터라 자기혐오도 가중되었다.

빌어먹을……. 10분마다 마음속으로 욕설을 퍼붓고, 그때마다 한숨을 쉬었다.

"여러분, 잘 부탁드리겠습니다." 차분한 알토 음성이었다. "기탄없이 의견을 말할 수 있는, 상하 간에 벽이 없는 직장을 만들어갑시다.” 등을 쫙 펴고 자신에 찬 얼굴로 부하 직원들을 바라보며 인사했다.

하마나 요코는 봄에 어울리는 밝은 회색 정장을 입고 있었다. 머리는 짧고 엷은 갈색으로 물들였다. 전체적으로 젊어 보이며, 청춘의 잔향 같은 것이 느껴졌다. 미인 부류에 들어가겠지. 가지런한 치열이 인상적이었다.

시게노리는 제일 먼저 요코의 왼손 약지를 보았다. 결혼반지를 끼고 있어 조금 안심이 되었다. 남편이 있다면 남자의 사정도 알아줄 수 있을 것 같았다.

“네 개의 과를 한데 모으게 되는데, 일은 당분간 지금까지 해오던 대로 해주시면 됩니다. 우선 여러분에 대해 알고 싶으니까, 한 사람씩 저에게 메일을 주십시오. 내용은 자기소개와 이 부서의 좋은 점 두 가지, 나쁜 점은 한 가지 반드시 기입할 것.”

상냥했지만 어조에는 힘이 있었다. 해외에서 오래 근무했으니, 매사에 딱 부러지게 말하는 타입일 것 같다. 전임 부장은 에둘러 말하며 물밑 작업을 펴는 등 전형적인 일본식으로 일하는 사람이었다. 앞으로 일하는 방법은 180도 바뀔지도 모른다.

“그리고 흡연자에게는 죄송하지만, 오늘부터 철강제품부는 금연입니다. 앞으로 담배를 피울 때는 복도의 흡연 코너를 이용해주세요.”

그 말을 듣고 애연가인 시게노리는 속으로 혀를 찼다. 염려하고 있던 일이었다. 전임자가 지독한 골초라 용납되어왔지만, 회사 전체에서는 이미 70퍼센트 이상의 부서가 금연인 것이다.

2과의 과장이자 마찬가지로 애연가인 다카하시와 눈이 마주쳤다. 그도 눈살을 찌푸리고 있었다.

“저어.” 시게노리는 엉겁결에 목소리를 내고 말았다.

“퇴근 전까지만 하면 안 되겠습니까? 6시 이후는 어차피 남자들뿐이니까요.”

“아니요.” 지체 없이 대답이 되돌아왔다.

“소수라고는 하지만 여자 종합직 사원도 있고, 애당초 남녀에 관계없이 담배를 피우지 않는 사람도 있습니다.”

가차없는 말투에 조금 불쾌해졌다. 그러나 얼굴에 나타내는 것은 참았다. 다만 다카하시를 향해 어깨를 으쓱해 보였다.

일단 동료들에게는 면목이 섰다. 시키는 대로 하는 남자로 여겨지는 것은 싫었다.

요코는 그 외에도 중도에 흐지부지되었던 ‘캐주얼 프라이데이’를 부활시킨다고 말했다. 젊은 사원들은 좋아했고, 시게노리 연배는 우울해졌다. 일전에 시행되었을 때, 뭘 입으면 좋을지 어찌할 바를 몰랐던 경험이 있다. 옷값이 들어가는 것도 피곤하다.

요코는 말을 마치고 가볍게 머리를 숙여 인사했다. 전원이 박수를 쳤지만, 세 명뿐인 여자 종합직 사원이 유난히 눈을 빛내며 손뼉을 치고 있었다. 그녀들에게는 환영할 만한 상사일 것이다.

"환영회는 어떻게 하지?" 다카하시가 물으러 왔다.

"부차장이니까 자네가 지시해."

"아, 귀찮아." 허물없이 지내는 사이이므로, 곧 본심을 말해 버렸다. "뭐야? 자네가 귀찮다고 하니까……." 다카하시의 눈이 웃고 있었다.

"그럴 수는 없지. 관례기도 하고."

"담배는 피울 수 있는 곳으로 해줘."

"술집이 금연하는 거 봤냐?"

"그냥 위아래 따지지 말고 한번 신나게 놀자."

"그래, 그러지 뭐." 한숨 섞인 목소리로 대답했다.

마음이 내키지는 않지만, 적어도 3년은 상사와 부하 직원의 관계로 있게 된다. 어차피 그렇다면 빠른 시기에, 술잔이라도 주고받아 서로 간에 흉금을 털어놓는 편이 좋다.

그러나 그렇게는 되지 않았다. 직속 부하 직원인 유미에게 간사를 맡기고 의향을 물은 결과, "점심 회식으로 했으면 좋겠다"는 제의가 들어온 것이다.

"술 못 마신대?" 시게노리가 물었다.

"아니요, 와인 같은 건 좋아하나 봐요. 저녁은 가능한 한 가족과 함께 보내고 싶다고 하시는데요."

벌써부터 이렇게 나오다니. 부서 밖에서 온 신임 주제에 배짱 좋다! 입 밖으로 내뱉을 뻔했다.

“좋잖아요.” 유미는 태연한 얼굴을 하고 있었다. “역시 5시 이후는 개인 시간 아니겠어요.”

“무슨 소리야? 다른 과 회식까지 끼어드는 주제에.”

유미는 회식을 아주 좋아한다. 멋대로 떠드는 면이 있긴 하지만, 직장을 밝게 해주는 일반직 부하 직원이다.

이례적이긴 했지만, 금요일 점심에 간단한 주문 음식을 배달시켜 회의실에서 스탠딩 파티를 하기로 했다. 물론 알코올은 생략이다.

요코 주위에는 여자 사원들이 모였다.

“어머나, 초등학생이랑 유치원 아이가 있어요?”

“둘씩이나요?”

한 여직원이 놀라 소리를 질렀다. 시게노리도 의외라고 생각했다. 아이는 없을 것이라고 단정하고 있었다.

아무래도 아이가 있으면 저녁 회식은 피하고 싶겠지.

“남편 분께서는 무슨 일을 하세요?”

“은행원이에요.”

“그럼 야근이 많겠네요.”

“그렇지 않아요. 외국계이고, 인터넷이 있으니까 재택근무가 가능해요.”

"와, 우리도 그렇게 해요." 유미가 익살맞게 말했다.

"실은 생각하고 있어요. 당장은 무리겠지만, 회사와 타협이 잘되면 시범 케이스로 말이죠."

여자들 사이에서 박수가 일었다.

"이봐, 지금 농담하나?" 시게노리는 다카하시의 귓전에 대고 속삭였다. "서재도 없는데 어떻게 집에서 일을 한다는 거야?"

"우선 마누라가 더 싫어할걸." 다카하시도 얼굴을 찌푸리고 있었다.

그러나 시범 케이스라는 말을 듣고, 시게노리의 머릿속에 어떤 생각이 떠올랐다.

어쩌면 요코의 부장 발탁에도 시범적인 요소가 다분히 있었던 게 아닐까. 영업직에서 첫 여자 부장. 대외적으로도 회사 이미지를 높이고, 매스컴이 다루어주면 선전도 된다.

국제적인 대기업이라고 알려져 있지만 그 뿌리는 연공서열의 남자 세계이다. 예전에 임원회 사진이 해외 비즈니스 잡지에 실린 후, 전원이 남자인 것이 비웃음을 샀던 과거가 있다. 이미지를 바꾸고 싶은 것일까.

회사가 생각할 수 있을 만한 일이다. 시게노리는 한숨을 쉬었다. 그렇다면 회사도 잠자코 보고만 있지는 않겠지. 기회만 있으면 상황을 확인할 것이 틀림없다.

마음이 무거웠다. 그러나 저항할 도리가 없다.

"부장님, 와인 좋아하십니까?" 할 수 없이 시게노리도 이야기에 끼어들었다.

"다지마 씨, 그리고 여러분도 나를 직함이 아니라 성으로 불러주시겠습니까?"

요코가 공손하게 미소 지었다. 시게노리는 머리를 긁적이며 "그럼, 하마나 씨"라고 고쳐 불렀다.

"와인이라면 지금은 샤토루즈를 좋아해요."

"아, 그렇습니까." 일단 맞장구를 쳤다.

"다지마 과장님, '아, 그렇습니까'는 뭐예요. 잘 알지도 못하면서."

유미가 물색없이 놀려, 모두가 함께 웃었다.

요코의 환하게 웃는 얼굴을 보고, 시게노리는 조금 안심했다. 그렇게 까다롭지는 않을 것 같다.

익숙해지면 어떻게 되겠지.

스탠딩 파티는 정확하게 1시간 만에 끝났다. 요코는 전원에게 하나하나 말을 걸었는데, 불과 이삼일 만에 서른 명이나 되는 직원들의 이름을 전부 기억한 것에 놀랐다.

"그 부장님, 설마 직접 저녁밥을 짓지는 않겠지요."

아내 미사코가 차를 타며 말했다. 부장이 바뀌고, 주에 한 번이었던 집에서의 저녁식사가 세 번이 되었다. 일이 줄어든 것도 아니므로, 직장이란 곳은 참으로 신기하다.

"몰라. 그런 거." 시게노리는 텔레비전으로 얼굴을 향한 채 대답했다. 중2와 초등학교 6학년인 아이 둘은 2층에서 숙제를 하고 있다.

"가사도우미를 쓰겠지요?"

"내가 알 리 없잖아." 시게노리는 차를 마시며 말했다.

신임 부장의 이야기를 하면, 미사코는 상세하게 알고 싶어했다. 동년배의 여자로서 마음이 쓰이는지, 가족 구성까지 물어왔다.

"아이들은 어떡하고 있을까. 둘이잖아요?"

"아, 글쎄, 나한테 물어도……."

"초등학생이라도 고학년이면, 집을 비워도 그나마 걱정이 덜 되겠지만."

"뭐야, 대체."

"대단하단 생각이 들어서요." 소파에 앉아, 미사코도 차를 마셨다. "나라면 히로키랑 다이키가 걱정돼서 집 비우는 건 엄두도 못 낼 텐데."

"꽤나 감동하는군."

"나랑은 네 살 차이네." 미사코는 먼눈을 하고 말했다.

"분명 다부지겠지."

"가냘픈데. 겉보기는."

“정신적으로 말예요.” 톡 쏘며 노려보는 미사코.

미사코와는 친구의 소개로 알게 되어, 14년 전에 결혼했다. 지극히 평범한 직장생활을 하고 있던 미사코는 주저 없이 일을 그만두고 집에 들어앉았다. 시게노리도 그것을 바라고 있었다. 회사에서 피곤에 찌들어 돌아오면 집의 창문엔 언제나 불빛이 밝혀져 있다. 이것이 행복이라고 생각했다.

1년 후와 3년 후에 남자아이가 태어났고, 미사코는 엄마가 되었다. 평범하지만 교외의 단독주택에서 살며 아무런 불편이 없는 전업주부다.

“대단하다.” 미사코가 몇 번이고 감탄한다.

“괜찮다니까. 당신이 훨씬 더 미인이라고.”

“바보.”

기뻐하는 기색도 없이, 경멸의 눈초리만 돌아왔다.

아니나 다를까, 요코는 경제신문의 ‘우먼’이라는 난에 소개되었다. 홍보부가 정보를 넘긴 것이겠지. 환하게 웃는 얼굴의 사진이었다. 새삼 보니 30대로도 통할 수 있는 탱탱하고 윤기 있는 피부였다.

히토츠바시 대학을 나와 런던 대학에서 유학했다는 경력은 신문을 보고서야 알았다. 아이는 초등학교 1학년과 유치원생이란다. 미사코만큼은 아니지만, 가정에서는 어떻게 하고 있는지 조금 궁금했다. 부모랑 같이 살기라도 하는 걸까.

요코는 언제나 혼자서 점심식사를 한다. 사원 식당이 한가해질 즈음, 창가 테이블에서 파스타를 먹는 것이다. 저녁 약속은 한 번도 없었다. 어쩌면 남편과 집안일을 분담하고 있는지, 아무리 바빠도 정시에 돌아가는 날이 있었다.

그 대신 출근은 빨랐다. 매일 아침 8시 전에는 출근한다. "전화를 받지 않아도 되니까 업무에 집중할 수 있어요"라고 말했다. 실제로 그녀의 집중력은 참으로 대단해서, 말을 걸어도 알아차리지 못하는 때도 있었다. 옛날에 공부 잘하는 애들이 저랬지 싶다.

결재가 빠르니까 부 전체의 일이 순조로웠다. 부서에 야근이 많은 것은 관리직 탓임을 절감했다. 그러나 재미라고는 없었다. 직장에서의 잡담이 없는 것이다.

"어이, 유미. 남자친구는 생겼나?"

옛날 버릇대로 가볍게 농을 걸었더니, 요코가 정색을 하고 시게노리를 보았다. 무언의 비난을 느꼈다.

이후, 전반적으로 여사원을 놀리거나 하는 일은 힘들어졌다. 더 이상 유미도 "요즘 허리 사이즈는 몇 인치나 되시나요?" 따위의 짓궂은 말은 하지 않았다.

세 번 지각하면 하루 동안 요릿집 종업원 유니폼을 입고 일하기로 한 벌칙 게임은 자연 소멸했다. 그럴 분위기가 아니었다.

프로야구 얘기가 극에 달해 근무시간 중에 종이를 둥글게 말아 미니야구를 하던 시절이 그리웠다. 한때는 영업부 중에서도 짓궂은 행동과 분위기로 가장 이름난 과였다. 줄줄이 이어지는 회식으로 긴자 클럽의 영수증은 부장이 금액도 보지 않고 도장을 찍었다. 3만 엔 이상은 부장 결재였는데 앞으로 그런 일은 어려워질 것 같았다.

*

취임한 지 보름이 지날 무렵부터 요코는 서서히 자신의 색깔을 드러내기 시작했다. 우선, 일주일에 한 번 정기적으로 열리는 과장 회의를 없앴다. 각 과의 진행상황은 누구나 열람할 수 있는 컴퓨터에 올렸고, 보고와 현안 사항이 있을 때만 회의를 소집했다.

"그때마다 시간을 결정하는 것도 귀찮으니, 정례 회의는 있는 게 좋지 않겠습니까?"

시게노리가 이의를 제기했다. 그러나 요코는 "오히려 그 때문에 시간을 확보해두는 것이 번거롭고 아깝다는 생각이 드는데요"라며 상냥하게 기각했다.

그리고 '노 야근 데이'가 만들어졌다. 매주 수요일은 무슨 일이 있어도 야근해서는 안 되는 것이다.

이것에는 많은 부원들이 의문의 목소리를 높였다.

"목요일까지 반드시 승인을 얻어야 하는 일이 있으면 어떡합니까?"

"원칙은 세워두더라도 어느 정도 융통성을 발휘하는 게 좋지 않겠습니까?"

부차장 겸임이라는 입장도 있어서, 시게노리가 대표로 부서의 의견을 전하게 되었다. 물론 간단히 물러날 생각은 없었다. 동료들이 보는 앞이기도 하고, 그보다 일방적인 결정이 더 마음에 들지 않았다.

"이것만큼은 재고해주십시오."

불만스러운 태도를 감추지 않고 말했다.

"어차피 밤에 하면 된다는 생각으로 야근을 습관처럼 하는 것은 좋지 않습니다."

요코가 의자를 회전시켜, 시게노리를 응시했다. 입 끝으로 미소를 만들고 있었다.

"그래도 그것은 융통성 있게 대처하면 되는 것이지, 획일적으로 정할 일은 아니지 않습니까?"

"규칙이 없으면 사람은 느슨해집니다."

"그럼 목요일 아침까지 마감해야 하는 일은 어떻게 합니까?"

"어느 날로 하든 데드라인은 다가오기 마련이니까, 미리 수요일 오후 6시가 마감 시간이라고 생각하세요."

짧게 말하고는 다시 의자를 돌려 일로 돌아갔다. 말을 붙여 볼 여지도 없었다.

"아, 어떻게 좀 해보세요. 다지마 과장님."

부하 직원들이 비난했다. 체면이 말이 아니었다. 그리고 마침 공교롭게도 목요일 아침까지 마감해야 하는 견적이 있어, 시행 첫 수요일 저녁, 남자 전원이 근처의 패밀리레스토랑에서 일을 하는 지경에 이르렀다. 모두 같이 우적우적 햄버거 세트 따위를 먹었다.

"이거 경비로 나오나요?"

젊은 사원들이 차가운 눈초리로 쳐다보았다. 할 수 없이 시게노리가 내기로 했다. 생각지도 않은 지출이었다.

"자네들 말이야, 하마나 부장님에 대해 어떻게 생각해?" 이 참에 부하 직원들의 의견을 들어보기로 했다. 직장 분위기는 확실히 변했다. 부하 직원들이 어떻게 생각하고 있는지, 속마음을 알고 싶었던 것이다.

"솔직히 말하면 좀 피곤하다고나 할까요." 바로 밑인 계장이 말했다.

"직장이라는 곳은 좀 더 화기애애해야 하지 않을까요. 효율 제일주의는 재미없죠. 게다가 서로 농담을 주고받을 수 있는 정도가 아니면 아이디어도 나오지 않아요."

"맞아. 나도 동감이야." 서른다섯 살의 나카네가 크게 고개를 끄덕였다. "분명 전에는 미니야구나 벌칙 게임같이 장난이 좀 지나친 부분도 있었죠. 그렇지만 그렇게 해서 직장의 사기를 진척시킨 부분도 있잖아요. 공과 사를 지나치게 구분하는 건 문제예요."

"또 슬리퍼 금지는 좀 그래요." 다른 부하 직원이 말했다.

"특별히 방문객이 있는 것도 아닌데 말예요."

"유럽에서 갓 귀국한 사람들 눈에는 공적인 장소에서 구두를 벗는다는 것이 예의에 어긋난 행동으로 비치겠지만요."

제각기 불만을 토로해왔다. 시게노리는 용기를 얻은 기분이었다. 부하 직원들은 요코의 방식에 찬성하지 않는 것이다.

그러나 부인이 아기를 낳은 지 얼마 안 되는 이와세만이 "야근이 줄어든 것은 반가운 일이지만요"라며 조심스럽게 새로운 부장의 방침을 환영했다.

"이 자식, 남자가 직장에 처자식 사진이나 갖다놓으면서." 나카네가 농담처럼 말하며 이와세의 머리를 슬쩍 때렸다.

"그런 건 지갑 같은 데나 넣고 다니는 거야."

"괜찮아, 괜찮아. 지금 많이 귀여워해두라고. 아버지는 금방 찬밥 신세야. 놀아주고 싶어도 애들이 안 놀아준다니까."

시게노리는 쓴웃음을 지으며 한두 마디 거들어주었다.

"다지마 과장님, 하마나 부장님께 한번 확실하게 말해주세요. 직장은 놀이도 필요하다고요."

나카네가 부추기듯이 말했다.

“응? 글쎄…….” 시게노리는 말끝을 얼버무렸다. 노골적인 대립은 피하고 싶은 생각도 있었다.

“철강제품부는 원래 거칠고 투박한 게 전통인데, 그것을 일개 부장 변덕으로 바꾸어버리면 곤란하죠.”

“맞아, 동감이다.”

철강제품부는 대대로 일 좋아하는 남자들이 모였다. 모두들 회사에 있는 걸 좋아했다. 오후 6시가 지나야, 슬슬 본격적으로 일을 해볼까 하고 기합이 들어가는 분위기였다. 동료와 부하 직원들과 함께 왁자지껄 어울리는 것이 즐거웠다. 그것을 새로운 부장은 바꾸려고 한다.

“그래도 여자 사원들은 제법 잘 따르고 있는 것 같은데요.” 젊은 사원 중 하나가 말했다.

“맞아. 선망의 눈으로 보고 있다고요.”

“알아두려고 다른 부에서 원정까지 오는 사람도 있더라고요.”

“대단한 인기군.”

시게노리는 기분이 씁쓸했다. 여사원을 자기편으로 만드는 것은 상관없지만, 이것이 직장에 갈등을 만드는 것이어서는 곤란하다. 이전에도 여자 종합직 사원에게는 신경을 쓸 만큼 써왔던 참이다.

그 건에 대해서는 다음 날, 유미에게 넌지시 속을 떠보았다.

"결혼해서 아이까지 있으니까 그래요." 유미는 입술을 오므리고 그렇게 말했다.

"무슨 말이야?"

"독신이고 오로지 일만 아는 사람이었다면, 이 정도로 존경받지는 않을 거예요. 앞날이 불안하니까요."

"흐음." 시게노리가 맞장구를 쳤다.

"하마나 부장님은 30대 중반에 결혼해서, 아이도 둘이나 낳았잖아요. 그러니까 '아, 나는 아직 서두르지 않아도 괜찮겠다'는 생각이 드는 거죠."

"듣고 보니 그렇군." 납득할 수 있었으므로 감탄했다. 남자는 생각지도 않는 것이다.

"4년제 대학을 나와 종합직이 된 여자에게는 결혼과 출산이 큰 장애물이에요. 하마나 부장님은 그 두 가지를 다 해내고, 게다가 관리직이기까지 하니 희망의 별 아니겠어요?"

희망의 별이라……. 시게노리는 마음속으로 중얼거려보았다. 과연, 모든 것을 쥔 그녀는 롤모델로서 최적이었다. 여자 종합직의 사기도 분명 높아지겠지.

회사는 현장을 가지고 노는 경향이 있다. 이쪽은 마치 모르모트와 같다.

"하지만 꽤 의외의 일면도 있어요." 유미가 목소리를 낮추었다. "요전에 일이 있어 빨리 출근했더니, 하마나 부장님이 책상에서 스포츠 신문을 읽고 있더라고요. 부장님은 분명 아사히나 니케이만 읽을 사람이라고 생각했거든요."

스포츠 신문 정도야……. 남자들은 지금도 만화주간지를 돌려가며 읽고 있다.

그런 어느 날, 시게노리는 요코와 고베로 1박 2일 출장을 가게 되었다. 제철회사와 공동출자로 새로운 공장을 세우게 되어, 전망 타진을 겸한 미팅 때문에 가게 된 것이다.

처음에 시게노리는 나카네나 이와세를 동행시킬 작정이었다. 여자와 단둘이 가는 출장은 지금까지 한 번도 경험이 없었다.

그러나 요코는 '필요 없다'고 딱 잘라 거절했다. '둘이서 충분하다'고 했다. 시게노리는 조금 긴장했다. 물론 일이니까 평소처럼 하면 되지만, 그래도 이성으로서의 의식이 전혀 없을 수는 없다. 밤에는 한잔하자고 해도 되는 건지. 사정이 다른 것이다.

미사코에게는 혼자 가는 출장이라고 거짓말을 했다. 괜히 속을 끓일 것 같아서였다.

그러자 의문도 생겼다. 요코의 남편은 마누라가 남자 직원과 둘이서 1박 예정으로 가는 출장을 어떻게 받아들일까.

나라면 절대로 싫다. 도대체 어떤 부부일까.

신칸센 안에서 요코는 조용히 책을 읽었다. 예의 정도의 잡담을 나눈 뒤에 "실례"라고 하며 소설책을 꺼낸 것이다.

시게노리도 책을 갖고 오긴 했지만 비즈니스 책이었다. 소설을 읽어본 게 몇 년이나 됐을까.

고베의 제철회사에 도착하자, 응접실에서 우선 상대편의 담당자와 대면하게 되었다.

"아이고, 감사합니다. 이렇게 일부러 여기까지 와주셔서." 벌건 얼굴의 남자가 들어오자마자 시게노리를 향해 깊숙이 인사를 했다.

"아, 아니. 그게 아니고……." 말문이 막혔다.

이어 나타난 남자도 시게노리에게 고개를 숙였다. "하마나 부장님이시죠?" "아니요, 제가 아닙니다." 시게노리는 얼굴이 붉어졌다.

요코를 보니, 익숙한 일인지 오히려 태연했다. 여자라는 장벽을 슬쩍 엿본 기분이 들었지만, 동시에 약간 굴욕도 느꼈다. 자신은 부하 직원 입장인 것이다.

명함을 교환하는 단계가 되자 이번에는 상대편의 얼굴이 붉어졌다. "여자 부장님이셨군요. 우리 간사이 지방에서는 익숙하지 않은 일이라." 열심히 머리를 긁적이며 말한다.

그러나 간사이 사람은 눈치가 없다.

"결혼은 하셨습니까?"

"자녀는 있으십니까?"

"남편분은 뭐라십니까?"

시게노리라면 조마조마할 일을 아무렇지도 않게 물어보았다.

요코는 웃음을 잃지 않고, 정중하게 응답했다. 아마 이런 일에도 이골이 났을 것이다. 다루는 방법을 잘 알고 있었다.

후보지를 시찰할 때도 상대는 무심코 시게노리를 향해 설명을 시작할 때가 여러 번 있었다. 잘못했다는 것을 알고, 요코에게 다시 말하곤 했다. 그때마다 "아, 이쪽은 부하 직원이지"라는 말을 듣는 것 같았다.

"다음번에는 은행 쪽 담당자도 입회하게 되는데, 그때는 항공 사진을 첨부해주실 수 있으신지요?" 시찰 때, 요코는 세부적인 사항까지 꼼꼼하게 주문했다.

"SCM 시스템을 도입하게 되는데, 그 예상안에 관해서도 좀 더 상세한 데이터를 준비해주시면 좋겠습니다."

어느새 배웠는지, 전문용어도 구사했다.

그리고 시찰을 마치자, 요코는 상대편이 준비한 술자리를 거절하겠다고 했다.

"그건 좀 곤란합니다." 시게노리는 휴게실에서 마음을 바꾸라고 설득했다. "이 사람들은 우리를 대접하려는 겁니다."

"제 결정입니다. 술접대는 받지 않겠습니다."

요코는 단호한 어조로 말했다.

"그런……." 말문이 막혔다.

"회사원이 술접대를 받지 않겠다니요."

"게다가 오늘은 수요일, '노 야근 데이'입니다."

"아무리 그래도 출장지에서까지……. 사교잖아요. 중요한 거예요. 해외 생활도 오래 하신 부장님께서 어떻게 그런 말씀을……."

"유럽에서는 거절하면 그것으로 오케이입니다. 누구도 기분 나빠하지 않습니다. 무엇보다 파티는 모두 부부 동반으로 이루어집니다. 이번 같은 케이스라면 시찰 후에 회의실에 음료와 가벼운 음식을 준비해서, 1시간 정도 담소하고 끝내도록 하겠지요."

"여기는 일본입니다. 로마에 가면 로마법을 따르라는 속담도 있잖습니까."

"어쨌든 나는 거절하겠습니다."

결말이 나지 않았다. 부글부글 화가 끓어올랐다. 기분을 진정시키려고 한 번 헛기침을 했다.

"알겠습니다. 그럼 하마나 부장님은 간사이 지사에 볼일이 있다고 하고 제가 거절해두겠습니다."

"아니요, 앞으로 일도 있으니까 내 입으로 확실하게 설명하겠습니다."

"상대는 중요한 파트너입니다. 기분을 상하게 하면 이쪽도……."

"괜찮습니다." 너무나 자신만만하게 말해서 더 당황스러웠다.

이 완고함은 뭔가. 정말로 화가 났다. 상대방과 거북해진다 해도 어쩔 수 없다. 그렇게 되면 국장에게 직소해서 내가 도맡아 관리하면 된다.

요코는 정말로 자기가 설명했다. 미소를 잃지 않으면서도 단호하게. 상대편은 처음에는 당혹스러워했지만, 여자니까 어쩔 수 없다고 생각했는지 의외로 간단히 물러났다.

접대는 시게노리 혼자서 받았다. 술이 들어간 상대편 남자가 "여자 상사라 힘들겠습니다"라며 어깨를 토닥였다. 받아넘겼지만 얼굴이 굳어지는 건 어쩔 수 없었다.

밤 10시가 지나 호텔로 돌아오자, 요코가 택시에서 내리는 참이었다.

어디 외출했었나? 일이 있으면 그렇다고 하면 좋잖아.

"뭡니까? 저는 그냥 호텔에서 독서라도 하시는 줄 알았더니."

취했겠다, 비아냥거리는 말투로 내뱉었다. 문득 그녀가 손에 들고 있는 물건이 보였다. 야구 응원에 사용할 것 같은 메가폰이었다. 눈이 마주쳤다.

"아이 선물이에요."

요코는 순간 얼굴을 붉히면서, 혼자서 재빨리 호텔 로비로 들어갔다.

요코는 결코 쌀쌀맞은 느낌은 아니었다. 사람의 눈을 보고 이야기하고, 입가에는 웃음이 끊이지 않는다. 거리낌 없이, 예스와 노를 확실하게 말한다.

그런데 위화감이 있었다. 요컨대 빈틈이 없는 것이다. 전임자처럼 바보가 되어주지 않는다. 술에 취해 전봇대에 기어 올라가주지 않는다.

"외국 생활을 오래 해서 어쩔 수 없지 않을까요."

미사코는 남편의 이른 귀가를 좋아하며 말했다. 저녁식사를 두 번 차리지 않아서 좋다는 것이 이유긴 하지만.

"그쪽에서는 만취한 모습을 보였다가는, 인격까지 의심받을 얘기죠."

"취하라는 얘기가 아니야. 그래도 노래방에서 노래를 부르게 했더니 실은 음치였다거나, 그런 맨얼굴을 보여줬으면 좋겠다는 거야."

욕실에서 나와 수건으로 머리를 닦으며 시게노리가 말했다.

"그런 남자들의 사고방식 너무 싫더라. 세월이 아무리 흘러도 스크럼 짜고 나가자는 세계라니까."

미사코는 홍차를 마시고 있었다.

"대기업의 국내 영업은 팀워크야. 혼자만 그렇게 새침하게 굴어서야……."

"남자 사회에서 여자가 열심히 하고 있으니까, 따뜻한 눈으로 봐주면 좋잖아요."

“꽤나 역성드는군.” 입을 삐죽 내밀었다.

“동년배이기도 하고, 마음이 쓰여요. 같은 또래 여자가 열심히 하는 것을 보면, 이쪽도 힘이 나죠.”

시게노리는 기가 막혔다. 총리대신이 여성 내각을 만들고 싶어할 지경이다. 요코는 여러 곳에서 아군을 얻고 있는 것이다.

수건을 목에 걸고 주방으로 가, 냉장고에서 캔맥주를 꺼냈다. 문득 전자레인지의 선반을 보니 누군가의 사진집이 있었다.

“어이, 미사코. 이건 뭐야?” 집어들고 표지를 봤다.

“아, 그거. 아무것도 아니에요.”

미사코가 얼굴을 붉혔다.

그건 싱어송라이터인 야마자키 마사요시의 사진집이었다. 요즘 음악에는 어둡지만 이 정도쯤은 알고 있었다.

“그냥 좀 봤을 뿐이에요.”

미사코가 빼앗아 뒤로 감췄다. 당황한 눈치였다.

아이들 것이라고는 생각할 수 없다. 중학생과 초등학생 모두 남자아이들뿐이다.

“당신이 샀어?”

“그래요.”

“이 사람 팬이야?”

“팬이면 안 돼요? 나이에 어울리지 않는다고요?”

말이 빨라졌다.

"그런 말은 안 했어."

"그럼 됐네, 뭐."

"좋지 뭐. 나도 모닝무스메의 나츠미 팬인걸."

유미에게 주워들은 지식이라 얼굴까지는 모른다.

"그러니까 그렇게 살금살금 안 해도……."

"살금살금 한 적 없어요!"

미사코는 정색을 하고 되받고는 사진집을 가슴에 안고 주방을 나가버렸다.

"뭐야, 이상한 여편네."

시게노리는 입속으로 중얼거렸다.

맥주를 목에 들이붓고, 크게 트림을 했다.

요코 앞이었다면 분명 차가운 눈초리를 받았겠지.

그렇게 생각하고 혀를 찼다. 최근에는 집에 돌아와서까지 요코를 떠올리고 만다.

*

2과의 다카하시가 요코에 관한 정보를 입수해왔다. 다른 부서의 간부에게 살짝 귀띔을 받았나 보다. 아무래도 해외파의 필두인 부사장 일파가 영업부의 체질을 바꾸려고 여자 부장을 들여보낸 것 같다고 한다.

"무슨 말이야?"

복도 끝의 흡연 코너에서 담배를 피우며 물었다.

"'21세기 위원회'라는 것이 생겼잖아. 그 패들이 생각하기에는 앞으로의 시대에 우리같이 세련되지 못한 체질은 뒤떨어진다는군."

다카하시가 못마땅한 어투로 말했다. 그러고 보니 그런 이름의 위원회가 있었다. 우두머리는 부사장이다. 사내에는 '메세나• 위원회'나 '자연환경 위원회' 등 여러 가지 분과회가 있다. 대부분은 유명무실하지만, 가끔 생각난 듯이 활동하는 것이다.

"부사장이 손을 쓴 사람이란 말이지."

시게노리는 얼굴을 찌푸렸다. 그렇다면 승산은 없다.

"그렇지만 영업 출신 임원들은 재미없어하나 봐. 멸사봉공 정신으로 일해온 사람들이잖아. 특히 오스기 씨는 세력권을 침범당했다고 머리에서 모락모락 김이 나고 있다더군."

오스기는 영업 담당 임원이다.

"위에서 싸움이라도 한바탕 안 하나?"

시게노리가 한숨을 쉬었다.

"그래서 생각인데 말이야, 우리가 새 부장이 하라는 대로 했

• 기업이 문화 · 예술 · 스포츠 · 공익사업 등을 지원하는 활동.

다고 하면, 거꾸로 오스기 씨는 불만이지 않을까?"

"아아……. 그렇지."

듣고 보니 그렇다. 담당 임원에게는 우리가 얼간이로 보일지도 모른다.

"즉, 조금 심하게 부딪친다 해도 오스기 씨한테는 좋은 인상을 주게 된다는 거지."

"자네 말이야." 다카하시의 가슴을 가볍게 찔렀다.

"너무 심하게 부채질하는 거 아냐? 그렇게 말하는 자네가 해."

"싫어. 부차장을 놔두고 내가 왜……."

"이럴 때만 부차장이야?" 시게노리는 코에 주름을 잡고, 넉살 좋은 동료를 째려보았다.

그러나 다카하시의 말에도 일리는 있었다. 어쩌면 이것은 기회일지도 모른다.

풍파를 일으키지 않고 회사의 마음에 들 것인가, 저항하여 담당 중역의 마음에 들 것인가.

이도 저도 아닌 태도가 가장 주가를 떨어뜨리겠지. 무사는 두 주군을 섬기지 않는다고 했던가. 남자임을 시험당하고 있는 것이다.

그리고 그 기회는 빨리도 찾아왔다. 요코가 휴일 접대 골프를 금지한 것이다. 사전에 의논도 없이 연락 메일로 일방적으로 통보했다.

이번에는 정말이지 화가 머리끝까지 치밀었다. 시게노리는 골프가 유일한 취미였다.

"어이, 다지마. 이번만은 절대 물러서지 마. 일본 회사에서 골프 접대를 할 수 없다니, 우리만 포, 차 떼고 장기 두는 거나 마찬가지야."

다카하시도 눈을 치켜올리고 있었다. 골프 접대를 기다리고 있는 단골 거래처는 많이 있다. 무엇보다 필드 위에서 나누는 대화는 비즈니스 상담의 일부인 것이다.

크게 숨을 들이마시고, 부장의 책상으로 갔다. 부하 직원들이 귀를 곤두세우고 있는 것을 알 수 있었다.

"잠깐 할 얘기가 있습니다."

"골프 접대 건입니까?" 요코가 책상을 향한 채로 조용히 말했다. 반발은 이미 예상하고 있었던 것 같다. "휴일이라는 단서가 붙어 있습니다. 평일에 필요하다면 골프 접대를 하든, 받든 상관없습니다."

"평일은 회사 일이 있지 않습니까?"

"접대도 일입니다. 그러니까 가도 상관없습니다."

"저 말이죠, 하마나 씨?" 몸을 앞으로 내밀었다.

"평일에는 다른 부서의 눈도 있고, 분위기상 가기 힘들어요. 그건 다른 회사도 마찬가지입니다. 토요일이나 일요일이면 누구 신경 쓸 일도 없이 편안하게 할 수 있지 않습니까?"

“주말은 가족을 위해 사용하세요.” 요코는 의자를 회전시켜 시게노리와 마주 보고 앉았다.

“아이가 태어난 지 얼마 안 된 이와세 씨를 얼마 전에 골프 접대에 데리고 갔었죠? 과장이 따라오라고 하면 거절할 수 없지 않나요.”

흘끗 이와세를 쳐다보았다. 굳은 표정으로 시선을 홱 돌렸다.

“그런 건 대기업에 다니는 회사원이라면 입사 때부터 누구나 각오한 것입니다. 저만 해도 젊었을 때는 사흘 연휴 전부가 골프였던 적도…….”

“뽐낼 일은 아니네요. 평일에 가세요.”

“아니, 그러니까.”

얼굴을 가까이 대고 목소리를 죽였다.

“평일에는 다른 사람들 눈도 있고…….”

“일이니까 당당하게 가셔도 괜찮습니다.”

어쩜 이리도 말귀를 못 알아듣는 여자인가. 머리로 피가 솟구쳤다. 평일 골프는 바쁘게 일하는 동료들 보기에 편치가 않다. 그만큼 야근을 많이 해서 균형을 잡고 있다. 바보스럽다고 말하면 어쩔 수 없지만, 그런 배려 때문에 일본의 직장은 유지되고 있다.

“적어도 부서 내의 의견을 들어본 후에 결정하는 건 어떻습니까? 너무 일방적이지 않나요?”

"아니요. 이런 개혁은 행정 개혁과 마찬가지로 리더의 결단이 필요합니다."

"그럼, 개인의 자유에 맡기면 되지 않습니까? 휴일 접대가 싫은 사람은 평일에 하면 되죠."

"그건 아까 말했습니다. 부하 직원이 상사의 말을 거절하기 힘듭니다. 사람 말을 제대로 들으세요."

이 계집년, 어떻게 해줄까! 시게노리의 볼이 실룩샐룩 경련을 일으켰다.

"이제 됐죠?"

요코가 책상을 향했다. 도저히 납득할 수 없으나, 반론의 말이 떠오르지 않았다. 부하 직원들의 훔쳐보듯 힐끗거리는 시선을 느끼며 시게노리는 책상으로 돌아왔다.

이게 무슨 꼴인가. 부하 직원들 앞에서 설복당하고 말았다. 굴욕감으로 얼굴이 화끈거렸다.

옆에서 나카네가 껌을 질겅질겅 씹고 있었다. 눈이 마주쳤다.

"자네, 일하는 중에 그렇게 껌이나 씹고 있어서야 되겠어?"

"예, 이번 기회에 담배를 끊어볼까 하고요……. 그러려니 입이 심심해서."

아무 말 없이 귀를 잡아당겼다.

"아야야야." 나카네가 얼굴을 일그러뜨렸다.

그건 그렇고, 요코는 어떤 인간인 걸까. 보통 상사라면 신참인 경우는 몸을 사리는 법이다.

인기를 얻고 싶은 마음이 없는 걸까.

시게노리의 조바심을 더욱 몰아치듯이, 요코는 새로운 요구를 내밀었다. 다음번 접대 때는 오페라를 감상할 예정이며, 참가자는 부인을 동반하라고 말한 것이다.

과장 회의 때 마치 '넥타이를 착용할 것'을 지시하듯 가볍게 말하고, 시게노리패들이 어안이 벙벙해 있는 사이에 자리에서 일어났다.

"거래처에는 이미 승낙을 구했습니다. 여러분의 부인들과 만날 수 있다니, 무척 기대되네요."

그녀는 예의 바른 미소를 띠며 사라져 갔다.

"나는 안 가." 다카하시가 화를 냈다.

"웃기지 말라 그래. 여기는 일본이야. 국내 영업이라고. 오페라? 마누라 동반? 서양 흉내도 작작 내라 그래."

"나도 거절하겠어. 마누라도 귀찮을걸." 시게노리가 강한 어투로 말했다. "거래처도 성가실 거야." 다카하시가 덧붙였다.

둘이서 담배를 실컷 피웠다.

"그래도 말이야, 접대 상대는 은행 경제연구소잖아. 얼굴은 익혀두는 게 좋지 않을까."

"그렇지. 게다가 주임급 연구원들이지? 명함 교환만이라도……."

3과와 4과 과장은 따를 것 같은 낌새였다.

"배신자들." 시게노리는 허공에 대고 괜히 발길질을 했다.

"뭐 어때요. 하룻밤 정도 참는 거야."

그 말에는 대답하지도 않고 코에서 거친 숨만 씩씩거렸다.

어째서 이렇게 되는 걸까……. 룸살롱에서 중역을 접대하던 옛날이 그리웠다. 이건 학교 학예회나 다름없다.

시게노리는 다리를 테이블에 올렸다. 의자 스프링이 삐걱삐걱 소리가 나도록 등을 한껏 뒤로 젖혔다. 그러자 균형이 깨져 의자와 함께 바닥으로 굴러떨어졌다.

요코의 남편은 키가 190센티미터는 되지 않을까 싶을 정도의 장신이었다. 코는 높고, 눈은 파랬다. 이름은 조지라고 했다.

시게노리는 허를 찔렸다. 외국인일 줄은 생각지도 못했기 때문이다.

"처음 뵙겠습니다. 요코가 늘 신세를 지고 있습니다."

그는 깊숙이 고개를 숙여 인사했다. 완벽한 일본어를 구사하고 있었다.

아, 그렇구나. 남편을 보고 확실히 알았다. 요코는 구미파가 아니라, 구미 그 자체인 것이다.

부부 동반 접대 따위 오기로라도 참가 못 하겠다고 버텼지만, 3과와 4과의 과장에게 설득당했다. 다카하시도 부루퉁한 얼굴로 아내를 대동하고 왔다.

실은 접대 상대에게 매력이 있었던 것도 사실이다. 역시 은행 관계자에게는 자신을 잘 알려두고 싶다.

미사코는 흔쾌히 동행을 승낙했다.

승낙 정도가 아니라 적극적이었다. "뭘 입고 가지"라며 눈을 빛냈던 것이다.

"둘이서 밤에 외출한 것이 몇 년 만인지 알아요? 4년 만이에요. 어머님이 며칠 묵으러 오셨을 때 아이들을 맡기고 〈타이타닉〉을 보러 간 것이 마지막이었어요."

신이 나서 떠드는 미사코의 모습이 의외였다.

마누라는 밤에 외출한다는 것만으로도 이렇게 신나는 것일까.

미사코를 소개하자, 하마나 부부는 교과서에서 배웠음 직한 웃는 얼굴을 지어 보였다. 그리고 복장과 머리 모양을 자연스럽게 칭찬했다. 사교의 요령을 알고 있었다.

연구소 부부들도 시게노리와 마찬가지로 이런 식의 사교에 익숙하지 않은 모양인지, 처음에는 표정이 딱딱했다. 그러나 금세 긴장이 풀렸다. 미사코가 웃기는 말을 해서 분위기를 자연스럽게 했던 것이다.

"저는 오늘 밤이 오페라 데뷔하는 날이에요. 다모리• 개그에

• 일본의 유명한 코미디언.

서밖에 본 적이 없거든요."

특히 부인들은 금세 사이가 좋아졌다. 전업주부들끼리 이야기가 통하는 것이겠지.

미사코는 요코에게도 거리낌 없이 대했다.

"남편의 성으로 바꾸지 않으셨어요?"

"아, 네. 일 관계만 그래요. 본명은 로즈 요코라 해요."

미사코가 사교적인 것에 놀랐다. 오페라가 시작되기 전 로비에서 대화의 중심에 있었다. 학부모회도 부녀회도 간부직을 요리조리 피해 다닌 사람이라고는 생각할 수 없었다.

뭐 잘됐다. 여자들끼리 잘 해줘라.

시게노리는 가까이에 있던 연구원 중 한 사람에게 살짝 말을 걸었다.

"미안하게 됐습니다. 우리 부장님이 쓸데없는 제안을 해서. 부부 동반이라니 성가시지 않으셨습니까?"

"아니, 천만에요." 그는 웃는 얼굴로 고개를 저었다.

"가끔은 이런 것도 좋은데요."

"저는 반대했었어요. 어린아이들이 있는 집은 곤란하지 않을까 싶어서요."

"우리 집은 아내의 친정이 가까워서 거기 맡겼습니다. 처갓집에서도 좋아하시던걸요."

말이 안 통했다. 할 수 없이 상대를 바꿨다.

"골프가 더 좋지 않으셨을까요?"

"아닙니다. 저 역시 오페라는 처음이어서, 한번 보고 싶었습니다."

갑자기는 좀 힘들겠지. 초대받고 곧바로 속마음을 털어놓을 수는 없을 테니까.

오페라 시작을 알리는 음악이 울리고, 모두가 홀로 들어갔다. 2층 정면 박스석이었다. "부사장 빽이래." 다카하시가 불쾌한 듯이 귓속말을 했다.

시게노리는 오페라를 통 알아들을 수 없었다. 30분 정도 지나자 졸리기 시작했다.

미사코의 모습을 엿보니, 몸을 앞으로 내밀고 열심히 바라보고 있었다. 무대에 감동하는 것이 아니라, 비일상적인 지금의 순간을 음미하는 듯 보였다.

공연이 끝난 후에는 늦게까지 하는 이탈리아 레스토랑으로 갔다.

"이런 레스토랑, 십수 년 만이에요." 미사코가 얼굴에 홍조를 띠며 말했다. "아이들이 태어난 이후로는 오로지 패밀리레스토랑 아니면 회전초밥집에만 갔거든요."

시게노리는 얼굴이 뜨거워졌다. "이봐!"라고 속삭이며 째려봤다.

"저도요." 부인들이 저마다 말하며 웃었다.

"한 달에 한 번은 남편분들이 데려가 주셔야지요"라고 하는 요코.

"우리 집에서는 매주 일요일은 부부의 날입니다"라고 말하는 남편 조지.

부인들이 자신들의 남편을 비난의 눈으로 쳐다보고, 남자들은 마주 보고 머리를 긁적였다.

시게노리는 간지러워 어쩔 줄 몰랐다. 뭐가 '부부의 날'이냐.

와인 감별은 조지가 했다. 향기를 맡고, 혀로 굴리고, "굿"이라고 중얼거린다.

"멋져요. 우리 남편에게도 와인 고르는 법 좀 가르쳐주세요."

미사코가 존경의 눈빛으로 조지를 보았다.

점점 화가 났다. 요코는 자신들의 교양을 과시하고 싶어서, 이 모임을 마련한 것이 아닌가. 그렇게 생각될 정도였다.

담배를 피우고 싶었지만 재떨이가 없었다. 다리를 달달 떨었다. 과연 재떨이를 달라고 해도 되는 걸까. 설마 금연 레스토랑은 아닐 테지.

연구원 중에도 흡연자는 있을 터이다. 모든 사람이 담배를 피우지 않을 거라고는 생각하기 어렵다.

웨이터가 가까이 지나가기에, 큰맘 먹고 말해보았다.

"이봐요. 재떨이 좀 줄래요?"

"죄송합니다. 저희 레스토랑은 금연이고, 바 룸만 흡연 가능합니다."

천천히 얼굴이 뜨거워졌다. 레스토랑이 금연인 것은 어쩔 수 없다. 식당 측의 자유다. 문제는 요코가 일부러 금연 레스토랑을 선택한 것이다. 접대 상대 중에도 애연가가 있을 거라는 생각은 안 한 걸까.

이게 무슨 독선적인 태도란 말인가.

"당신도 어지간하면 담배 끊는 게 어때요?" 미사코가 말했다.

"물이 너무 맑으면 고기가 살지 못하는 법. 스트레스로 위에 구멍이 나는 것보다 폐가 조금 참아주는 편이 전체적으로 건강에 좋은 거야."

사람들 앞에서 최대한 웃는 얼굴을 지으며 온화하게 대답하려 애썼다.

"다지마 씨, 좋은 말씀 해주셨습니다." 연구원 중 한 사람이 싱글벙글하며 좋아했다. "저도 처한테 담배 끊으라는 소리를 노상 듣거든요."

거봐라. 애연가가 여기에 있지 않은가. 시게노리는 요코에게 한마디 해주고 싶어졌다.

"부장님, 잘못하신 것 같습니다. 적어도 손님 의향도 물으셨어야지요."

"아, 다지마 씨. 저희들은 하마나 부장님으로부터 미리 들었습니다"라고 연구원이 말했다.

"그랬습니까?"

"예. 그러니 신경 쓰지 마세요. 아직 니코틴 중독 정도는 아니니까요."

뭐야. 우리만 몰랐던 거야. 요코는 승리자의 얼굴로 와인 잔을 입으로 가져갔다.

요코 부부의 화제는 풍부했다. 오페라뿐만 아니라, 영화와 문학에도 정통했다. 그리고 상대방이 잘 모르는 것 같으면 텔레비전 소재도 꺼냈다. 싫어할 수 없는 인텔리였다.

너무 완벽해서 시게노리는 오히려 불편했다. 무균실에 들어온 바퀴벌레의 심정이 아마도 이런 거겠지.

식사 후에는 바 룸으로 이동했다. 그제야 겨우 담배를 피울 수 있었다.

"어이, 완전히 부장 방식으로 가고 있잖아."

다카하시가 옆에 와서 옆구리를 찔렀다.

"정말이지 숨이 막힌다."

얼굴을 찡그리며 작은 소리로 대답했다.

"우리끼리만 장소를 옮기는 건 어때?"

"그래, 그거 좋겠다."

나쁘지 않은 제안이었다. 부아가 치밀어 이대로 끝내버릴 수는 없었다. 시게노리는 상대방 중 한 사람에게로 다가가 귓전에 속삭였다.

"서로 마누라 접대도 할 만큼 했으니, 어떻습니까. 여기서 끝내고 긴자에서 남자들끼리만 화끈하게 다시 뭉치는 건……."

"호오, 좋겠는데요." 상대편의 표정이 누그러졌다.

이래야지, 라고 생각했다. 이것이 접대의 왕도다. 남자들끼리라면 틀림없이 통할 수 있다. 술잔을 주고받으면 2시간 만에 상대의 마음을 사로잡을 자신이 있다. 시게노리는 기분이 좋아졌다.

"여러분." 시게노리는 남자들을 향해 말을 걸었다.

"오페라와 와인의 밤은 여기서 일단 끝내는 것으로 하고, 긴자라도 가서 사나이들끼리 좀 더 센 걸로 다시 뭉치는 건 어떨까요?"

"좋습니다."

"다들 가신다면 저도."

남자들이 저마다 말했다. 모두가 희색을 띠고 있다. 당연하다고 생각했다. 일본 남아는 이런 거북살스러운 접대 따윈 좋아하지 않는 것이다.

그때 요코가 끼어들었다.

"긴자의 클럽은 어떤 곳이에요? 나도 한번 가보고 싶어요."

"아, 저도요. 텔레비전 드라마에서밖에 본 적이 없는걸요." 미사코가 이어 말했다.

"그럼, 우리 부인들 사회 견학 차원에서 모두가 함께 가는 건 어떨까요?"

조지가 큰 키를 구부리고 말했다.

설마 농담이겠지? 시게노리는 초조해졌다. 마누라를 데리고 갈 곳이 아니라고. 호스티스들도 싫어할걸.

다카하시를 보니 손으로 얼굴을 감싸고 있다. "아니 그게 그러니까, 그렇게 넓은 장소도 아니고……." 시게노리는 횡설수설했다.

제기랄. 따라오게 할 것 같아. 남자에게는 남자만의 성역이 있는 거야. 어떻게 그런 것도 모르는가.

"다지마 씨, 가게 전화번호 가르쳐주세요. 제가 들어갈 수 있는지 없는지 물어볼게요."

요코가 은근한 태도로 미소를 지었다.

제발 부탁이다. 어째서 이렇게 남자의 세계를 몰라주는 거냐. 힘이 빠졌다.

술이 확 깼다. 더 이상 붙임성 있게 굴 기분조차 들지 않았다.

늦은 밤 집에 돌아온 뒤에도 미사코는 기분이 좋았다. 취기가 완전히 돈 모양이다. 긴자 클럽에서는 위스키를 마셨다. 위스키를 마시는 아내의 모습은 처음이었다.

"어때요, 이제 히로키랑 다이키 둘만 두고 외출해도 괜찮겠는데요."

2층의 아이들 방을 둘러보고, 여느 때와 마찬가지로 잘 자고 있는 모습을 보더니 안심한 모양이다. 저녁식사는 자기들끼리 햄버거를 만들어 먹었다.

"이제 나 혼자 외출해도 되겠는걸요."

"어디 갈 건데?"

시게노리는 넥타이를 풀고, 소파에 몸을 묻었다.

"콘서트."

"누구 콘서트?"

"야마자키 마사요시."

그러고 보니 미사코는 야마자키 마사요시의 팬이었다. 사진집을 가지고 있을 정도다.

"좋겠네, 멋진 취미가 있어서." 아무렇게나 말하고, 벗은 양말을 던졌다. "그래도 혼자 가면 심심하잖아. 내가 같이 가줄게."

딱히 보고 싶진 않았지만 아내를 밤에 혼자서 나가게 하기는 싫었다. 익숙한 일이 아니므로 마음을 졸일 것 같았다.

그러나 미사코는 순간 얼굴이 어두워졌다. "나는 혼자가 좋은데." 눈을 맞추지 않고 말한다.

"왜? 내가 있으면 방해되나?"

"그게 아니라, 어차피 여자 팬들뿐이니까, 당신한테는 재미없을 것 같아서요."

"참 이상하게 구네. 상관없어, 그런 거."

"그래도 분명 심심할 거예요."

웬일인지 미사코는 고집스럽게 거부했다.

시게노리는 의아했다. 내가 같이 가면 불편한 일이라도 있는 걸까.

"정말 혼자서 갈 거야?" 의심의 눈초리로 물으며, 미사코의 얼굴을 가까이에서 살펴봤다.

"당연하죠. 도대체 누구랑 간다는 거예요?"

"뭘 그렇게 정색을 하고 그래?"

"정색 안 했어요."

"했어. 숨기지 마."

"뭘 숨겼다고 그래요."

미사코의 얼굴색이 바뀌었다.

"당신 말이에요, 하마나 씨한테 좀 실례 아니었어요? 긴자 클럽에서 뭐라 했어요? '아이가 외로워하지 않겠어요?' '음식은 직접 만들어 먹이나요?'라니. 아무리 술자리라고는 하지만 무례함에도 정도가 있지요."

"갑자기 왜 이래? 상관없는 얘기는 하지 마."

"상관없는 게 아니에요. 당신은 여자가 자유롭게 활동하는 게 마음에 들지 않는 거죠. 비난하고 싶어 죽겠다는 속셈이 훤히 들여다보이던데 뭘. 하마나 씨한테 미안해서 내가 다 혼났네."

"그럴 리가 있겠어."

"있어요. 아무리 승진에서 여자한테 밀렸다고, 그렇게까지 비협조적인 태도로 나갈 건 없잖아요."

"뭐라고?"

화가 불끈 치밀었다. 승진에서 여자에게 밀렸다고? 말이면 다라고…….

"섬세한 데라곤 없는 단세포야, 당신은." 미사코도 목소리가 올라갔다.

"남자들 세상에 오로지 혼자 뛰어든 하마나 씬들 힘들지 않겠어요. 밑에서는 반발하지, 위에서는 기대하지. 밤에는 분명 잠도 못 잘걸요."

"그 여자가 그럴 여자야?"

"그러니까 당신은 상상력이 바닥이라는 거예요. 두둑한 배짱만으론 부장으로 발탁될 리가 없지요. 하마나 씨는 남몰래 괴로워하고 있을걸요. 부하 직원에게 약한 면을 보일 수는 없는 노릇이니, 있는 힘을 다해 긴장하며 매일 싸우는 거예요."

"왜 야마자키 마사요시에서 이런 얘기가 된 거지?"

"당신이 너무 둔감하니까 그렇지."

미사코가 바닥의 양말을 집어들어, 시게노리에게 내던지고 발길을 돌려 침실로 사라졌다.

"어이, 이거 뭐야?" 눈을 부라리고 항의했지만, 미사코는 뒤도 돌아보지 않았다.

말도 안 되는 소리. 웃기지 마. 입속으로 으르렁거리며 양말을 냅다 벽에 내던졌다. 양말이 벽시계에 걸렸다. 제기랄. 소파 등받이에 올라가 손을 뻗었다. 순간, 발이 미끄러져 굴러떨어지며 바닥에 허리를 꽈당 부딪쳤다.

*

이럴 수가! 요코의 방법이 거래처에서 먹혀들기 시작했다.

"댁의 부장님, 술접대는 받지 않으신다지요?"

그렇게 말하며 점심 회식으로 바꾸어 접대하는 회사가 생겼다. 그중에는 시게노리만 접대하는데도 점심 회식으로 끝내는 하청업자도 있었다.

"저는 저녁이라도 상관없는데요."

"아닙니다. 하마나 부장님한테 찍히면 안 되죠."

그러면서 즐거운 듯 손을 좌우로 흔들었다. 덕분에 요릿집과는 완전히 인연이 멀어져버렸다.

"아, '나다만'의 코스요리가 먹고 싶다."

다카하시가 푸념을 늘어놓았다.

"그럼 네 돈 내고 먹으러 가."

시게노리가 차갑게 받아쳤다. 다카하시의 압력도 이제 지겨

워졌다.

젊은 사원들이 좋아하는 것도 마음에 들지 않았다. 이와세가 아기 사진을 요코에게 보이며 싱글거리고 있다. 나카네는 '부장님의 지혜로운 결단 덕분에' 금연을 지속하고 있다. 여자 사원들에겐, 훌륭한 신봉자라 할 수 있었다. 과장들을 건너뛰고, 직접 상담을 하기도 했다.

유미는 조용히 관망하는 태세였다. 직장에 놀이가 없는 것은 쓸쓸하지만, 빨리 퇴근할 수 있는 것은 좋으니까, 이 아가씨한테는 어느 쪽이든 상관없는 것이다.

"하마나 부장님 말이에요, 회사 사물함에 쌍안경을 두고 다녀요. 게다가 메가폰도요." 유미가 말했다.

"뭐야, 그거." 시게노리가 건성으로 대답했다.

"전에 바닥에 떨어뜨린 걸 봤거든요. 당황해하면서 감추시기에 왜 그런 걸 두고 다니는지 묻지는 못했지만요."

"무슨 일이지."

외출을 가장하고, 맞은편 빌딩에서 쌍안경으로 감시라도 하는 걸까. 아니면 메가폰으로 호통치는 연습이라도 하는 걸까.

차라리 그 정도로 성격이 고약하다면, 거리낌 없이 미워할 수 있으니까 오히려 고마울 것 같다.

요코는 지나치게 우등생이다. 싫어하는 자신이 비열하게 생각되는 것이다.

그리고 마침내 시게노리와 요코는 정면으로 충돌했다. 요코가 올해의 부서 여행을 취소한 것이다. '주말을 사용하는 것은 바람직하지 않다'는 이유였다.

시게노리의 짜증은 정점에 달했다.

단순한 사원 여행이 아니다. 철강제품부 창설 이래 계속되어 온 전통 있는 행사였다. 후나자와의 산중에 있는 휴양시설에 가서, 남자는 훈도시* 한 장만 걸치고 폭포수를 맞으며, 여자는 그 옆에서 떡을 만든다. 전쟁 중에도 중단되지 않았던 부서의 상징적인 행사이다.

바보스럽다고 이맛살을 찌푸리는 사람도 있었지만, 부러워하는 타 부서 사람도 있었다. 조직 운영에 사기를 고양시키는 축제는 으레 따르기 마련이다.

이번에야말로 물러서지 않을 각오로 저항했다.

"하마나 씨는 전통이라는 것을 어떻게 생각하시는 겁니까?"

"아주 중요하다고 생각합니다. 그렇지만 그만둘 용기도 필요한 거죠. 그렇지 않으면 회사는 전혀 바뀌지 않습니다."

요코는 여느 때처럼 입가에 미소를 지으며 온화하게 말했다. 이 냉정함에 화가 나는 것이다.

"분명 뭔가 오해가 있는 것 같은데요. 이야기만 들으면 시대

* 남자의 음부를 가리는 폭이 좁고 긴 천.

착오적인 정신수양을 연상시킬지도 모르지만, 실제로는 화기애애한 행사거든요. 폭포수를 맞을 때는 진지하지만, 그 뒤에는 웃음이 끊이지 않고, 밤에는 회식이고. 조금 특이한 레크리에이션이라 생각하시면 됩니다."

"그래도 휴일에 회사 행사를 하는 것은 좋지 않다고 생각합니다. 형식은 자유 참가라 하지만, 지금까지는 전원이 참가했습니다. 이것은 사실상 강제적이라 할 수 있죠. 이런 풍토는 바람직하지 않습니다."

"그럼, 하마나 씨는 참가하지 않으셔도 좋습니다."

"그런 문제가 아닙니다. 마음이 내키지 않는 사람들에게는 이런 식의 행사가 존재하는 것 자체가 압력입니다."

"그러니까 빠지면 되잖습니까!"

엉겁결에 말투가 거칠어졌다.

"하마나 씨는 댁에서 가족이랑 편히 쉬세요. 이쪽은 가고 싶은 사람만 갈 테니까."

"부하 직원에게 억지로 강요하지 않고, 자비로 가는 거라면 마음대로 자유롭게 하세요."

"자비?" 시게노리는 눈을 부릅떴다.

"그렇습니다. 회사 행사가 아닌 이상, 경비를 지출할 수는 없습니다."

"당신 말이야." 어느새 호칭도 생략해버렸다.

"이름으로 부르세요."

"개혁도 적당히 해. 바꿔도 되는 것과 바꿔서는 안 되는 게 있는 거야."

"말씀을 정중하게 하세요."

"어이." 등 뒤에서 팔을 붙잡혔다.

다카하시였다. "진정해."

맹렬한 분노가 치밀어올랐다. 어째서 나의 즐거운 회사가 이렇게 된 것일까.

"너도 뭐라고 한마디 해. 이 빌어먹을 놈아!"

다카하시에게 화살을 돌렸다. 만날 나한테만 떠맡기기만 하는 주제에.

"빌어먹을 놈?" 다카하시의 낯빛이 달라졌다.

"그래. 동기라는 놈이 거들어주지는 않고."

"야, 다시 한번 말해봐." 얼굴에 침이 튀었다.

"여기 누구 없어요?" 요코가 소리를 질렀다. 부하 직원 몇 명이 달려오더니 순식간에 억지로 떼어놓았다.

"회의실로 데려가든지 하세요."

요코는 눈썹 하나 까딱하지 않았다.

이 여자는 도대체 무슨 재미로 사는 걸까.

"야, 다지마. 이번엔 내가 참는다."

"됐어. 우리끼리 싸워서 어쩌자는 거냐?"

"싸움은 네가 걸었잖아."

끌려나갈 때, 딱하게 여기는 부하 직원들의 시선을 느꼈다.

우리는 케케묵은 걸까? 시대에 뒤떨어진 걸까? 울고 싶어졌다. 수족관에 뜬 실러캔스*의 심정을 알 것 같았다.

부서 여행은 오기로라도 감행했다.

전세 버스가 취소되어 자가용을 끌고 후나자와의 휴양시설로 향했다.

시게노리가 참가자를 모집했다. '전통이 끊어지게 해서는 안 된다'며 개별적으로 설득하고, '자비지만 꼭 같이 가자'고 애걸복걸하다시피 부탁했다.

30명 중 7명이 참가했다. 유미와 또 한 명의 여사원을 빼면 마흔을 넘긴 아저씨들뿐이었다.

"나는 회사 행사 좋아하는데. 모두 같이 노는 것도 재미있고." 유미가 눈물 나도록 고마운 말을 해주었다.

"그래도 젊은 남자가 없으면 좀 그렇지."

또 한 명은 입술을 삐죽이고 있다.

폭포수를 맞는 정신수양도, 떡을 먹으며 나누는 대화도 예년과는 비교도 되지 않을 정도로 소박해져 버렸다.

* '살아 있는 화석'이라 불리는 중생대 어류.

밤은 숙소에서 푸념 대회가 되었다.

"3과의 스즈키와 4과의 오카노가 배신을 할 줄이야."

시게노리가 술을 들이켰다.

"지난번 오페라와 와인의 밤이 효과가 있었던 모양이야. 그 녀석들 마누라가 접대 상대 부인들이랑 친해졌다나 뭐라나."

다카하시가 담배를 피우며 말했다. 지금은 사내에서 친구라 부를 수 있는 유일한 남자이다.

"담당 임원인 오스기는 어때? 이 행사를 강행한 걸 조금은 인정해줄까?"

"아아, 오스기 씨……." 다카하시가 머리를 긁적였다.

"이번에 자회사 사장으로 취임하게 되었다니까, 그쪽 일로 바쁘지 않겠어?"

"뭐라고?" 시게노리의 목소리가 갈라져 나왔다.

"몰랐어?"

"넌 알았다고?" 얼굴이 벌게졌다. "너 이 자식, 이야기가 다르잖아."

"갑작스럽게 정해진 일이라니까. 나도 놀랐어."

이게 무슨 꼴인가. 지금까지의 저항은 부사장 일파에게 나쁜 인상만 주게 된 셈인가.

"만약 내가 자회사로 떨려나면 너도 지원해."

눈초리를 치켜올리고 내뱉었다.

"화내지 마. 영업 출신 임원은 또 있으니까."

"네 말을 어떻게 믿겠냐? 넌 친구도 아니야."

머리를 감싸쥐고, 다다미에 아무렇게나 드러누웠다. 주말이 지나고 회사에 갈 일이 끔찍했다. 이런 기분은 입사 이후 처음이었다.

요코가 사내 표창을 받았다. 야근 시간과 접대비 삭감에 크게 공헌했다는 것이다. 그러고도 실적은 좋으니까, 시게노리는 찍소리도 못했다.

부사장이 일부러 사무실까지 와서 기념 페이퍼나이프를 전달했다. 모두가 박수를 쳤다. 전통 있는 철강제품부가 일종의 선고를 받는 순간이었다.

이걸로 끝장인가. 시게노리는 허탈감에 사로잡혔다. 시대는 바뀐 것이다.

그런 어느 날 밤, 시게노리는 야근을 하고 있던 요코와 둘만 남게 되었다. 피차 낮 동안은 손님맞이에 바빠, 내일이 마감인 품의서 작성에 쫓기고 있었다. 요코가 상사 눈치를 보며 덩달아 야근하는 것을 싫어하는 탓에, 일을 마친 사원들은 즉시 퇴근한다. 사무실은 조용했다.

슬며시 요코에게 시선을 주었다. 머리를 뒤로 묶고, 진지한 표정으로 컴퓨터 자판을 두드리고 있다. 영화의 한 장면처럼 멋있었다. 이 여자가 못생겼다면 억울하지나 않지. 미인이니까 더 아니꼬운 것이다.

밤 10시가 지나 품의서 작성을 마치고 컴퓨터 전원을 껐다. 무심코 얼굴을 들다가 요코와 눈이 마주쳤다. 그녀도 동시에 일이 끝난 것이다. 외국인처럼 가벼운 미소를 건네 온다. 그러나 빈틈은 없다.

“가끔은 가볍게 한잔하는 건 어떻습니까?”

시게노리가 입을 열었다. 당연히 거절당할 것이라 생각했기 때문에 거리낌 없이 말할 수 있었다. 사귀기 힘든 상사에 대한 빈정거림도 있었다.

“좋아요. 전철 끊기기 전까지라면.”

요코가 미소 지으며 대답했다. 예기치 않은 대답에 시게노리는 당황했다. 이건 또 무슨 바람이 불었단 말인가. 나를 싫어하는 줄 알았는데.

역 근처 술집에서 마주 앉았다. 우선은 맥주로 건배했다. 업무에 대해 이런저런 이야기를 했다. 닭꼬치를 먹고 경기 전망에 대한 얘기도 했다. 맨 처음 한 잔을 빼고 그 뒤로는 자작이었다.

시게노리가 청주로 바꾸었다. “어떻게 하실래요?”라고 물었더니 “그럼, 나도 같은 걸로 주세요”라며 응해왔다. 자작도 귀찮아 한 홉씩 잔으로 파는 됫술을 시켰다.

"어쩐 일이세요?" 시게노리가 눈을 내리깔고 가볍게 쓴웃음을 짓는다. "부하 직원이랑 술을 마시다니, 처음 있는 일 아니세요?"

"그러게요. 그동안은 기회도 없었고요."

"피하셨던 게 아닙니까?" 심술궂은 질문을 했다.

"그런 건 아니에요."

얼굴색 하나 바꾸지 않고 한 잔을 단숨에 비운다. 시게노리가 됫술을 다시 두 잔 주문했다.

"어떻습니까? 우리 철강제품부는. 하마나 씨 마음에 들게 개혁되었습니까?"

"특별히 내 마음에 들도록 바꾸는 건 아니에요. 부 전체를 생각해서 개혁을 진행하는 겁니다."

평상시와 같은 빈틈없는 대답이었다. 시게노리는 시비를 걸고 싶은 생각도 들지 않았다. 조금 마셨을 뿐인데 머리가 취해왔다. 입장이 다른 상대라 술이 빨리 취하는 것일까.

"여성 관리직이라는 자리도 힘드시죠. 대기업은 아무래도 남자들 세계니까요."

언젠가 미사코가 했던 말을 떠올렸다. 남자들 세계에 뛰어들어, 그 여자 또한 남몰래 괴로울 것이라고. 그렇다면 적어도 본심을 듣고 싶었다. 그래서 내가 항복하게 돼도 상관없다. 어차피 승산은 없는 것이다.

"아뇨. 모두들 잘 협력해주셔서 괜찮습니다."

요코는 틀에 박힌 대답밖에 하지 않았다.

"그럴까요. 저랑 다카하시는 비협조적이잖습니까? 화나거나 하지 않으세요?"

"아니요." 미소와 함께 고개를 젓는다. "일은 확실하게 잘해주고 계시니까 불만은 없어요."

"그래도 스트레스 쌓이잖아요. 위에서는 기대하지, 밑에서는 반발하지. 스트레스는 어떻게 푸세요?"

"반발 같은 거 없어요. 다 같이 사이좋게 잘 지내고 있다고 생각하는데요."

"저는 반발하고 있잖아요?" 조금 정색을 하고 말을 되받았다. 시게노리는 술을 추가 주문했다.

"그러세요?"

"노상 대들고 있는데, 모르실 리가 없을 텐데요?"

"오해는 어디나 흔히 있는 거니까요."

시게노리는 깊은 한숨을 쉬었다. 뭐야, 끝까지 빈틈이 없군. 가끔은 약한 모습을 보여줄 만도 하지 않은가. 그런 요코를 한 번만이라도 보고 싶다. 그러면 조금은 안심할 수 있을 것이다.

"회사 밖에서는 어떻습니까? 여자라는 이유로 가볍게 보거나 하는 일은 없습니까? 지난번에도 당사자를 제쳐놓고 국장한테 직접 안건을 들고 간 사람이 있었잖아요. 뭐 이런 자식이 있어, 그런 생각 안 들어요?"

"뭐, 그런 건 시간이 걸리는 일이잖아요."

요코가 여유로운 미소를 띤다.

부탁이다. 제발 본심을 말해줘. 나도 사실은 괴롭다고. 점점 더 취기가 돌았다.

"그럼, 영업 출신 임원들은 어떤가요? 드세서 못된 말들 하고 그러죠?"

"아니요. 그런 일 없어요. 다들 이해해주세요."

거짓말! 솔직히 계단에서 싹 쓸어 밀어버리고 싶은 심정일 텐데.

"관리직의 고독 같은 건 느끼지 않습니까?"

"아뇨."

"죽이고 싶은 놈, 없습니까?"

"설마." 입을 손으로 가리고 웃고 있다.

그 후에도 시게노리의 질문은 전부 비켜났다. 표정에서 웃음이 사라지는 일은 없었다.

"……다지마 씨. 막차 시간이 다 됐네요."

요코가 일어났다. 백에서 지갑을 꺼냈다.

시게노리가 올려다봤다. 술을 석 잔이나 마셨어도 요코의 얼굴색은 전혀 변함이 없었다.

"됐습니다, 오늘은. 여기는 제가 내겠습니다. 혼자서 조금 더 마시고 싶기도 하고요."

"아니요, 안 돼요. 각자 내기로 해요." 그러면서 그녀는 오천 엔짜리 지폐를 테이블에 놓았다. "그럼, 내일 봐요." 머리카락을 휘날리며 사라져 갔다.

무슨 여자가 약한 소리도 하지 않으면서 살아갈 수 있단 말인가.

시게노리는 패배감을 느꼈다. 자신은 약한 인간인 것일까. 저렇게까지 자신을 관리하지 않으면 부장직은 감당할 수 없는 것일까. 그렇다면 나는 할 수 없다.

손을 들어 점원을 불렀다. 이번에는 소주를 주문했다.

새벽 1시가 지나 집에 돌아오니, 침실에 미사코의 모습이 보이지 않았다.

아직 안 자고 있나 싶어, 복도에서 거실을 내다봤다. 한밤의 정적 속에 쿵작쿵작 작은 소리가 들렸다. 문에 달린 유리 부분에 흰 빛이 스트로보처럼 빛나고 있다. 어두운 방에서 텔레비전을 보고 있다는 걸 알 수 있었다.

남편이 들어오는 것도 모르는 걸까? 의아스럽게 생각하면서 복도를 지나 살짝 문을 열었다.

미사코는 헤드폰을 쓰고 텔레비전에 빠져 있었다. 바닥에 앉아, 무릎을 감싸안고서.

화면의 색깔이 미사코의 얼굴에 반사되고 있었다. 시게노리는 가슴이 철렁했다.

바로 그곳에 있는 아내는 지금까지 한 번도 본 적이 없는 얼굴을 하고 있었다. 뒤에서 비스듬히 봐도 알 수 있었다. 동경하는 남자에게 황홀해하는, 사랑에 빠진 아가씨의 얼굴이었다.

TV 화면을 봤다. 야마자키 마사요시의 라이브 무대였다. 심야의 음악 프로그램인 것 같다.

말을 걸면 안 될 것 같아, 발소리를 죽이며 침실로 돌아왔다.

심장이 고동치고 있었다. 못 본 걸로 하자고 생각했다. 남편이 봤다는 것을 미사코가 알게 해서는 안 된다. 이것은 아내의 비밀인 것이다.

미사코의 촉촉이 젖은 눈이 뇌리에 박혔다.

취해서 그대로 잠든 것처럼 보이고 싶어서, 넥타이를 느슨하게 하고 상의만 벗은 채 누웠다.

전에 없이 이상한 짓을 하고 있다고 생각되었지만, 다른 방법이 떠오르지 않았다.

다음 주 요코에게 시련이 찾아왔다. 철강원료부와의 합동 프로젝트가 시작된 것이다.

철강원료부의 우시야마 부장은 지독한 회사형 인간으로 알려져 있다. 시게노리의 대학 선배이기도 한데, 보통 '터줏대감'

이라는 별명으로 불린다. 부원 모두가 하나로 똘똘 뭉치자는 것이 슬로건으로, 야근 시간이 가장 많다고 총무부에서 주의를 줘도, “그게 어쨌다는 거냐?”고 오히려 뻣뻣하게 나오는 호걸이었다.

게다가 국차장이라는 직함도 가지고 있었다. 요코는 서열로 보면 2단계 아래라, 거역할 상대는 아닌 것이다.

“어떻게 될까, 볼만하겠는걸.”

다카하시가 입 끝을 올리고 히죽거렸다.

합동 회의는 항상 해질 무렵부터 시작되었다. 영업사원은 낮 시간에 회사에 있어서는 안 된다는 것이 터줏대감의 방침이었고, 회의 후에는 술집으로 이동하는 것이 정해진 코스였다.

“회의는 낮에 회의실에서 하도록 해주십시오.”

요코는 저항했다.

그러나 우시야마 부장은 “무슨 소리야, 자네는? 모두가 모일 수 있는 시간이 저녁밖에 없지 않나, 크하하하”라고 웃으며 일축했다.

마지못한 태도로 요코는 회의실 테이블에 앉았다. 그나마 빨리 끝내려고 사회자를 자청하고 나섰지만, 우시야마 부장이 말을 시작하면 이야기가 마냥 샛길로 빠져 도통 본론으로 돌아오지 않았다.

“우시야마 부장님, 짧게 부탁드립니다.”

"짧게? 난 원래 짧은데. 윗도리 옷소매는 5센티미터는 줄여야 해. 안 그러면 원숭이가 되는걸. 크하하하."

"계약 옵션 조항에 대한 논의를……."

"오프숑." 우시야마 부장이 재채기 흉내를 내어 부하 직원들을 웃긴다.

표정은 바꾸지 않지만, 요코가 몹시 못마땅해하는 것은 확실했다. 필시 우시야마 부장 같은 유형은 요코에게 있어 가장 경멸스러운 인간이겠지.

술집에서의 제2라운드에서 요코는 술을 전혀 입에 대지 않았다. 건배에도 동참하지 않았다. 그 용기에는 탄복했다.

"여러분이 취하기 전에 조금 전의 옵션 조항에 대해 결정하고자 합니다. 나는 B안이 타당하다고 생각합니다. 그 이유는……."

이렇게까지 나오자, 철강원료부의 젊은 사원들은 앉음새를 바로 하지 않을 수 없었다.

"다른 의견 있으신 분?"

"나는 말이야……." 우시야마 부장이 바로 입을 열려고 했다.

"우시야마 부장님께는 마지막으로 묻겠습니다."

딱 잘라 말하고, 한 사람 한 사람을 지명한다. 기세에 눌렸는지 동의하는 사람이 대부분이었다.

"다수결로 하면 B안입니다. 우시야마 부장님, 뒤엎고 싶으시다면 지금 B안에 동의한 사람들의 결심을 바꾸어주십시오."

"아니, 나는 반대한다는 게 아니고……."

"그럼 B안으로 결정했습니다."

"단지 말이야……."

"여러분, 수고하셨습니다. 이것으로 오늘 회의는 마치겠습니다. 회식하실 분은 천천히 즐기시기 바랍니다."

요코가 일어나 돌아갔다. 남겨진 자들은 멍하니 바라볼 수밖에 없었다.

"어이, 다지마. 뭐야, 너희 부장?"

우시야마 부장이 기가 막힌 표정으로 말했다.

"뭐, 원래 저런 사람이에요."

어깨를 으쓱하고, 입을 삐죽거리며 말했다.

그러나 일관된 자세에 감탄한 것도 사실이었다. 상대가 누구든 요코는 태도를 바꾸지 않는다. 자기라면 아마 할 수 없을 것이다. 고독이 두려워지기 때문이다.

그리고 요코는 우시야마 부장과 정면으로 충돌했다. 수요일 밤의 회의를 거절한 것이다.

"저희 부서에서는 수요일을 '노 야근 데이'로 하고 있습니다. 존중해주시면 감사하겠습니다."

우시야마 부장은 눈이 동그래졌다. 그에게 '야근을 금지하는 날'이란 '숨을 쉬어서는 안 되는 날'과 같은 의미이다.

"지금 농담하자는 겐가? 어째서 자네 부서의 결정에 우리가 맞춰야 하는 거지?"

"지금까지는 우시야마 부장님께 맞춰왔습니다. 수요일은 양보해주시기 바랍니다."

요코는 우시야마 부장을 정면으로 바라보며 말했다. 부원들은 마른침을 삼키며 그 모습을 지켜보고 있었다.

"그렇게 말하면 안 되지. 아이디어는 엉뚱한 데서 나오는 거야. 꽃은 나무둥치에서 피지 않아. 반드시 가지에서 핀다고. 그렇지 않나?"

"재미있는 비유라고 생각하지만, 승복할 수 없습니다. 배는 강줄기를 따라 나아가야만 하는 것으로, 샛강으로 잘못 들어가면 결국은 길을 되돌아갈 수밖에 없습니다."

"자네 말 꽤나 하는군." 우시야마 부장의 얼굴이 벌게졌다. "어이, 다지마. 자네는 철강제품부의 부차장이잖나. 잠자코 시키는 대로 해서 되는 건가?" 웬일인지 화살이 시게노리에게 향했다.

"아뇨, 시키는 대로는 아닙니다."

"총무부한테 점수라도 따려는 건가?"

이번에는 불끈 화가 치밀었다. 회의에서 요코에게 설복당한 화풀이를 나한테 할 건 없지 않은가.

"우시야마 부장님, 다른 부서 일에 참견하시는 건 실례 아닙니까?” 말대답을 했다.

“어라, 자네도 노 야근 데인지 뭔지에 찬성한단 얘긴가?” 시게노리에게 시비를 걸어왔다.

“상관없잖습니까?”

“오호라, 다지마도 변했구먼. 집에서나 직장에서나, 마나님 엉덩이에나 눌려 있더니.”

그렇게 말하며 머리를 툭툭 친다. 아무리 대학 선배라고는 하지만 용서할 수 없었다.

그의 손을 뿌리쳤다. 그러자 우시야마 부장의 얼굴색이 싹 바뀌었다.

“어이, 다지마. 선배한테 이게 무슨 태도야?”

“선후배는 무슨……. 벌써 20년이나 지난 일이잖습니까. 당신도 참 집요하네요.”

“당신? 너 많이 컸구나.”

우시야마 부장이 시게노리의 어깨를 밀었다.

“뭡니까?” 이쪽도 어깨를 민다.

“뭐?” 또 어깨를 민다.

뺨이 실룩샐룩 경련을 일으켰다. 제기랄. 또 싸움이야. 왜 요코 때문에 나만 번번이…….

이윽고 서로 뒤엉켜 싸우게 되었다. 다카하시가 끼어들고, 젊은 사원들 손에 복도로 끌려 나갔다.

언뜻 보니 요코는 아무 일도 없었다는 듯, 걸려온 전화를 받고 있었다. 못 당할 여자구나 싶었다.

어떻게 저렇게 꿋꿋할 수 있는가. 어떻게 혼자서 아무렇지도 않은가. 시게노리는 마음속으로 외쳤다. 순간 요코가 빙원을 유유히 걷는 거대한 북극곰으로 보였다.

결국 회의는 없어지고, 오후 6시에는 퇴근하게 되었다. 놀고 싶어도 모두 일찍 귀가하는 버릇이 생겨버려, 놀 상대를 찾을 수 없었다.

신주쿠에 골프 클럽이라도 보러 갈까. 그렇게 생각하며 전철에 탔는데, 같은 차량 끝에서 요코의 모습을 발견했다. 집은 치바라고 들었는데 반대 방향이다.

옆얼굴을 훔쳐봤다. 한 번도 본 적이 없는 온화한 표정이었다. 인상이 다른 것에 놀라, 곧 뚫어지게 봤다. 전체가 가벼웠다. 마치 갑옷을 벗은 것처럼.

요코는 스이도바시 역에서 내렸다. 이끌리듯 시게노리도 따라 내렸다. 미행이라고 할 것까진 없다. 왠지 뒷모습에 끌린 것이다.

요코는 빠른 걸음으로 개찰구를 빠져나가 육교를 건너 도쿄돔으로 향하고 있었다.

뭘 하고 있나? 시게노리가 주위를 둘러봤다. 캐릭터 상품을 파는 노점상이 나와 있어, 프로야구 시합이 있다는 것을 알았다. 그것도 닛폰햄 대 치바 롯데 전이다.

요코는 3루 쪽에서 티켓을 사서, 안으로 들어갔다. 어쩐지 혼자 보러 온 것 같다.

프로야구 팬? 들은 적이 없는데.

아니, 그 순간 유미의 말이 떠올랐다. 출근 시간 전에 사무실에서 스포츠 신문을 펼치고 있는 모습을 본 적이 있다고. 그래도 그렇지.

조금 망설이다가 시게노리도 들어가기로 했다. 실례인 줄은 알지만, 호기심이 앞섰다.

요코의 모습은 곧바로 찾았다. 내야석 앞쪽에 혼자 앉아 있었다. 별 인기 없는 경기라서 내야석에 관중은 거의 없었다. 뒷모습이 왠지 귀여워 보인다.

시게노리는 20미터 정도 비스듬하게 떨어진 뒤에 앉아 상황을 살폈다. 시합은 이미 시작되어 있었다. 퍼시픽리그라 그런지 모르는 선수가 많다.

치바 롯데의 공격이 끝나고, 공수 교대가 있었다. 그때 요코가 벌떡 일어났다. 가방에서 자그마한 메가폰을 꺼내고, "구로키, 파이팅!"이라고 소리를 지른 것이다.

눈앞의 광경을 믿을 수가 없었다. 요코가? 설마!

시선을 옮기자 마운드에는 치바 롯데의 에이스, 구로키가 있었다. 이 선수 정도는 알고 있었다. 애칭은 '조니'이다. 여자들한테 인기가 있는지 스탠드 여기저기서 째질 듯한 함성이 터져 나온다.

"그랬구나." 시게노리는 입속으로 중얼거린다. 구로키는 요즘 매주 수요일 예고 등판으로 '웬즈데이 조니'로 불리고 있었다.

갑자기 모든 수수께끼가 풀렸다. 고베로 출장 갔을 때, 요코는 '노 야근 데이'라며 접대를 거부했다. 그날 밤은 치바 롯데가 고베로 원정 와서 시합을 했음이 틀림없다. 요코는 야구 시합을 보러 간 것이다.

수요일의 '노 야근 데이'는 요코가 구로키 투수를 보기 위해 만든 결정이다. 그녀는 구로키 투수의 '오빠 부대'인 것이다.

거리가 있는데도 요코의 옆얼굴이 잘 보였다. 요전 밤에 목격한, 좋아하는 싱어송라이터에게 도취되어 있는 미사코에게서 본 사랑에 빠진 아가씨의 옆얼굴과 똑같다고 확신할 수 있었기 때문이다.

뭐야, 도대체. 시게노리의 전신에서 힘이 빠져나갔다. 몸을 의자에 깊숙이 파묻고 다리를 앞으로 내던졌다.

뭐야, 젠장. 몇 번이고 입속으로 말했다.

도무지 여자들을 이해할 수가 없다. 하지만 이런 즐거움이 있다니 좋겠다고 생각했다.

미사코도 요코도 공상의 세계를 가지고 있다. 그것은 분명 일상으로부터의 작은 도피이다. 좋아하는 가수와 스포츠 선수를 가상의 연인으로 만들어놓고, 응원을 보내고 말을 걸고. 그렇게 혼자 놀이를 하는 것이다.

요코는 쌍안경을 손에 쥐고 있었다. 그것으로 계속 구로키만 보고 있다.

3진으로 잡자 손뼉을 치며 좋아한다. 안타를 맞으면 슬픈 얼굴을 했다.

시게노리는 크게 숨을 쉬었다. 갑자기 마음 깊숙한 곳에서 요코와의 거리가 가까워진 것 같아 웃음이 나왔다.

빨리 돌아가는 게 좋을 것 같았다. 만약 눈치챈다면, 요코에게 좋지 않다.

그렇지만 조금 더 보고 싶었다. 어차피 내일부터는 평상시처럼 빈틈없는 상사로 변신해버릴 테니까.

야구장의 칵테일 광선을 받아, 요코가 앉은 일대가 빛나 보였다.

구로키가 이번 회를 무실점으로 마무리하자, 요코는 일어나 박수를 보내고 있었다.

파티오

사무실이 있는 7층에서는 파티오라 불리는 안뜰을 한눈에 바라볼 수 있었다.

마흔다섯 살인 스즈키 노부히사는 창 앞에 서서 하루에 몇 번이고 그곳을 내려다보는 것이 버릇이 되었다.

점심시간을 빼면 그곳에 사람은 없다. 파티오를 둘러싼 임대 점포는 언제나 한산했다.

노부히사가 근무하는 토지개발 회사에서는 몇 년째 이 '미나토파크'가 골칫거리였다. 창고가 들어서 있던 매립지를 재개발하여 새로운 고층빌딩군이 만들어진 것은 10년 전의 일이다. 은행, 상사, 종합건설 회사를 끌어들인 거대한 프로젝트였다. 처음에는 '일' '놀이' '생활'이 공생하는 미래형 도시 만들기로 매스컴의 주목을 받았다. 여섯 동이 있는 오피스 빌딩은 순식간에 기업으로 채워지고, 이름 있는 회사가 본사를 이전했다. 고급 콘도미니엄은 모두 분양되었고, 도시공단은 고층 아파트를 건설했다. '일'과 '생활'은 성공한 것이다.

그러나 '놀이'가 실패했다. 사람이 오지 않았다.

호텔을 유치하고 극장을 만들기는 했지만, 손님을 끌어 모으는 힘은 변변치 않았다. 운하를 따라 만들어놓은 산책로는 야경을 즐기는 연인들로 가득 차야 하는데, 그렇지 않았다.

사람들은 모두 옆에 위치한 오다이바로 흘러 들어가고 있었다. 그쪽에는 거대한 관람차와 레인보우 브리지라는 강력한 볼거리가 있었다. 그곳에 본사 빌딩을 세운 후지 TV도 미디어의 힘으로 손님 끌어오기의 일익을 담당하고 있었다.

덕분에 미나토파크는 주말이 되면 유령 도시로 변했다. 당연히 레스토랑들도 주말에는 문도 열지 않는 곳이 많아지면서 점점 더 사람이 오지 않는 거리가 되었다.

좋지 뭐. 좀 한산한 거리도…….

노부히사도 본사에 있을 때는 남의 일처럼 태평하게 생각했다. 사무실이 채워지지 않는다면 사활을 건 문제겠지만, 임대 점포는 지엽적인 것이다. 임대료를 낮추고 현상 유지에 노력하면 된다.

그러나 윗사람들은 그렇게 생각하지 않았다. 경제신문에 아무도 없는 파티오의 사진과 함께 '잔치는 끝났다'고 보도된 것이 몹시 비위를 건드린 모양이었다. '버블의 잔재'인 것처럼 야유를 당한 것이다.

'무조건 사람을 모으라'고 담당 중역이 영업국으로 공문을 띄웠다.

곧바로 팀이 만들어지고, 노부히사도 그 안에 들어갔다. 주어진 직함은 영업추진부 제1과 과장이었다.

하지만 현장은 그다지 심각하지는 않았다. 짓궂게도 임차 기업들은 '조용해서 좋다'는 의견이 대부분이었다. 오다이바처럼 도시 구경하러 온 촌놈들이 몰려드는 것이 오히려 곤혹스럽다. '세입자는 점포보다 기업 우선'이라고 중역 가운데는 뒤에서 그렇게 말하는 사람도 있었다.

마찬가지로 본사에서 파견된 츠보이 부장만 의욕이 넘치고 있었다. 공을 세워야 하니까 당연하겠지.

"아이디어를 짜봐, 아이디어를."

하루에 다섯 번은 이 말을 입에 담았다.

다 해야 다섯 명의 프로젝트였다. 기대가 큰 것인지, 작은 것인지 판단하기 어려운 구성이다.

노부히사는 임기 중, 큰 말썽 없이 지내면 된다는 생각이었다. 국장이 '2년만 부탁한다'며 억지로 떠맡긴 자리였다.

그러나 성과가 전혀 없는 것도 곤란하지 않겠나 싶다. 어쨌거나 회사원이다. 인사고과는 신경이 쓰인다.

새 직장으로 온 지 보름 정도 지났을 무렵, 노부히사는 한 노인의 존재를 의식하게 되었다.

파티오에는 열 개 정도의 의자와 탁자가 놓여 있다. 그곳에서 선글라스를 낀 칠십대로 보이는 노인이 매일 독서를 하고 있는 것이다.

나쁘지 않은 광경이었다. 처량해 보이는 노인은 아니다. 새하얀 폴로셔츠를 입은 노신사였다. 어설픈 젊은 애들보다 훨씬 그림이 좋았다.

주변에 주택가는 없으니까 콘도미니엄이나 도시공단 주민이겠지. 제일 먼저 머리에 떠오른 것은 일흔다섯 살이 되는 자신의 아버지였다. 노부히사는 작년에 어머니를 여의고, 아버지는 홀아비가 되었다. 현재 고향 마에바시에서 아버지 혼자 지내고 있다. 아버지는 매일 무슨 일을 하며 지내고 있을까. 그 노인을 보니 자기도 모르게 아버지 생각이 났다.

"저 사람 누구야?"

옆에 있던 사무직 사원인 가나코에게 물었다.

"글쎄요, 오효이 씨 아닐까요?"

그러고 보니 백발의 탤런트와 닮지 않은 것도 아니다.

스물두 살인 가나코는 누구한테나 거침없이 솔직하다. 부장한테조차 '실내 온도가 올라간다'며 비만을 놀려댈 정도니까 대단한 배짱이다.

"그보다 스즈키 과장님, 기무타쿠나 빨리 불러주세요." 가나코가 낸 아이디어라는 것이 미나토파크를 무대로 기무라 타쿠야를 주연으로 하는 연애 드라마를 만들면 한 방에 전국구 명소가 된다는 것이었다.

부장이 "그거다" 하고 무릎을 치고, 노부히사가 조사했지만, 회사가 메인스폰서라도 되지 않는 이상 실현 불가능한 계획이었다.

"영화 로케이션이라면 얼마든지 부를 수 있을 것 같은데 말이야."

"안 돼요. 일본 영화 갖고는……. 작은 영화관에 고작 한 달 동안 걸렸다가 끝나버리잖아요."

"가수 뮤직 비디오는 어때?"

"그것도 안 돼요. 효과가 있는 건 인기 탤런트가 나오는 연애 드라마뿐이에요."

그렇겠지. 노부히사도 실감하고 있었다. 과거에도 단발 로케이션은 수없이 이루어졌지만, 눈에 보이는 효과는 아무것도 없었다. 애당초 미나토파크는 '그곳이라면 한산해서 편리하다'는 이유로 신청하는 경우가 많은 것이다.

"축구 대표팀을 부르는 수도 있기는 한데……"라는 가나코.

"바보야! 여기에 그런 축구장이 어디 있냐?"

가나코의 제안은 하나같이 실현 불가능한 아이디어였지만,

의외로 핵심을 꿰뚫고 있는 것도 사실이었다.

요컨대 '마을 부흥시키기'인 것이다. 인구 과소에 골머리를 썩고 있는 전국 자치단체의 온갖 고생을 노부히사네도 겪고 있는 것이다.

창밖을 보았다. 노인은 파티오를 독점하고 있었다.

점심시간이 되기까지 아마 이 상태는 계속되겠지.

그는 기분 좋게 초여름의 햇볕을 쬐고 있다. 왠지 부러웠다. 노부히사도 저런 노후를 보내고 싶었다.

무슨 책을 읽고 있을까. 그것도 알고 싶었다. 노부히사는 벌써 10년 이상 독서와는 인연이 없었다. 읽는다 해도 비즈니스 서적이나 얘깃거리가 되는 베스트 셀러뿐이다.

점심 휴식시간에 노부히사는 파티오로 나가보았다. 그곳에 노인의 모습은 이미 없었다.

테이블은 모두 점심을 먹는 여사원들이 차지하고, 주위를 'ㄷ' 자로 둘러싼 음식점 앞에는 샐러리맨들이 줄을 서 있었다.

극단적인 모습이군. 당사자인데도 곧 웃음이 나온다. 아무도 없든가, 꽉 차든가 둘 중 하나이다.

음식점은 점심시간과 퇴근 후의 수요가 보장되어 있으므로 클레임을 걸지는 않았다. 편의점도 잘되고 있다.

불평을 늘어놓는 것은 부티크와 잡화점이다. 잡화점 주인이 장부를 들이밀어 진땀이 난 적도 있다.

"뭐요, 당신들. 말만 번드르르하게 한 거잖아. 잘나가는 젊은이들이 구름같이 몰려들 거라고? 그런 사람들이 세상에서 다 없어진 거 아냐? 이쪽은 산속에서 장사하는 거나 마찬가지라고 지금."

대꾸할 말이 없었다. 다른 사람한테는 말하지 않는다는 조건으로 임대료를 상당히 싸게 내려주었다. 음식점만 남는 것은 미나토파크가 쇼핑몰임을 자처하고 있는 이상, 바람직하지 않기 때문이다.

서점과 꽃집에는 떠나지 말아달라며 사정하고 있다. 유행하는 세계적인 브랜드가 들어와준다면 임대료는 안 받아도 좋을 지경이다.

광둥요리 레스토랑에서 부하 직원과 점심을 먹었다. 식사 후에는 운하 옆의 노천카페로 갔다. 셀프서비스라 커피 한 잔에 200엔밖에 안 하는 싼값이다.

바닷바람이 불어와서 나뭇잎이 흔들린다. 도처에 숲이 무성하다. 참 좋은 곳인데. 마음속으로 중얼거렸다. 외국계 기업도 몇 군데 들어와 있기 때문에 외국인도 많다. 여기가 일본인지 외국인지 착각할 정도다. 근무처로는 최고의 환경일 것이다.

오후 1시가 되자, 사람들의 물결은 일제히 사무실로 빨려 들어갔다. 이것도 극단적인 광경이다. 음식점 측도 '이렇게 사람들이 한꺼번에 몰려오지 않으면 좋을 텐데'라는 것이 솔직한 심정일 것이다. 최소한 노부히사의 회사만이라도 자유 근무 체제로 하고 싶은데, 왠지 매번 '시기상조'라며 보류된다. 분명 일본인은 변화를 좋아하지 않는 것이다.

7층으로 돌아와 책상에 앉았다. 본사와의 업무 연락을 메일로 주고받고, 기획안을 마무리했다. 매월 중역보고가 있으므로 뭔가를 하지 않으면 안 된다.

문득 생각이 나 창가로 갔다. 내려다보니 모두가 사라진 파티오에 또 선글라스 노인이 있었다. 변함없이 책을 펼치고 있다.

오늘은 날씨가 좋으니까 종일 독서라도 할 작정인가 보다. 점심은 집에 가서 먹은 걸까. 부인은 있는 걸까. 부질없는 상상을 한다.

가끔 그는 페트병의 물을 마셨다. 나이 든 사람이 혼자 있으면, 아무래도 '고독'이라는 단어가 떠오르지만, 저 노인한테는 그런 이미지가 없었다. 여유롭게 혼자만의 시간을 즐기는 것처럼 보였다.

오후 3시에 다시 한 번 내다봤을 때는 이미 없었다. 태양이 빌딩을 넘어가고, 파티오는 그늘져 있었다.

어쩐지 노인의 모습이 뇌리에서 지워지지 않는다. 노부히사는 그를 가나코가 말한 대로 오효이 씨라고 부르기로 했다.

집에 돌아오자 아내 준코가 근심스러운 얼굴로 낮에 누나한테서 전화가 왔었다고 말했다.

"뭐라 그래?"

노부히사는 침실에서 옷을 갈아입으며 물었다. 누나 부부는 둘 다 고향의 학교에서 아이들을 가르치고 있었다. 아버지 집과는 차로 20분 정도 거리다.

"절 문제로요."

"절? 어머니 법사는 아직 멀었잖아."

"법사만으로 끝나지 않는 게 그쪽 풍습이잖아요." 준코가 비난하는 눈초리로 쳐다본다.

"그렇긴 하지."

노부히사의 고향에서는 절과 단가•의 관계가 긴밀했다. 어머니의 장례식 때 그걸 절실하게 깨달았다.

"절 관계 일을 맡아달래요."

"내가? 도쿄에 사는 동생인데?"

"동생이라도 장남이잖아요."

노부히사는 잠자코 입술을 오므렸다.

"사실은 나보고 맡아줄 수 없겠느냐고 하셨어요." 그녀는 양복을 장롱에 걸면서 말했다. "오랜만에 맏며느리라는 입장이 느껴지더군요."

• 일정한 절에 소속되어 그 절에 장례식 등 불사 일체를 맡기고, 시주로 그 절의 재정을 돕는 집.

노부히사는 대답을 하지 않았다. 턱을 쓰다듬고, “우선 목욕부터 할게”라며 말을 피했다.

“내가 맡는 건 상관없지만, 절에서 시키는 대로 할 수는 없을 거예요.”

“그냥 원만하게 처리하는 게…….”

“싫어요. 가만있으면 택시를 보내라느니, 꽃집은 여기로 하라느니, 자기들 좋을 대로만 하는걸 뭐. 사십구재 때도 질렀잖아요. 스님들이 남의 집에서 마음대로 초밥을 주문하질 않나.”

“어떡하겠어. 시골은 그쪽 나름의 정서가 있는걸.”

“지방 정치가 어떻게 부패하고 있는지를 잘 알겠더라고요.”

준코는 도쿄 토박이였다. 할 말은 똑 부러지게 한다. 아마 시골에서는 절대로 살 수 없겠지.

확인할 겸 누나에게 전화를 걸었다. 아무래도 누나는 아버지를 걱정하는 것 같다.

“아버지는 절에서 말하는 건 거절하지 못하시잖니.”

누나가 수화기 너머에서 쓴웃음을 짓고 있는 게 느껴졌다.

“내가 처리하면 모가 나고, 너는 바쁘고. 악역이라 미안하지만 준코가 맡아주면 그쪽도 무리한 요구는 하지 못할 거야.”

“알았어. 그럼 절에다가는 앞으로는 장남 집으로 연락하라고 전해둬.”

노부히사는 승낙했다. 시골에서는 묘지가 인질이다. 묘가 있는 한, 절에는 거스를 수가 없다. 준코는 "왜 내가 살아본 적도 없는 마에바시 묘지에 들어가야 하는 건데요?"라며 분명하게 거부하고 있다. 노부히사도 이의는 없다.

"그건 그렇고, 아버지 말이야, 텃밭을 다시 가꾸기 시작한 것 같아."

"그래. 그거 잘됐네."

누나가 말하는 텃밭이란 절이 남아도는 땅을 단가에게 빌려준 밭을 말한다. 정년 후, 부모님은 그곳에서 가지와 파를 경작하고 있었다. 수확하면 누나와 노부히사에게도 보내주었다. 어머니가 돌아가시고 아버지는 오랫동안 무기력 상태였다. 식사는 편의점 도시락으로 때우고, 방에는 밤낮으로 이부자리가 깔려 있었다. 밭도 잡초투성이었다. 봄이 되면서 손수 밥을 짓기도 하고, 주변을 깨끗이 치우기도 했다. 이전의 생활로 돌아가고 있는 것이다.

"가끔 전화라도 좀 드려. 찾아뵈라고까지는 말 안 할 테니."

"으응, 그래."

"요전에 아사미랑 나오토를 데리고 갔더니 용돈으로 만 엔씩이나 주려고 하시는 거야. 너무 많다고 반씩만 받았지. 아이들은 투덜거렸지만."

누나네 집도 노부히사의 집도 아이들은 이미 중학생이다. 더 이상 부모랑 외출하고 싶어하지도 않고, 할아버지한테 응석부릴 나이도 아니다.

서로의 근황을 간단히 주고받고 전화를 끊었다.

자, 어떡하지. 아버지한테도 전화를 걸까…….

우선 먼저 식사를 하기로 했다. 아버지와 이야기하는 것은 나이를 아무리 먹어도 거북하다.

아버지의 향후에 관해서는 누구도 화제로 삼지 않으려 한다. 누나도, 준코도, 아버지 본인도.

어차피 될 대로 되라는 수밖에 없다. 우리가 시골로 가는 것도, 아버지를 도쿄로 불러들이는 것도 모두 현실성은 희박하다. 지금은 그저 건강하시길 바랄 뿐이다.

애당초 어머니가 먼저 돌아가실 줄은 생각지도 못했다. 아무 근거도 없으면서 오래 사실 분은 집안일도 재봉도 혼자 다 해결할 수 있는 어머니라고 단정하고 있었다.

그만큼 노부히사 본인의 상실감도 컸다. 어머니가 아직 어딘가에 살아 계신 것은 아닐까. 그런 어린애 같은 생각을 가끔 한다.

분명 현대를 사는 동년배들의 대부분이 노부히사와 같을 것이다. 반은 낙관적이고, 반은 현실을 보지 않으려고 한다. 부모에 관해서는 모든 것을 미온적인 태도로 판단을 미룬다.

"형님이 뭐라고 하세요?" 밥을 푸면서 준코가 물었다.

"아버지는 절에서 시키는 대로 하시니까, 누나는 당신한테 부탁하고 싶대.”

“그래. 그럼, 시주도 깎아야지.”

“이봐, 제발 싸움은 하지 마.”

다진 고기튀김을 한입 가득 베어 물었다. 아이들은 진즉에 다 먹고 2층에 올라가 있다.

“아버님, 앞으로 어떡하지요?” 준코가 불쑥 말했다.

“글쎄, 어찌하오리까?” 장난스럽게 대답했다.

“무책임한 장남 같으니라고.”

“21세기에 그런 말 하지 마.”

“나는 아버님을 돌봐줄 실버시터를 고용하는 게 현실적이라고 생각해요.”

“뭐야, 갑자기.” 실버시터라는 말을 듣고 철렁했다. “그런 건 아직 먼…….”

“전혀 먼 얘기가 아니에요. 막상 때가 닥쳐 서두르면 늦어요.”

“하치오지의 장인, 장모님은 어떡할 건데?”

“우리는 실버시터 고용할 거예요. 다카시랑도 얘기했어요. 유미코한테 떠맡길 수는 없잖아요.” 준코는 자기의 남동생과 올케의 이름을 들먹였다. “모두 자기 인생을 더 소중히 여기며 사는 게 우선이라 생각해요.”

“어, 센데.”

“놀리는 거예요?”

"놀리는 게 아니고……."

"어쨌든 언젠가 기회를 만들어 얘기를 나누도록 해요. 피하고 싶은 건 누구든 마찬가지잖아요."

노부히사는 고개를 숙이고, 묵묵히 밥을 먹었다.

살짝 콧김을 내쉰다. 다들 어떻게 하고 있을까. 옛날 친구라도 부모에 대한 얘기는 거의 하지 않는다.

아버지한테 거는 전화는 며칠 미루기로 했다. 언제가 될지, 자신도 알 수 없지만.

*

오효이 씨는 날씨가 좋은 날은 매일 파티오에서 독서를 했다. 오전 10시부터 12시경까지, 또 오후 1시가 지난 시점부터 3시까지다. 사람들로 혼잡한 점심시간에는 어딘가로 사라졌다.

텅 비어 있는 장소를 좋아하는 것이겠지.

테이블도 정해져 있었다. 운하와 가장 가까이에 있는 등나무 시렁 아래다. 특등석이라 해도 좋았다. 오효이 씨로서는 아무에게도 가르쳐주고 싶지 않은 명당 중의 명당일 것이다.

복장은 언제나 새하얀 폴로셔츠나 단추를 채우지 않은 셔츠에 면바지, 맨발에 로퍼를 신고 있었다. 적당히 세련된 분위기가 좋았다. 나이 든 사람은 칙칙한 옷만 입거나, 젊게 보이고 싶어 화려한 원색만 고집하거나 둘 중 하나다. 결국, 깔끔하게 보이는 것이 제일 상책이다.

선글라스도 어울렸다. 유럽의 리조트로 해외 출장을 갔을 때, 선글라스를 쓴 연장자들의 모습이 많아 놀란 적이 있다. 그 때를 떠올리게 하는 분위기가 있었다.

우리 아버지도 저 정도로만 센스가 있으면 좋겠는데. 곧 그런 생각을 했다.

아버지는 고등학교를 졸업하고 시청에 취직해, 토목과에서 한길만 걸으며 정년까지 근무한 공무원이었다. 옷차림에는 전혀 관심이 없고, 휴일조차도 시청의 작업복을 입고 있을 정도였다. 맨발에 로퍼를 신는 센스와는 평생 인연이 없을 것이다.

하기는, 이제 와서 새삼 바뀌기를 바라지도 않는다. 지금도 아버지에게 어울리는 것은 안전화安全靴이다.

"이봐, 스즈키. 앤티크 바자에 나오는 가게 수는 확보할 수 있겠지?"

츠보이 부장이 달달 다리를 떨며 말했다. 활성화 계획의 제1탄이 역 앞 빌딩을 지나가는 통로와 파티오를 동시에 사용한 골동품 시장이었다.

고물상 조합을 통하지 않고, 젊은이들에게 인기 있는 가게를 독자적으로 조사하고, 직접 참가해줄 것을 부탁하여 이루어지게 되었다.

“목표한 스무 곳은 안 되지만, 가구점이 세 곳 있으니까 볼품은 있을 겁니다.”

“텐트는?”

“준비 끝났습니다.”

“운동회 때나 쓰는 텐트 같은 건 안 돼.”

“걱정 마세요. 영국 경마장에서나 사용할 멋진 천막을 찾았으니까요.”

바자는 목요일부터 일요일까지 4일간 개최된다. 각 매스컴에 홍보자료를 발송하고, 근처 몇 개의 역에는 광고지를 배포했다. 물론 미나토파크와 그 주변에도. 평일은 임차 기업의 여사원들과 근린 지역의 주부들한테 기대를 걸 수밖에 없다.

주말에는 몇 개의 음식점이 문을 열기로 했다. 손님을 불러놓고 문을 연 카페도 없으면, 이미지만 더 나빠진다.

산책로에는 벤치를 놓기로 했다. 연인들이 많이 와준다면 얼마나 좋을까.

“스즈키 과장님, 『하나코』에 기사가 나왔어요.”

가나코가 여성지를 보여주었다. 작은 정보란이었지만, 그래도 마음이 들떴다.

“이것만으로도 세 명 정도는 오지 않을까요?”

"밉살스러운 말만 하는군. 자꾸 그러면 시집 못 가."

"어, 그거, 성희롱인데."

가나코는 서클의 후배들을 동원해줄 모양이다.

주간 기상예보로는 주말까지 날씨가 나빠질 걱정은 없다. 날씨가 좋을 때의 파티오는 남미의 리조트와 비슷하다. 남들에게 가르쳐주기 아까울 정도다.

바자 전날, 파티오로 나가 텐트 설치 장소를 확인했다. 자로 폭을 재고, 초크로 표시를 해두었다.

등나무 시렁 아래 테이블에는 여전히 오효이 씨가 있었다. 선글라스 때문에 시선은 어디로 가 있는지 알 수 없다. 평상시처럼 책을 읽고 있었다.

옆으로 지나갈 때 훔쳐보았더니 역사소설이었다. 조금 김이 빠졌다. 셰익스피어나 헤밍웨이 같은 외국 고전일 것이라고 멋대로 상상하고 있었다.

뒤표지에 스티커가 보였으므로 도서관에서 빌렸다는 것도 알았다. 합리적이라면 합리적이다. 책은 자꾸 사들이다 보면 쌓이게 마련이니까.

오효이 씨는 노인치고는 체격이 좋았다. 키가 170센티미터는 더 될 것 같았다. 시골의 아버지는 환갑이 지난 뒤 5센티미터 가까이 줄어들었다. 그러니까 오효이 씨는 젊었을 때 그 나름대로 큰 키에 속했을 것이다.

체격이 큰 사람은 좋겠다. 그 하나만으로도 그림이 된다. 고독이 어울린다.

유심히 보는 것도 실례라고 생각되어 노부히사는 재빨리 자리를 떴다.

"저 할아버지, 늘 저 자리에서 책을 읽더군." 부하 직원 한 사람에게 말하자, "예, 그러게요"라는 대답이 돌아왔다.

"콘도미니엄에 사는 사람일까?"

"글쎄요. 여기 콘도미니엄은 거의 별장 역할일 것 같은데요. 상주하는 사람은 적지 않을까요?"

"그럼, 공단이 지은 뷰 타워에 살까?"

"거기는 의외로 노인 부부가 많은가 봐요. 넓은 집도 필요 없고, 집을 또다시 사는 것도 의미가 없으니까, 집세가 비싸도 전망 좋은 고층 아파트에 살려고 하지 않을까요?"

"흐응. 단독주택 신앙은 붕괴 일로란 말이지."

노부히사는 어깨를 움츠렸다.

시골의 아버지라면 분명 생각도 하지 못할 일이다. 암으로 어떻게 손을 써볼 사이도 없이 돌아가신 어머니도 마지막에는 집으로 돌아가기를 원했다. 자기가 지은 집은 추억이 정말 많은 모양이다.

그때, 호스트와 그 정부들 같은 느낌의 촌티가 남아 있는 젊은이들 한패가 파티오에 나타났다. 분위기로 봐서 오다이바에서 흘러들어온 것 같다.

"와, 여기 좋다." 여자가 경박스러운 목소리로 말한다. 기타칸토 사투리였다.

"어이, 사진 찍자."

젊은이들이 서로 교대로 사진을 찍었다. 검은 머리는 한 명도 없다. 마치 염색 머리 색깔 견본 같다.

사진을 다 찍고 나자 그들은 테이블 두 개를 차지하고 경쟁하듯이 다 같이 담배에 불을 붙였다. 그곳에 재떨이는 없다. 미나토파크는 옥외에서도 흡연 공간은 정해져 있었다. 파티오에서는 가장자리의 처마 밑뿐이다.

눈으로 경비원을 찾았지만 부근에는 보이지 않았다. 자신이 직접 주의를 줄 생각은 없었다.

노부히사는 혼자 얼굴을 찌푸렸다. 사람을 불러 모으다 보면 으레 저런 녀석들도 오게 마련이다. 오다이바는 바야흐로 촌뜨기 관광객들의 천국이다. 눈곱만큼도 부럽지 않다.

젊은이들은 무척 시끄러웠다. 웃음소리 하나만 봐도 품위가 없고 귀에 거슬렸다. 휴대전화를 들고 큰 소리로 떠드는 녀석도 있다. 담배꽁초는 발치에 버려졌다.

오효이 씨가 일어났다. 책을 덮는다. 의자를 제자리에 두고, 천천히 그 자리를 떠나갔다.

오만상을 짓거나, 젊은이들을 노려보거나 하는 불쾌함을 나타내는 행동은 하지 않았다. 처음부터 포기했거나, 혹은 아무것도 기대하지 않는 그런 느낌으로 보였다.

노인들은 화를 잘 낸다고들 하지만, 오효이 씨에게는 해당되지 않는 것 같다. 담담해 보이는 태도가 왠지 마음에 들었다.

앤티크 바자 첫날이 다가왔다. 외주 스태프도 포함하여 전원이 이른 아침부터 부지런히 준비를 했다. 파티오 아치에 간판을 걸고 경쾌한 팝을 배경음악으로 흐르게 했다.

가나코가 영국제 텐트를 보자마자 "너무 멋지다"며 눈을 빛낸다. 사무실로 향하는 회사원들도 멈춰서 준비하는 것을 본다. 참가하는 점포들이 상품을 반입하고, 회장이 활기를 띠기 시작했다.

"손님들이 올까."

옆에서 츠보이 부장이 초조한 듯 다리를 떨고 있다.

"그러게요. 원래 바자는 첫날이 꽝이면 나머지 날도 꽝이라잖아요."

가나코가 농담처럼 말하자, 츠보이는 얼핏 화난 기색을 보이며, 미운 소리를 한 부하 직원에게 청소를 시켰다.

"오늘은 평일이니까 크게 성황을 이루지는 않겠지만, 적어도 점심시간이랑 저녁 무렵에는 반드시 사람들이 모일 겁니다."

노부히사가 대답했다. 주어진 일만 하면 된다지만 막상 시작되고 보면 역시 마음을 졸이게 된다. 참가해준 가게들을 위해서라도 파리 날리는 상황이 돼서는 안 된다.

가만히 있을 수 없어서 자신도 청소를 했다. 걸레로 벤치를 닦기도 했다.

그곳에 오효이 씨가 다가왔다. 오른손에는 책, 왼손에는 생수가 든 페트병. 평상시의 차림이다.

아아, 그렇지. 깜박 잊고 있었다. 바자 기간 중에 파티오는 사람들로 북적이게 된다. 오효이 씨가 좋아하는 조용한 공간이 없어지는 것이다.

그렇지만 동정할 생각은 없었다. 이쪽 또한 일이다.

노부히사는 멀리서 그에게 넌지시 시선을 주었다. 등나무 시렁 아래서 오효이 씨는 선 채로 잠시 그들이 작업하는 모습을 바라보고 있었다. 음악이 시끄러워, 책을 펼칠 기분은 아니겠지.

그다음엔 산책로 쪽으로 걸어갔다. 벤치에 앉아 다리를 꼰다. 운하를 바라보며 뭔가를 생각하고 있다.

안정이 안 되는지 1분도 못 되어 일어섰다. 이번에는 파티오 안을 걷기 시작했다. 준비 중인 가게 앞을 살피기도 한다.

이제 곧 오픈이다. 괜찮다면 손님으로 와주면 반가울 텐데…….

그러나 그렇지는 않았다. 오효이 씨는 바자 회장을 한 바퀴 돌자 마음을 굳힌 듯 파티오를 뒤로했다. 느릿한 발걸음으로 등을 쭉 펴고. 도중에 간판을 한 번 올려다보았다. 개최 기간을 확인하는 것 같았다. 그 뒷모습을 노부히사는 계속 보고 있었다.

오효이 씨는 역 빌딩의 상점가를 지나 그대로 큰길을 건너갔다. 그쪽에는 고층 아파트가 있다. 아무래도 공단 주민인 것 같았다.

늘 사용하던 장소를 못 쓰게 되면, 저 노인은 어디로 갈까. 도서관일까. 아니면 집으로 가는 걸까. 부인은 있을까. 노부히사는 문득 그런 생각을 했다. 부인이 있다면 함께 있는 모습을 보고 싶다.

갑자기 아버지 얼굴이 떠올랐다. 어머니를 잃은 아버지의 얼굴이. 아버지는 혼자 매일 어디로 나갈까.

바자는 성황이었다. 생각지도 않았는데 나들이 인파가 있었던 것이다.

아무래도 세 정거장 정도 떨어진 아파트 단지에서 주부들끼리 서로 가자고 하여 나온 것 같다. "어머, 여기 참 좋네." 모두들 얼굴에 화사한 웃음을 띠고 있다. 그렇다. 누구나 삭막한 빌딩가인 줄 알고 오지 않았을 뿐이다.

유모차를 끌고 있는 젊은 엄마들이 많아서 기뻤다. 미나토파크에는 아이들이 많지 않으니까 신선했다. 아기 엄마들은 행동 범위가 제한되어 있다. 가능하면 이 파티오에서 오전 시간을 지내주면 좋겠다.

주부가 모이면 주부를 대상으로 한 가게를 유치할 수 있다. 아이와 함께 오는 사람들이 늘어나면 유아복 상점이 생길 수 있다. 거리는 그렇게 변화해가는 것이다.

주말이 되자 이번에는 젊은 연인들과 가족들로 넘쳐났다. 보란 듯이 커다란 개를 데리고 온 부부가 나타났을 때는 어쩐지 이상해졌다. 잡지에서 빠져나온 듯이 '상당히 세련된 부부'였던 것이다.

분명 저런 사람들이 소비를 활발하게 만들어주는 것이겠지. 환영할 만한 일이었다.

바자는 대성공이었다. 츠보이는 신이 나서 돌아다니며 찰칵 찰칵 사진을 찍고 있었다.

"이봐, 스즈키 과장. 내방자는 몇 명으로 할까?"

벌써부터 본사에 보낼 보고서를 생각하는 것 같다.

"하루 천 명이라 치고 4천 명 정도는 어떨까요?"

"웃기는 소리. 만 명은 오지 않았겠어."

상당히 부풀린 보고가 될 것 같았다.

바자 기간 중에 오효이 씨는 한 번도 파티오에 모습을 보이지 않았다. 등나무 시렁 아래는 내방자들의 가장 좋은 휴식처가 되었고, 그 외의 테이블도 항상 사람들로 채워져 있었다.

조금 안됐다는 생각도 들었지만, 책을 읽을 수 있는 공원은 여기 말고도 얼마든지 있을 테니 깊이 생각하지 않기로 했다.

집에서는 준코가 분개하고 있었다. 노부히사의 고향 절에서 본당 수리비 명목으로 시주를 요구해왔기 때문이다. 직접 연락한 것이 아니라, 마찬가지로 단가인 지방 유력자를 통한 통고였다.

"기가 막혀. 10만 엔이나 넣으라니. 무슨 근거로 그렇게나 많이 내야 하는 거냐고요?"

준코는 얼굴이 벌게져서 눈을 치켜올리고 있다.

"아버지가 내실 텐데 뭐가 걱정이야." 노부히사는 달래는 역할로 바뀌었다. "이번뿐이겠지. 다음부터는 다시 평소대로 돌아갈 거야."

"그렇다 해도 정말 열 받아. 어째서 아버님한테 통지를 하느냔 말야?"

준코는 "남편과 상의하겠습니다"라고 하며 대답을 보류했다고 한다. 그러자 곧바로 아버지한테로 연락이 간 것이다.

"도쿄에 사는 며느리가 무서운 거야. 게다가 아버지는 옛날부터 잘 아는 사이잖아."

"형님이 걱정한 대로예요. 사람 좋은 아버님을 이용하려고 하는 거라고요."

노부히사는 대답하지 않았다. 아버지한테 전화해볼까. 뭐하시면 이쪽에서 거절할까요, 라고.

아니 풍파를 일으키고 싶지 않은 것은 아버지 본인이다. 옛날부터 싸우는 것을 좋아하지 않았다. 옆집 차가 담을 부수어도 나중에 거북해지는 것이 싫어서, 배상을 청구하지 않았다.

그래서 생각다 못해 누나에게 전화했다. "대를 이은 주지라는 자가 땡추인 것 같아." 누나가 불쾌한 듯이 말했다. 그러고 보니 정월에 성묘하러 갔을 때, 젊은 승려에게 BMW를 세차하라고 시키는 주지라는 사람을 본 것 같다. 생김새는 여우 같은 데다가, 그야말로 소인배 같은 느낌의 남자였다.

"그건 그렇고 아버지가 토마토 재배를 시작하셨어. 작은 비닐하우스까지 만들고." 누나가 화제를 바꾸었다.

"뭐야, 완전히 농부가 되신 거 아냐?"

"뭔가에 집중하고 싶으신 거 아니겠니. 멍하게 있으면 엄마 생각만 날 테고 말이야."

"그런 것 같아?"

"그렇다니까. 너한테는 말 안 했지만, 작년 언젠가는 옆집 사람한테 '쓸쓸하시죠'란 말만 듣고도 펑펑 눈물을 흘리신 적도 있었어."

처음 듣는 애기였다. 누나는 동생에게 쓸데없는 걱정을 끼치고 싶지 않아 잠자코 있었던 게 틀림없다.

"전화해드려."

"응."

애매하게 대답하고 전화를 끊었다. 아버지가 울었다? 장례식 때는 의연한 모습이었는데. 있는 힘을 다해 참았던 것일까. 그것도 아니면 실감이 나지 않았던 것일까.

자책감이 들었다. 나는 아버지에게 용기를 주는 말조차 하지 않는다.

애당초 아버지 입장에서도 딸과 아들에게 보이는 모습이 다를 터이다. 내가 아버지니까 알 수 있다. 아버지는 아들 앞에서는 영원히 강한 존재이고 싶다.

시계를 보았다. 밤 9시 반이었다. 어머니가 살아 계실 때, 이미 9시 좀 지나서는 잠자리에 드신다고 들은 적이 있다. 나이 든 사람은 일찍 자고 일찍 일어난다.

전화는 다음에 하기로 했다.

오효이 씨는 월요일부터 다시 파티오에서 독서를 시작했다. 등나무 시렁 아래 늘 앉는 테이블에서.

바자가 끝나자 다시 한산한 파티오로 돌아가 있었다. 노부히사는 매월 한 번씩 이벤트를 개최하면 좋겠다고 생각했다. 그렇게 해서 단골로 오는 사람들을 늘려가면 된다.

그러나 츠보이 부장은 달랐다. 첫 성공에 기분이 좋았는지, 매주 뭔가를 하자고 말을 꺼냈다.

"미국 야구장 같은 곳은 매번 시합 이벤트가 있지 않나. 선수랑 기념촬영을 할 수 있는 날이라든지, 가족 네 명이 같이 오면 한 사람은 공짜로 들어갈 수 있는 날도 있고 말이야. 그렇게 해서 손님을 확보하는 거 아니겠어? 모두들 필사적이란 얘기지. 점잖은 장사는 안 통해."

"예산은 어떻게 합니까?" 노부히사가 물었다.

"협력 업체를 찾아오는 것은 어떨까? 신형 휴대전화 전시직매장이나 화장품 회사 캠페인은 어때? 뭐든 있겠지. 지혜를 짜, 지혜를."

전에 없이 목소리에 힘이 들어가 있었다. 가나코가 얻은 정보에 의하면 중역으로부터 칭찬 전화를 받은 것 같았다.

점심시간, 늦은 점심을 먹은 뒤, 노부히사는 혼자서 파티오에 나가보았다.

여름 기온을 기록하는 날들이 많아졌지만, 옆으로 운하가 흐르고 있기 때문인지 찌는 듯이 덥지는 않다. 바닷바람도 불어서 선선하다. 미나토파크의 좋은 입지에 새삼스럽게 감탄했다.

오효이 씨의 앞을 지나갔다. 무심히 시선을 준다. 처음으로 눈이 마주쳤다.

"날씨 참 좋네요."

입이 자연스럽게 움직였다. 자기도 모르게 목소리를 내고 있었던 것이다.

"예에……. 그렇군요."

오효이 씨가 대답했다. 생각했던 것보다 날카롭고 높은 목소리였다. 붙임성은 없다. 느닷없이 말을 걸어 놀란 듯이 보였다.

"가까운 곳에 사십니까?"

"예에."

가볍게 끄덕인다. 어디라고는 말하지 않았다.

"늘 이 아래 계시는군요."

노부히사가 등나무를 턱으로 가리키며 그렇게 말하자, 오효이 씨의 표정에 조금 그늘이 비쳤다.

그 얼굴을 보고 노부히사는 아뿔싸 하고 후회를 했다. 쓸데없는 참견이었다. 지나친 간섭이었다. 그런데도 동요한 탓에 자기도 모르게 더욱더 필요 없는 말을 하고 있었다.

"저는 이 빌딩 7층에서 근무하고 있거든요. 매일 보이셔서."

"아, 그러세요……."

오효이 씨는 순간 어색하게 웃더니, 곧바로 진지한 표정으로 시선을 책으로 돌렸다. 대화가 끊어졌다.

노부히사는 겸연쩍어져 황급히 그 자리를 떠났다.

조금 지나자 얼굴이 뜨거워졌다. 왜 그런 쓸데없는 짓을……. 노인들은 대개 상대해주면 좋아한다고만 생각했다. 그렇게 멋대로 판단하고 있었으니, 깊이 생각할 여지도 없이 말을 걸어버렸다.

우리는 노인에 대해 오만한 것이다. 오효이 씨는 혼자 있고 싶으니까 그렇게 하고 있는 것뿐이다.

자기혐오가 밀려왔다. 괜히 친하게 구는 짓은 어쩌면 상대방을 불편하게 만드는 일일지도 모른다. 그런 당연한 사실을 노부히사는 알지 못했다.

다음 날 오효이 씨는 파티오에 나타나지 않았다.

노부히사는 하루 종일 안정이 되지 않았다.

그 다음 날도 등나무 아래에 오효이 씨의 모습은 보이지 않았다.

노부히사는 마음이 무거워졌다. 누군가 보고 있다고 생각하면 어느 누구도 유쾌할 사람은 없다. 자신이 오기 불편하게 만들어버린 것이다.

*

부장이 말한 대로 판촉용 이벤트 공간으로써 판로를 타진해보니, 대리점을 통해 기업들의 문의가 쇄도했다.

"어때, 내 생각이 적중했지."

부장의 입김이 점점 더 거칠어진다.

다만 사내에서는 의문의 목소리도 높아졌다. 문의 가운데는 '핫도그 많이 먹기 시합'이나 '젖은 티셔츠 콘테스트'같이 오히려 이미지를 깎을 수 있는 것이 많았기 때문이다.

"텔레비전 시청률도 저속한 프로그램일수록 높잖아. 어쩔 수 없는 거야."

부장은 강행할 태세다.

오효이 씨는 일주일 후, 드디어 파티오에 나타났다. 등나무 아래에서 예전처럼 독서를 하고 있었다.

그 모습을 발견했을 때는 기뻐서 저도 모르게 입이 벌어졌다.

필시 얼마간의 갈등은 있었을 것이다. 노인들의 자의식이 어느 정도인지는 짐작할 수 없지만, 마음 어딘가에서 '신경 쓸 필요는 없다'고 스스로를 타일러온 것이다.

노부히사는 가슴을 쓸어내렸다. 다시는 말을 걸지 말아야지 하고 다짐했다.

오효이 씨는 여전히 혼자였다. 부인이 있는 기미는 전혀 없다. 독거노인이라고 결론지을 수밖에 없었다.

친구는 없는 걸까. 아버지는 지역의 실버 서클에 가입해 있다. 어머니도 생전에는 가입해 있었다. 취미 모임이 많이 있어서 심심하지는 않다고 했었다.

도쿄라 할지라도 그런 식의 모임은 있을 터이다. 오효이 씨가 누군가와 함께 있는 모습을 본다면 왠지 안심할 수 있을 것 같은데.

아니지, 이것이 주책없는 간섭인 것이다……. 노부히사는 마음속으로 자신을 나무랐다. 혼자 있는 사람을 '외롭다'고 단정짓는 것은 잘못이다. 얼론alone과 론리lonely는 비슷한 것 같지만 사실은 다른 것이다.

또 아버지의 얼굴이 떠올랐다. 오효이 씨를 생각하면 곧 아버지를 떠올리게 된다.

아버지가 텃밭에 열중하고 있다는 누나의 말은 상당히 마음이 놓이는 근황이었다. 적어도 남아도는 시간을 앞에 두고 어찌할 바를 모르고 있는 것은 아니다.

전화를 해야 된다고 생각하면서도 계속 뒤로 미루고만 있다. 어머니한테는 한 달에 한 번은 전화를 했었다. 특별히 용건이 없어도 "어떠세요, 건강하세요?"라며 목소리를 들었다. 아버지한테는 아무래도 전화하기 힘든 면이 있다. 도대체 할 얘기가 없는 것이다. 메일이라도 시작해주시면 고맙겠지만, 컴퓨터라고는 만진 적도 없는 아버지에게 그것은 무리한 주문이다.

그런 어느 날, 파티오에서 작은 사건이 일어났다.

경비원이 지정된 장소가 아닌 곳에서 담배를 피우고 있는 젊은이들에게 주의를 주자, 이들이 경비원을 폭행한 것이다.

지방에서 온 젊은이들이었다. 오다이바에서 돌아가는 길에 들른 것 같다. 경비원은 오십대 남성으로 저항도 하지 못한 채 다리와 허리를 걷어차이고 있었다.

달려온 다른 경비원이 경찰에 신고하고, 관계자 전원이 경찰서로 가게 되었다.

현장에 목격자가 한 명 있었다. 바로 오효이 씨였다. 등나무 시렁 아래서 상황을 처음부터 끝까지 보고 있었던 것이다.

관리회사의 책임자로서 노부히사도 동행할 것을 요청받았다. 오효이 씨와 같은 경찰차에 타게 되었다.

"폐를 끼치게 돼서 죄송합니다." 뒷좌석에서 노부히사가 머리를 숙였다. 자기소개도 했다. 그리고 어떻게 할까 망설이다가 "지난번에는 실례했습니다"라고 요전의 무례를 사과했다.

오효이 씨는 "아니요, 저야말로"라며 가볍게 인사할 뿐, 그 후로는 창밖으로 시선을 주고, 경찰서에 도착할 때까지 아무 말도 하지 않았다.

그러나 퉁명스러운 것은 아니었다. 노부히사를 거부하는 분위기는 없었다. 선글라스를 벗은 표정이 온화했던 것이다.

서에서는 가해자와 피해자가 각각 다른 방에서 취조를 받고, 노부히사와 오효이 씨는 형사과 구석의 응접실에서 사정을 말하게 되었다.

"구보타라고 합니다."

형사가 묻자 오효이 씨가 이름을 말했다.

"무직입니다. 나이는 76세. 주소는 미나토구……."

노부히사는 그 자리에 있는 것이 좋지 않을 것 같아 일어났다. "저, 잠깐 화장실 좀." 형사에게 양해를 구하고, 빠른 걸음으로 복도로 나왔다.

이런 형태로 프라이버시를 알고 싶지는 않았다. 오효이 씨도 싫을 것이다. 생면부지의 사람에게 나이나 가족의 유무 따위가 알려지는 것은.

5분 정도 시간을 보낸 후, 형사과로 돌아오자 형사가 조서를 작성하고 있었다. 오효이 씨가 말하는 것을 연필로 받아쓰고 있다.

고령에 비하면 확실한 응답이었다. 노인들이 자칫 저지르기 쉬운 이야기의 과장이나 비약 없이, 조리 있게 설명하고 있었다. 그 나름의 학력과 경력이 있을 것이다.

노부히사에게는 사실 관계만 묻는 김빠질 정도로 간단한 사정 청취였다. 기소할 만한 사건은 아니므로 경찰도 형식만 갖추려는 느낌이었다.

경찰차로 데려다주겠다는 제의를 거절하고, 택시로 돌아가기로 했다. 오효이 씨도 마찬가지다.

"스즈키 씨라고 했죠?" 둘이서 경찰서 앞의 대로에 섰을 때,

오효이 씨가 불쑥 말했다. “당신한테는 사과할 게 있어요.”

“예?” 노부히사가 다시 물었다.

“일전에 말을 걸어줬을 때, 내가 무뚝뚝한 태도를 취했던 것 같소.”

“아닙니다.” 노부히사는 쓴웃음을 지었다. “저야말로 무례하게 독서하시는 데 방해를 했습니다.”

“꼭 자네 정도의 아들이 있소만.” 오효이 씨가 코를 한 번 훌쩍인다. “가장 편안해야 할 터인데, 오히려 긴장하게 되거든.”

“마찬가지예요. 제게도 어르신 정도의 아버지가 계신데, 아무래도 뵐 때마다 아버지 생각이 납니다.”

“아버님은 뭘 하고 계시나?”

“마에바시에 혼자 계십니다. 어머니가 작년에 돌아가셔서요.”

“그래. 그럼 나랑 같군. 하긴 나야 젊었을 때 이혼해서 혼자이긴 하지만.”

“그러세요?”

“아, 젊었을 때라 해도 쉰이야. 이 나이가 되면 환갑 전은 모두 젊은이야.”

오효이 씨는 그렇게 말하더니 흰 이를 보이며 웃었다.

“파티오는 어떻습니까?”

“파티오?”

“운하 옆에 있는 안뜰 말이에요. 늘 책을 읽고 계신 곳이요.”

"그래, 파티오라 부르는가? 좋지. 그렇게 한적한 곳을 아주 좋아하거든."

"저희는 사람들이 오지 않아서 고민하고 있어요."

노부히사가 얼굴을 찌푸려 보였다.

"그렇겠지. 그런 멋진 장소를 늙은이가 독차지하게 두기는 아깝지."

"아니, 그런 뜻으로 말씀드린 건 아니고요."

둘이서 웃었다. 오효이 씨는 '아하하' 소리까지 내고 있다.

왠지 기뻤다. 아버지 연배 전체에 대해 효도라도 한 기분이었다. 내일부터는 눈치를 살필 필요도 없다. 파티오에서 마주치면 인사를 주고받으면 되는 것이다.

"자네는 참 좋은 사람이야." 오효이 씨가 불쑥 말했다.

"제가, 말입니까?"

"그래. 형사가 내 인적사항 물었을 때, 자네는 자리를 떴지."

"화장실 간 거예요." 웃으며 손을 저었다.

"아니었던 거 아네. 고마워." 가볍게 머리를 숙인다.

다시 보니, 오효이 씨는 매우 핸섬했다. 뿐만 아니라 작은 얼굴에 팔다리도 길다. 젊었을 때는 인기가 대단했을 것이다.

오효이 씨는 산책을 하고 싶다며 택시를 거절했다. "다리랑 허리가 가장 중요하니까 말이야." 자신의 엉덩이를 탁탁 치며, 선글라스를 꼈다. 발길을 돌려 빠른 걸음으로 걸어간다.

노부히사는 붙잡지 않았다. 너무 친하게 구는 것도 좋지 않다고 생각했기 때문이다.

이야기를 해보면 대부분의 인간은 경계심을 푸는 법이다. 파티오를 통해 좀 더 폭넓은 인간관계가 형성될 수 있다면, 그것은 멋진 일이다. 다음 기획으로 연구해봐야지. 노부히사는 오랜만에 기분이 유쾌해졌다.

그러나 다음 날부터 오효이 씨가 다시 파티오에 나타나지 않았다. 일주일이나 모습을 보이지 않는다.

무슨 일이지? 자문해보지만, 이유는 통 알 수 없었다.

그동안의 경위를 들어 대충 알고 있는 가나코에게 물어봤다.

"꼴까닥 죽어버린 건 아닐까?"

"화낸다. 이 1985년생." 노부히사는 울컥 화가 났다.

"상관없잖아요? 과장님 친척도 아니고."

"그렇다 해도 걱정이 되지. 우리 아버지도 같은 연배시거든."

"다른 조용한 장소를 발견한 건 아닐까요?"

가나코가 태평하게 말한다. 스물두 살이면 자기밖에 관심이 없을 나이다.

"그러면 다행이지만……."

"요즘 유모차 끈 아줌마들이 오잖아요. 그 사람들 꽤 시끄러워요. 아기도 빽빽 울어대고."

그런 것일까. 바자는 파는 물건을 바꾸어 두 번 더 했다. 그

성과로 조금씩 찾는 사람이 늘어나고 있는 것은 사실이었다.

아니, 오효이 씨는 대화를 나눈 다음 날부터 오지 않았다. 게다가 두 번 모두 일반적으로 생각하면, 원인은 나다. 비위를 거슬리는 말이라도 한 것일까. 마음에 짚이는 것은 전혀 없었다.

창 앞에 서면, 반드시 등나무 시렁 아래로 눈이 가고 말았다. 그리고 그 횟수는 하루에 열 번은 우스웠다.

그날 오효이 씨의 뒷모습이 눈에 선하다. 그러고 보니 아버지의 뒷모습은 어땠더라.

집에서는 준코가 또 퉁퉁 부은 얼굴을 하고 있었다.

절에서 다음 일요일 본당 대청소에 여자 일손을 보내달라고 전갈이 온 것이다.

"정말 웃기는 사람들이야. 왜 절 청소에 불려다녀야 하는 건데요?"

"그래서 거절한 거 아냐?" 노부히사가 식사를 하면서 물었다.

"당연하지. 별로 신세지고 있는 것도 없는데, 뭘."

준코는 크게 한숨을 쉬었다.

"나는 말이에요, 그렇게 뻔뻔하게 말하는 태도가 불쾌한 거예요. 여기는 도쿄라고. 일부러 마에바시까지 청소하러 오라는 거잖아요."

"일단 알린 것뿐일 거야. 우리가 스즈키 묘지 연락책이니까.

그쪽도 기대는 안 할 거야."

"그래도 그렇지……." 준코가 테이블에 턱을 괸다. "아, 그렇지. 또 하나 있다. 곧 텃밭을 폐쇄하겠다는 말도 했어요."

"텃밭을 폐쇄하겠다고? 뭣 때문에?" 노부히사가 젓가락을 놓고, 의아하다는 듯이 얼굴을 들었다.

"글쎄, 자세히 묻지 않았는데요."

"이게 더 중요한 일이잖아." 날카로운 목소리가 나왔다.

"왜 화를 내고 그래요?" 준코는 납득이 가지 않았나 보다.

급하게 식사를 마치고, 누나에게 전화를 했다.

"그렇대." 누나는 이미 알고 있었는지, 가라앉은 목소리로 말했다. "지금 당장은 아니지만 가을까지는 비워줬으면 하더라고. 땅을 맨션 업자한테 팔았다나 봐."

"저런 땡추 같은 놈이."

마음속에서 부글부글 화가 끓어올랐다.

"그러게 말이야. 단가 노인들이 사는 낙으로 여기던 밭이었는데. 야채를 수확하면 모두들 절에도 나누어주곤 했었거든."

"아버지 실망이 크시지?"

"그럼, 실망하시지. 말로는 어쩔 수 없다고 하지만, 비닐하우스까지 세운 참이었잖니."

"어떻게 안 될까?"

"글쎄다. 계약서가 있는 것도 아니고. 월 만 엔으로 빌렸던

땅이었는걸."

누나는 아버지를 위해 여기저기 알아봐서 어딘가에 다른 밭을 찾겠다고 말했다. 하지만 지금처럼 집과 가까운 곳을 구하기는 어렵겠지. 또한 노인들만의 대화의 장은 맨션 건설을 계기로 무너져버리는 것이다.

준코가 타준 차를 천천히 마시며 계속 생각했다.

고향에 한번 내려가볼까……. 코로 숨을 뱉었다.

5월 연휴 때도 가지 않았다. 아이들 봄방학 때도 얼굴을 비치지 않았다. 산소에 꽂는 꽃은 늘 누나에게 맡겨둔 채다. 하루 만에도 갔다 올 수 있는 거리인데.

"절 청소 내가 갈게." 노부히사는 기지개를 켜며 말했다. "겸사겸사 아버지도 뵙고 올게."

"정말?" 준코가 눈을 동그랗게 뜬다. "그럼, 나도 갈게요. 남편이 가는데 마누라가 안 가면, 뒤에서 무슨 말을 할지 뻔하잖아요."

"그까짓 하라지, 뭐."

"난 그렇게까지 얼굴이 두껍지 못하거든요."

준코는 식탁을 치우면서 "가끔은 하치오지에도 얼굴 좀 비춰줘요"라고 덧붙였다.

처가에도 한참 동안 가지 않았다. 40대는 온갖 책임을 짊어진 나이다.

두 아이는 두고 가기로 했다. "동아리 활동 있는데"라며 내키지 않는 대답을 했기 때문이다.

"그래, 잘 왔다." 아버지는 쑥스러운 듯이 턱을 만지면서 말했다. "자, 들어가자."

아버지는 차 소리만 듣고도 현관 밖까지 맞으러 나왔다. 아들 부부가 도착하기를 기다리고 있었음을 역력히 알 수 있었다.

이제는 완전히 낡아버린 고향집 거실에 앉았다. 준코가 재빨리 주방으로 가 냉장고에서 보리차를 컵에 따라 내왔다.

노부히사는 그런 것이 있었다는 데 안도했다. 아버지가 생활은 제대로 하고 있는 것이다.

"초밥이라도 시킬까? 대청소는 오후지?"

"아버님, 유부초밥 만들어 왔어요." 준코가 찬합을 테이블에 놓았다. "그리고 방어구이도요."

"야아, 이거 맛있겠는데." 아버지의 얼굴이 환해진다.

셋이서 식탁에 둘러앉았다. 아버지의 식사량은 많이 줄었다. 유부초밥 두 개를 드시는 게 고작이었다.

"노부히사는 살림할 수 있냐?"

"예에? 간단한 것이라면 뭐."

"거짓말. 밥 하나도 못 지으면서."

준코가 웃으며 헤살을 부렸다.

"지금부터 배워놔라. 나중에 도움이 될 거다."

"알았어요."

"올해 들어 작은 밥솥으로 바꾸었다. 냄비랑 프라이팬도 작은 것으로 바꿨더니, 설거지가 편해졌지."

아버지는 묻지도 않았는데, 스스로 생활상을 얘기했다. 알고 싶기도 하고, 알고 싶지 않기도 한, 노부히사가 지금까지 꺼리며 묻지 않았던 일이다.

"밑반찬은 누나가 일주일에 한 번 가져다준다. 거의 그거면 충분해. 나머지는 말린 생선을 굽기도 하고, 귀찮을 때는 통조림으로 그럭저럭 살고 있지. 기름을 안 쓰니까 부엌이 아주 깨끗해서 좋아. 고기는 이제 먹고 싶은 생각도 안 들고."

아버지는 담담하게 말했다. 생각해보면 아버지와 마주 앉아 대화를 한 것이 몇 년 만인지도 모를 정도로 오래간만의 일이었다. 늘 어머니를 사이에 두고 의사를 전달했었다. 게다가 누나가 항상 옆에 있었다.

식사를 마치자 준코가 설거지를 하고 주방에서 배를 깎았다. 그 등을 본 뒤, 아버지가 입을 열었다.

"아버지는 건강하다. 걱정할 필요 없어. 눈이나 다리, 허리가 약해지면 집을 팔아 양로원에 들어갈 거다. 그러니 이 땅은 기대하지 마라."

"아니, 기대 안 해요."

대답하면서 어리둥절했다. 그런 얘기가 나오리라고는 생각지 않았다. 설이나 제사 때만 오면 좀 그렇겠다 싶어, 체면을 세우느라 왔을 뿐이다.

"그리고 죽었을 때 내는 계명• 대는 10만 엔이면 된다. 그 이상 내지 마라." 아버지는 조용히 말했다.

"어머니 계명대는 30만 엔 지불했다. 그러니까 나는 그 정도면 된다."

"예, 알았어요."

"노망들기 전에 말해둬야 하지 않겠니."

"말도 안 돼요. 노망이라니……."

"준비는 중요해."

"그야 그렇지만……."

아버지는 리모컨을 들고 텔레비전을 켰다. 만담을 하고 있었다. "아하하"라며 아버지가 소리를 내 웃었다. 노부히사는 자신이 한심했다. 어쩜 이렇게 얼빠진 응수밖에 할 수 없는 것인가.

"으음, 노부히사." 아버지가 텔레비전을 보는 채로 말했다.

"예. 왜요?"

"이제 혼자 사는 것도 익숙해졌다."

"그래요?"

• 법명. 중이 죽은 이에게 붙여주는 이름.

"걱정 끼치는 게 가장 싫다."

"아, 예에."

"다들 외롭겠다고 생각하는 게 제일 싫어."

"예."

노부히사는 할 말을 찾지 못했다. 거실에 어색한 침묵이 흘렀다.

아버지는 다다미에 누웠다. 방석을 베개 대신해서. 잠시 후에 작게 코고는 소리가 들려왔다.

아버지는 부쩍 늙어 있었다. 6개월 만인데 3년은 지난 것 같은 변화였다.

오후에는 준코와 같이 대청소를 하러 절에 갔다. 일손을 도우러 온 사람들은 손자가 있을 법한 연장자들뿐으로, 다들 젊은 준코를 기특하게 생각했다. "도쿄에서 일부러. 훌륭해." 다들 치켜세워주니, 준코도 그렇게 싫지만은 않은 것 같았다.

주지스님은 역시 주는 것 없이 싫은 남자였다. 순금 롤렉스 시계를 여봐란듯이 차고 있다. 노부히사가 텃밭에 대해 묻자, "우리도 상속세를 내야 하거든요"라고 하니 말을 붙여볼 여지도 없다.

산소와 같은 방향에 있는 텃밭으로 준코와 함께 가봤다. 어느 밭이든 잘 손질되어 있었다. 노인들이 삶의 작은 보람으로 여기며 사랑해온 밭이었다. 가장자리에 아버지가 만든 것 같은 사람 키 정도 되는 비닐하우스가 있었다. 안을 들여다보니 대나무 막대를 따라 가는 덩굴이 자라고 있었다. 아마 수확은 할 수 있겠지. 안타깝게 정리될 운명에 놓이다니.

이것이 노부히사 세대가 일군 텃밭이라면 아무렇지도 않다. 노인들이 공들인 흔적이니까 안타까운 것이다.

한동안 잠자코 텃밭을 바라보고 있었다. 준코도 입을 다물고 있었다.

*

오효이 씨는 여전히 파티오에 나타나지 않았다. 그날 이후 벌써 보름이 지났다. 이제 곧 장마철이다. 그다음은 태양이 내리쬐는 한여름이 기다리고 있다. 밖에서 지낼 수 있는 나날도 지금뿐이다.

"그 할아버지 어떻게 된 걸까?"

물어도 쓸데없는 줄 알면서 또 가나코에게 말을 꺼내고 만다.

"글쎄요. 바다로 돌아간 건 아닐까요?"

"바보. 다마 강의 바다표범이랑 같은 취급하지 마."

"그럼 뭐, 꼴깍이겠네."

"그만두자. 자네도 입 다물지."

"물은 건 과장님이잖아요?"

생판 남인데 점점 더 걱정되었다. 미나토파크에서 노인을 보면, 오효이 씨가 아닐까 바라보는 것이 버릇이 되어버렸다.

왜 오효이 씨는 오지 않는 걸까…….

파티오의 행사는 그 횟수를 늘려가고 있었다. 예정은 3개월 후까지 꽉 차 있다. 품격만 고집하지 않으면 클라이언트는 얼마든지 나왔다.

츠보이 부장은 의기양양했다. 본사에서 중역이 시찰차 나타나 단기간에 이룬 성과를 한바탕 칭찬했기 때문이다.

츠보이는 새로운 예산을 얻어내고, 파티오를 본격적인 이벤트 공간으로 만들겠다고 했다.

"매번 무대를 꾸미고, 모니터를 준비하는 것은 경제적이지 않으니까, 설비 자체를 만들어두자. 모니터로 기업 광고나 영화 예고편을 내보내면 상시적으로 수익도 낼 수 있겠지."

"시끄럽지 않을까요? 거꾸로 부근 임차 기업에서 불만이 나올 것 같은데요."

노부히사는 이의를 제기했다. 애당초 도시의 성인들이 쉴 수 있는 공간으로 파티오를 만든 것이다. 이벤트 공간으로 바꾸면 당초의 취지에서 벗어난다.

"괜찮아. 임기응변으로 대처하면 돼. 손님들이 많아지면 임차인들도 불평은 할 수 없을걸."

그리고 등나무 시렁 자리에 상설 무대를 만들겠다며, 츠보이는 도면을 펼쳤다.

"등나무 시렁을 없애는 겁니까?"

노부히사는 깜짝 놀라 물었다.

"응, 철거할 거다."

"안 됩니다. 철거는." 저도 모르게 반론하고 있었다. "절대 반대입니다. 10년이나 키운 나무입니다. 무엇보다 나무가 많다는 것이 미나토파크의 자랑거리 아닙니까?"

"어쩔 수 없잖나. 광장 전체를 조망할 수 있는 곳은 그 장소뿐인걸."

"안 됩니다. 인정할 수 없습니다."

노부히사는 강한 어조로 말했다. 그 자리는 오효이 씨의 지정석인 것이다.

"무슨 소릴 하는 거야? 자네한테 무슨 결정권이라도 있어?"

"그렇다면 하다못해 등나무 시렁을 다른 곳으로 이동시켜주십시오."

"무리야. 타일도 떼어내고 다시 옮겨 심어야 되잖아. 그런 일에 예산을 쓸 수는 없어."

"그럼 안 됩니다."

또 아버지의 얼굴이 떠올랐다. 아버지는 텃밭을 빼앗기려 하고 있다. 노인의 즐거움을 너무나도 간단히.

"안 된다니……." 츠보이의 얼굴색이 변했다. "자네, 지금 누굴 보고 안 된다는 거야?"

"임차인들의 의견을 물어봅시다. 대부분이 반대할 거라 생각합니다."

"파티오는 우리가 관리하고 있어. 왜 세든 사람 의견을 물어야 하지?"

"그런 논리로 약자는 박해를 당하고 있는 겁니다."

그런 것이다. 아버지는 불평을 할 권리도 없다. 그리고 오효이 씨도. 세상이 이래도 좋은 것인가. 노인에게는 기득권이 있는 것이다. 오래 살아온 사람으로서의, 그곳에 있어도 좋은 권리.

"어이, 스즈키. 혹시 자네 좌익인가?"

츠보이의 얼굴이 벌게졌다.

"아, 그 말 마음에 드네요. 그렇다면 '등나무 시렁을 지키는 모임'을 만들어서 미나토파크 내에서 서명운동이라도 할까요?"

내친김에 주절주절 말했다. 부장을 적으로 만들어 저항하는 것은 샐러리맨 생활에서 처음 있는 일이었다. 뭐 상관없잖아, 어차피 2년만 지내면 되는 상사이다.

"다녀왔습니다……." 거기에 가나코가 외출에서 돌아왔다. "저기요. 스즈키 과장님, 오효이 씨 발견했어요." 가나코가 반가운 얼굴로, 손을 흔들며 말했다.

"정말?" 노부히사가 몸을 앞으로 내밀었다. "어디, 어디서?"

"등잔 밑이 어둡다고 글쎄, 역 빌딩 옥상에서요."

가나코가 턱으로 창밖을 가리켰다. 역 빌딩은 파티오를 끼고 바로 맞은편이다.

"이봐, 얘기가 안 끝났잖아."

츠보이가 으름장을 놓았다. 무시하고 가나코에게 설명을 구했다.

"최근 역 빌딩이 옥상 녹지화를 시작했다고 하더니, 프랑스식 정원으로 꾸몄어요. 그런데 아직 많이 알려지지 않았는지 텅텅 비었거든요."

뭐야, 그랬던 거야? 노부히사는 의자에 깊숙이 기대고 앉았다. 가슴속의 우중충한 생각들이 순식간에 밝아졌다. 오효이 씨는 혼자 지내기에 좀 더 좋은 장소를 발견했던 것이다.

뭐야. 괜히 걱정했잖아…….

"얼버무리지 마. 자네 분명 서명운동이니 뭐니 했지?"라고 츠보이가 계속 물고 늘어진다.

"전망도 좋아요. 도쿄타워도 멋지게 보이고요"라는 가나코.

"그래? 그럼 한번 보고 와야겠다."

"이건 본사에 보고할 테니까 알아서 해."

"파티오 손님들 그쪽으로 뺏길지도 모르겠어요."

"상관없지. 미나토파크 전체가 발전한다면."

"이봐, 무시하지 마."

"잠깐, 내가 가서 보고 올게."

노부히사가 일어났다. 가만히 있을 수가 없었다. 아니지, 잠깐. 입속으로 중얼거리며 그 자리에 멈춰 섰다.

이것은 쓸데없는 참견이다. 오효이 씨와 맞닥뜨린다면 그쪽은 싫어할 것이다. 오효이 씨는 누구한테도 방해받고 싶지 않은 것이다.

"왜 그러세요? 안 가세요?"

"무시하지 말라고 말했지?"

"……그만두지 뭐. 딱히 할 얘기도 없고."

"좋아. 어쨌든 등나무 시렁은 철거다. 이 결정은 절대 못 바꾸니까 알아서 해."

츠보이가 얼굴이 시뻘게져서 방을 나갔다. 그 뒷모습을 가나코가 이상한 듯이 보고 있었다.

"무슨 일 있었어요?"

"응? 아……, 부장이 파티오 등나무 시렁을 없애겠대."

"아아, 그거 안 돼요. 녹지화 추진의 일환으로 구에서 보조금도 받았거든요."

해가 저물 무렵, 노부히사는 역 빌딩 옥상을 보러 갔다. 이 시간이라면 오효이 씨도 집으로 돌아갔겠지 하고 생각한 것이다.

가나코가 말한 대로 몇 명의 방문자가 있을 뿐이었다. 여러 곳에 의자와 탁자, 파라솔이 있고, 제각기 자유롭게 쉬고 있었다. 프랑스식 정원은 과장이었지만, 그래도 나무들은 아름답게 손질되어 있었다.

북쪽으로는 도쿄타워가 우뚝 솟아 있었다. 도심의 고층 빌딩군도 한눈에 조망할 수 있었다. 날씨가 좋은 날이면 분명 후지산도 볼 수 있겠지. 파티오보다 바람도 즐길 수 있을 것 같다.

좋은 장소를 찾으셨군요……. 마음속으로 오효이 씨에게 말을 걸었다.

그리고 아버지한테도 생각이 미쳤다. 절의 텃밭을 잃는다 해도, 분명 어딘가 다른 장소에 휴식 공간을 발견할 것이다.

넥타이를 느슨하게 하고 심호흡을 했다. 상쾌한 기분으로 가슴을 크게 뒤로 젖혔다.

한참 동안 그 자리에 있었다. 오래오래 비밀 장소로 유지되었으면 좋겠다는 생각을 했다. 미나토파크는 한산해도 상관없다. 어디고 할 것 없이 사람으로 득실거린다는 건 참을 수 없다.

그때, 엘리베이터 홀에서 사람이 나왔다. 키가 큰 백발. 즉각 오효이 씨임을 알 수 있었다. 왜 이런 시간에……. 당황하여 시선을 돌리고, 화분 뒤에 웅크리고 앉았다. 반사적으로 그렇게 했다.

보았을까. 심장 박동이 빨라졌다. 나는 참, 바보다. 일부러 오효이 씨의 영역을 어지럽히러 오다니. 미안한 생각이 들었다.

화분 뒤에서 살짝 내다봤다. 오효이 씨는 경비원에게 뭔가를 묻고 있었다. 그러더니 방향을 바꾸어 이쪽을 향해 걸어온다.

노부히사는 얼굴을 숙였다. 이런, 이런. 뭔가 하고 있는 시늉이라도 하자. 아무리 생각해도 이 자세는 부자연스럽다.

등 뒤로 발소리가 들렸다. 그 소리가 커진다. 점점 더 조바심이 났다.

"스즈키 씨?" 오효이 씨가 말을 걸어왔다.

"아, 예." 튕기듯이 일어났다.

"뭘 하나. 이런 곳에서?"

"아, 아뇨, 그게." 땀이 한꺼번에 뿜어나온다.

"돈을 화분 안에 떨어뜨려서."

순간적으로 그런 거짓말이 나왔다.

"같이 찾을까?"

"아뇨, 그게, 10엔짜리 동전이라……."

노부히사는 횡설수설했다.

오효이 씨가 히죽히죽 웃고 있다.

"나는 점심때 여기서 선글라스를 잃어버렸어. 내일 찾으러 와도 상관없지만 뭐, 시간도 있으니까……."

"그러세요?"

"경비원한테 물었더니 아래 경비실에서 맡아두고 있다더군."

"그거, 잘됐군요."

"여기는 자주 오나?"

"아뇨, 처음입니다. 그게……. 두 번 다시 여기는 오지 않겠습니다." 제멋대로 입이 움직이고 있었다.

"더 이상 방해하거나 하지 않을 테니, 안심하시고 여기서 지내도록 하세요."

이상한 말을 하고 있다고도 생각지 못했다.

오효이 씨가 눈을 내리깔고 쓴웃음을 지었다.

"와도 상관없지 않나? 누구든 올 수 있는 장소니까."

"아뇨, 오지 않겠습니다. 그럴 만한 시간도 없고, 역 빌딩은 우리 회사 관리도 아니고, 오지 않는다면 오지 않습니다."

노부히사는 직립 부동자세로 숨도 쉬지 않고 지껄여댔다. 뺨이 가볍게 죄어든다. 와이셔츠 밑으로 한 줄기 땀이 등을 타고 내려갔다.

"그럼, 정말 오지 않을 셈인가?"

"예. 안 옵니다."

"후훗."

잠깐 침묵이 흘렀다. 빌딩 바람이 나뭇잎을 흔들어 바스락바스락 소리를 냈다.

"나는 말이야." 오효이 씨가 불쑥 말했다. "혼자 살면서 일도 안 하니까, 누구와도 말을 하지 않네. 특히 이곳으로 이사 온 후론 그렇지. 이웃과도 교제가 없으니까 어떤 때는 한 달씩이나 대화다운 대화를 나누지 않은 적도 있다네."

"예."

"그런 것에는 완전히 익숙해졌다네. 처음에는 대화 상대가 필요해서 지역 노인 모임을 가보기도 했지만 실패했어. 대기업에 근무했던 시절의 자존심이 작용해서 나도 모르게 잘난 척을 했지."

"대기업에 다니셨군요."

"뭔가 아쉬운 내색을 하고 싶지도 않고, 나이를 먹어도 의연하게 살고 싶네."

"의연하십니다."

"그래서 차라리 고독을 받아들이기로 했네. 선택의 문제야. 나는 혼자 있는 것을 선택했어. 어설프게 얼굴만 알고 지내는 사람도 만들고 싶지 않아서 선글라스를 쓰고 나 나름대로 다가오기 힘들게 만들었네. 그런데…… 자네가 말을 걸어왔어."

"죄송합니다."

"아니, 기뻤어."

오효이 씨가 애교스러운 웃음을 보였다.

"단지, 깜짝 놀라서 어떻게 대처하면 좋을지 곤혹스러웠지. 젊은 사람이 말을 걸어준 게, 기억도 안 날 만큼 오랜만이었으니까 말일세."

"그러셨군요."

"그런데 그때부터 더 사람이 그리워졌네. 혼자가 좋다고 하면서도 말처럼 되지 않더군. 그 안뜰, 파티오에 가면 자네가 또 말을 걸어오지 않을까 기대를 하게 되네."

"그런 것이라면 언제든지……."

노부히사가 얼굴을 들었다. 또 침묵이 흘렀다. 세월이 새겨진 온화한 표정에 곧 빠져들고 만다. 오효이 씨는 조용한 눈으로 입을 열었다.

"아니, 그럴 수는 없네."

"어째서요?"

"마지막까지 폼을 잡게 해줬으면 좋겠네. 존중해줬으면 좋겠어. 젊었을 때부터 그렇게 살아왔네. 이제 새삼 바꾸고 싶지도 않아."

늠름한 목소리였다. 귓전에서 기분 좋게 울린다.

오효이 씨가 석양을 바라보았다. 얼굴의 절반이 오렌지색으로 물들어 있다. 노부히사는 대답할 말이 없었다. 45년밖에 살지 않은 자신이 무슨 말을 해도 실례일 것 같은 생각이 들었다.

"내가 꽤나 부끄러운 말을 해버리고 말았군."

오효이 씨가 머리를 긁적였다.

"아닙니다."

“자네가 더 이상 여기는 오지 않겠다고 하기에 엉겁결에 말한 걸세.”

“예. 오지 않겠습니다.”

“가끔은 와도 좋은데.”

“예. 가끔은 오겠습니다.”

그 말을 들은 오효이 씨가 싱글벙글 좋아한다. 그 얼굴이 아주 천진난만하게 보였다.

“그럼 잘 가게.” 오효이 씨는 가볍게 인사하고 발걸음을 돌렸다.

“안녕히 가십시오.” 노부히사는 정중하게 인사하고 그 자리에 서서 눈으로 노인을 배웅했다.

어떤 느낌을 가져야 할지 노부히사는 알 수 없었다.

그러나 마음은 괜히 푸근해졌다. 분명 사람의 진심을 들었기 때문이겠지. 어깨에서 힘이 쭉 빠져 가벼워졌다.

멀리서 까마귀가 까악까악 울고 있었다. 그것이 신호라도 되는 듯 곧바로 도쿄타워에 환한 조명이 켜졌다.

마돈나(원제 : マドンナ)

1판 1쇄 2015년 5월 10일

지 은 이 오쿠다 히데오
옮 긴 이 정숙경

발 행 인 주정관
발 행 처 북스토리(주)
주　　소 경기도 부천시 원미구 상3동 529-2 한국만화영상진흥원 311호
대표전화 032-325-5281
팩시밀리 032-323-5283
출판등록 1999년 8월 18일 (제22-1610호)
홈페이지 www.ebookstory.co.kr
이 메 일 bookstory@naver.com

ISBN 979-11-5564-044-9 04830
979-11-5564-020-3 (세트)

이 도서의 국립중앙도서관 출판시도서목록(CIP)은 서지정보유통지원시스템 홈페이지(http://seoji.nl.go.kr)와 국가자료공동목록시스템(http://www.nl.go.kr/kolisnet)에서 이용하실 수 있습니다. (CIP제어번호 : CIP2015011980)